二見文庫

ダイヤモンドは復讐の涙

テス・ダイヤモンド／向宝丸緒＝訳

Such a Pretty Girl
by
Tess Diamond

Published by arrangement with Avon,
an imprint of HarperCollins Publishers
through Japan UNI Agency, Inc., Tokyo

ミステリを読む楽しさを私に教えてくれた母へ

この本にかかわってくださったすべての方たちに心から感謝します。

特にテッサ・ウッドワード、エル・ケック、ノリーン・レイ、そしてエージェントのレベッカ・フリードマンに深い感謝を捧げます。それにこの本の執筆を終えるまで、外で遊んでいてくれた夫と子どもたちにも。

ダイヤモンドは復讐の涙

登　場　人　物　紹　介

グレース・シンクレア	FBIのプロファイラー。犯罪小説家
ギャビン・ウォーカー	FBI特別捜査官
ポール・ハリスン	FBI特別捜査官。グレースとギャビンの上司
マギー・キンケイド	グレースの同僚
ズーイー	FBIの鑑識官
ヘンリー・カーセッジ	メリーランド大学の犯罪学教授
ジョアン・テイラー	カーセッジの元妻
ドロシー・オブライエン	カウンセリング・センターに通う少女

1

「十五分で着きますよ」

グレース・シンクレアは視線をリムジンの窓の外から運転手に移した。携帯電話で時間を確認し、安堵《あんど》のため息をつく。約束の時間には絶対に遅れたくない。

「ありがとう」ビンテージもののプラダのクラッチバッグに携帯電話を滑りこませた。

「今夜はどんなイベントに行くんです？」運転手が尋ねてきた。黒髪の中年男性だ。先ほどタウンハウスの階段をおりてきたグレースを見て、濃い色の瞳を輝かせていた。

「ずいぶんと豪勢なイベントみたいですね」

今、リムジンはハーシュホーン博物館と彫刻の庭を目指している。今夜その会場で、優れた芸術作品をたたえる授賞式が開かれる予定だった。ワシントンＤＣのエリートたちが正装で出席する、まさに名誉あるイベントだ。

「授賞式のディナーよ」

「お客さんが受賞者？」運転手がきいた。「だからそんなにドレスアップしてるんですね」

グレースは体にぴったり沿うシルクのホルタードレスを見おろした。シルバーの生地が金属の肌のように、女らしい曲線を包みこんでいる。想像力をいやおうなくかきたてるが、セクシーすぎないデザインだ。

「二冊目の本がキャラハン賞を獲得したの」グレースが答えるのと同時に、リムジンはワシントンDCの渋滞する道路へ割りこんだ。

バックミラーで、運転手が眉をあげたのがわかった。「作家なんですか？」

グレースはうなずいた。「でも執筆は副業よ。連邦捜査局《FBI》で働いているの」

「ＦＢＩ？」運転手が低く口笛を吹く。どこか疑わしげな表情だ。「まさか悪いやつらを追いかけてるんじゃないでしょう？　そんなに美人なのに。痛い思いをしたら大変だ」

運転手の笑い声を聞きながら、グレースは軽いいらだちを感じた。首の後ろがちくちくする。これ以上、運転手の笑い声を聞かされるのは耐えられない。そう、たしかに彼女は女らしく見えるかもしれない。けれども強烈なパンチをお見舞いすることだってできる——必要とあらば。

「私があなたなら、むしろ悪いやつらが痛い思いをさせられるのを心配するわ」グレースは言った。「私は犯罪心理分析官《プロファイラー》なの」

「テレビドラマみたいな？」運転手があざけるような笑みを浮かべて尋ねる。

グレースは笑みを返した。だがそれがどこか残酷な笑みだったことに、運転手は気づいていなかった。「そのようなものね」そっけなく答える。

グレースは目を細めた。その目がとらえたのは運転手の顔、それに助手席側のごみ箱に捨てられた、くしゃくしゃに丸められたアイスクリームの袋だ。

彼女はシャーロック・ホームズとは全然違う。プロファイリングは、被害者の爪の内側に付着した泥から〝この人物は今日、庭にヒャクニチソウを植えたのだ〟などと推理するのとはわけが違う。それに手品のようなトリックを使うこともない。何気ない会話を交わすことでいかにも相手を知っているかのように見せかけるコールド・リーディングという話術を使っているにすぎない。詐欺師がよく使う手だ。

プロファイリングではとにかく詳細を観察し、相手に関する知識を得る。その人物の行動と心理がすべて。精神面と言語面で、ちょっとした合図や手がかりがないかどうかに注意を払う。しかも、そうした合図に気づくだけではまだ足りない。それらが何を意味するか分析し、識別した結果すべてをつなぎあわせて、ある特定の人物像を描きだしていく。

この運転手は末っ子かもしれない。いつも自分の価値を証明しようと躍起になっている。声高にしゃべったほうがいいと考えているのは、そうすることでしか家族の注目を集められなかったせいだ。両親、特に母親との関係が悪かったのだろう。自分自身の欠点を親のせいだと考えている様子だ。先ほど渋滞する夜の道にリムジンを割りこませたとき、両手でハンドルをきつく握りしめ、肩を怒らせていたことから察するに、彼はこの仕事を忌み嫌っているに違いない。乗客たちのことも快くは思っていないはずだ。

中には彼のことを、古きよき時代を彷彿《ほうふつ》させる運転手だと考える乗客もいるかもしれない——よほど気のいい人たちだろうが。目を見開き、体にぴたりと張りついたドレスに視線を走らせているのは、グレースに魅力を感じているからだろう。とはいえ、運転手の視線にはほんの少し嫌悪がまじっている。彼はその感情をすばやく押し殺した。しかも彼女の外見に関する運転手のコメントには、間接的に不満や怒りを伝えて攻撃してくるいわゆる受動的攻撃性が感じられる。そういったコメントをすることで、自分を大きな男に見せたいのだろう。それこそ、この運転手が心から望んでいることに違いない。だから彼はやけ食いをしている。

グレースは運転手の左手をちらりと見た。結婚指輪があるはずの薬指。その部分だけ日に焼けていないのは、つい最近妻と別居した、あるいは離婚した決定的証拠にほかならない。全財産を賭けてもいい。そうなった原因は不倫で、しかも不倫したのは彼のほうだ。この運転手は女性に敬意を抱いておらず、自分より劣った存在だと考えている。だからこそ権力を持った女性を前にすると不安になり、自分の無力さを感じずにはいられない。気後れしてしまうのだ。そしてそんな女性に対して、いらだちと同時に欲望も覚える――この運転手はそういうタイプの男性だ。

こんな男から逃げだせて、元妻は本当によかった。グレースは心の中で満足げにひとりごちた。人生はあまりに短い。女性の価値を認められない男にかかわるなんて、まさに時間の無駄だ。

運転手は博物館の正面にリムジンを停《と》めた。グレースは運転手が慌てて車から降りて、彼女のためにドアを開けるのを待った。そして彼が差しだしてきた手をあっさり無視して降車すると、グレーの巨大な円形の建物に向かって歩きだした。

「ああ、そうだわ」グレースは言った。運転手が振り向いた。明らかにチップを期待している。だから彼女はとびきりのチップを与えてやることにした。「もし奥さんとよりを戻したければ、やけ食いはやめたほうがいいわね。とはいえ、奥さんはあなたを受け入れないでしょうね。だって浮気をしたんだもの。いったい誰と？　どこかのストリッパー？　いいえ、キャムガール（自分を撮影したライブ映像をネット配信するモデル。金銭や物や注目を得るためにしばしば性的な演技をする）ね。どう、あたりでしょう？」

運転手の赤ら顔――酒の飲みすぎなのは明白だ――が真っ青になった。「なんでそれを――」

グレースはほほえむと、指先でこめかみを軽く叩《たた》いた。「ね、テレビドラマみたいでしょう？」そして運転手に背を向け、博物館へ向かいはじめた。

ハーシュホーン博物館はそれ自体が芸術作品と言っていい。四本の柱に支えられた驚くべき円形の建物の中央には広場が配され、世界を代表する現代美術が所蔵されている。だがグレースにとって、この博物館の膨大なコレクションの中でも一番のお気に入りは彫刻の庭だった。

グレースは招待状を示し、ドレスの長いスカートをはためかせながら彫刻の庭へと進んだ。最高級の装いをした人たちが、すでに彫刻作品のあいだを散策している。あたりに流れているのは、弦楽四重奏団が奏でるモーツァルトのメヌエットの調べだ。オードブルとシャンパンをのせたトレイを持ったウエイターたちが行き来している。

グレースは頭頂部にさりげなく手をあてて——腰まで届く黒髪を苦労して編んで、冠のような複雑な形に結いあげている——心からの笑みを浮かべようとした。これこそが彼女の生きる世界だ。両親が圧倒的な支配力を誇っているがゆえに、娘であるグレースも生まれながらにして、そこにいるべきだと決められてきた世界。輝き、美しさ、洗練、完璧さ。そういったものがすべて備わっていると、彼女はいつも褒めそやされてきた。家庭教師にも、寄宿学校の教師たちにも、大学の有名教授たちにもだ。

これまでずっと、シンクレア家に名誉をもたらすべく育てられてきた。富や特権や権力といった誇り高き伝統を受け継ぐためだ。グレースはシンクレアの血を引く、ただひとりの子どもだ。母のように社交界デビューを果たし、前途有望な政治家を夫としてつかまえることははなから求められていない。実際、父は唯一の跡継ぎであるグレースに、そんな振る舞いをして自分をおとしめることなど期待していないはずだ。

グレースはそれ以上のことを求められてきた。父の完璧な操り人形となるよう育てられた。父に言われたとおりのことをし、父が適切だと考えた職業に就いて仕事をこなし、完璧なシンクレア家の跡継ぎになるよう運命づけられていた。

その重圧たるや、押しつぶされかねないほどだ。しかも両親から真の意味で愛情をかけてもらったことはない。父の意思に屈するほうが簡単だったが、グレースは常に頑固な態度を貫いてきた。別の世界に惹《ひ》かれていたのだ。自分が住む世界とはまるで異なった、挑戦しがいのある、より後ろ暗い世界。そう、犯罪心理という世界に。

娘が選んだ仕事を聞いて、母は恐怖に震えあがった。父は静かに怒りを募らせた。いつものことだ。でもグレースはどうしても知りたかった。分析したかった。理解したかった。その思いが強烈すぎて、無視することはできなかった。犯罪心理について学んでいた大学二年のときにFBIの目にとまり、卒業後すぐに採用された。

クアンティコにあるFBIアカデミーには、グレースがこれまで夢見ていたすべてがあった。いや、それ以上だ。クラスを首席で卒業し、FBIで出世の階段を順調にのぼってきた。ただ、この仕事に就いて一年経《た》ったとき、連続殺人事件の捜査にかかわることになった。自分の犯した殺人を自殺に見せかけようとする犯人相手に、当時はひどくいらだったものだ。夕方、モーテルの部屋でひとり過ごしていると、被害者たちの壮絶な殺害現場が頭から離れなくなり、一時的に苦痛から解放される必要に迫られた。小説を書くようになったのはそのせいだ。毎晩パソコンの前に座り、FBI捜査官レイチェル・ジェーンの冒険を書き記すことで気を紛らわすようになった。

小説の執筆では、登場人物たちの運命を意のままに支配できる。実生活では、いつもそうできるとは限らない。レイチェル・ジェーンの物語の世界では、常に善人が勝ち、悪人が負ける。それにセクシーなヒーローであるマシューズ捜査官は、いつだって献身的だし信頼できる。

実世界とはまるで違う。それがおもしろく感じられてしかたがなかった。現実では、相手が善人か悪人かはっきりわかることなどそうそうない。だからこそ、登場人物を白黒はっきり描き分けると、ことのほか気が休まるのだろう。シリーズ一作目はベストセラーとなり、二作目が今回の賞を受けた。昨年夏に書きあげた三作目は刊行と同時にベストセラー一位となり、ここ数週間その座を守りつづけている。編集者はやきもきしているだろうが、四作目はまだ書きはじめていない。目下のところ、現実の世界——真の犯罪行為に目が向いている。

「グレース！」名前を呼ばれ、現実に引き戻された。グレースは声がしたほうを振り返り、思わず笑みを浮かべた。ブロンドの女性が人ごみをかき分けながらまっすぐこちらに歩いてくる。

「マギー！」グレースは手を伸ばしてマギーを抱きしめた。「ちょっと、よく見せて。ああ、なんてすてきなの！」かすかに体を離して、称賛の笑みを浮かべる。マギーに深い紫色をしたグッチのドレスを買うようすすめたのは大正解だった。「とても魅力的に見えるわ」

「あなたのおかげよ」マギーがにっこりした。彼女は小柄で、ハート形の顔のまわりに豊かなブロンドの巻き毛をふわりとさせている。深い紫色のドレスは、そんなマギーのブルーの瞳をこれ以上ないほど引きたてていた。深く開いたV字の首元が形のいい胸を強調している。今夜のマギーはひとつしかジュエリーを身につけていない。数年前のクリスマスにグレースがプレゼントした、ビンテージもののチャーム・ブレスレットだ。

「あなたったら、いつも同じようなデザインや色の服しか着ないんだもの」グレースは肩をすくめた。「そんなのは退屈だわ。もっといろいろな色の服に挑戦すべきよ。たとえ今回みたいに無理にすすめられたドレスでもね」

「でも言われたとおり、このドレスを買って本当によかった。今夜の支度をしたあと、ジェイクとスカイプで話したの。ジェイクったら、パソコンの画面から飛びでてきそうなほど身を乗りだしてたわ」

その様子を思い浮かべ、グレースは笑みを浮かべた。マギーの恋人ジェイク・オコナーは中東の実戦部隊で長らく活躍していたアメリカ陸軍兵士で、陽気で無鉄砲な一面がある。常に自分を抑え、秩序立った行動を取ろうとするマギーとはいい組み合わせだ。これほど幸せそうに恋人の話をするマギーを見たのはずいぶん久しぶりな気がする。「彼は元気？」

「ええ、元気よ。あなたにおめでとうと伝えてほしいと言ってたわ。それに、今夜出席できなくて申し訳ないともね」

「ジェイクはまだずっとカリフォルニアにいる予定なの？」

「あと一週間か二週間はいるみたい」

「彼が恋しいでしょう？」

マギーが笑みを浮かべた。親しい相手にしか見せない、かすかなほほえみだ。「ええ、そうね。とにかく、私の話はもうたくさん。今夜の主役はあなただもの！　でも、こうやって賞を取るのにも、もう飽き飽きしてるんじゃない？」

「まさか」グレースは強調するように顎をあげた。芝居がかった反応に、マギーが含み笑いをもらした。「あなたもよく知っているでしょう？　私はとにかく勝つことが大好きなの。ただし、こういった授賞式は面倒だから、できれば出席したくないけど」

「ドレスアップするのが好きなのに？」

「さあ、どうかしら？」グレースは肩をすくめた。「よくわからない。もう少し年を取ったら……」それを聞いて、グレースより二歳年上のマギーはすかさず鼻を鳴らした。グレースは笑って言葉を継いだ。「ただ……何かが足りない気がしてしかたがないの。でも男性じゃないわ」マギーが口を開いたのを見て、早口で伝えた。「私は今という時代を生きている女性よ。満たされた気持ちになるために、男性の助けは必要ないわ」

「男性を〝必要とする〟のと〝心から求める〟のは別物よ。生きていく中で、男性を心から欲しいと思うのは悪いことじゃないもの」

マギーの明るい声を聞き、グレースは笑いそうになった。マギーがジェイクを見つけられて本当によかった。彼とつきあうことで、マギーはよりよい方向に変わっている。

だがグレースの場合は違う。かつて一度だけ、ある男性によって変わったことがあった。決して、よりよい方向に変わっているとは言えない体験だった。

それは絶対に忘れられない教訓となった。魂が粉々に砕け散るような経験をしたのだ。あれから何年も経った今でも、まだ魂のかけらを拾い集めている気がしている。とにかく相手は最低最悪の敵だった。あんなふうに心がずたずたになる思いは二度としたくない。だから決めた。二度と男性を近づけたりしない。そうすれば攻撃されることもない。

それ以来ずっと、男性に関するルールを守りつづけている。男性に対して絶対に愛情を抱かないこと——もちろん、彼らにも絶対に愛情を感じさせないこと。ベッドをともにしたあとは、決して朝まで一緒に過ごさないこと。たとえ誰であれ、絶対に二度は体を交えないこと。

実に明快なルールだ。わかりやすいし、秩序立っている。このルールを守っているからこそ、自分の人生を好きになれる。そう、私は自分なりの人生を生きなければならない。そのほうが安全だからだ。

「私は男性を必要としていないし、求めてもいない」グレースは短くかぶりを振った。「今はね。とにかく、そういうことがくだらなく思えるの。私が必要としているのは新しい事件よ。それも全身全霊で打ちこめる興味深い事件が必要だわ。新しい本の販促ツアーは三週間で終わったけど、作り笑いのせいで顔の筋肉がまだ痛いの」

ふたりは談笑しつつ、周囲の人々や彫刻作品のあいだを優雅にすり抜けながら彫刻の庭を進んでいった。「ここに来るのは今日が初めてなの」鮮やかな赤の抽象彫刻の前を通り過ぎながら、マギーが言う。明らかに初期キュビズムの影響を受けた作品だ。

「とてもすばらしいわね」

「本当に驚くべきコレクションだわ。私のお気に入りの作品も何点か、ここに所蔵されているの」

「ねえ、あそこにある、パイプの束が空中にぶらさがってるみたいな巨大な彫刻が見える？」マギーが背後を指し示しながらきいた。

「あれは《ニードル・タワー》よ。あまり好きになれない？」

「現代美術はちょっと理解できないわ」マギーが笑いながら打ち明けた。

「そんなばかな！」ふたりの背後から声がした。

「フランク！」マギーは近づいてきた背の低い男性に笑みを向け、手を伸ばして抱きしめた。フランク・エイデンハーストだ。髪はグレーで、頬がブルドッグのように垂れさがっている。服を皺《しわ》くちゃにしてしまうのが悪い癖で、今もすでに緩めたボウタイの両端をだらりと垂らしていた。

「それともミスター副長官と呼ぶべきかしら？」グレースは尋ねた。上院議員の娘の誘拐を含む痛ましい事件のあと、フランクはつい最近昇進したばかりだ。彼はマギーをFBIに復帰させた人物でもある。グレースは常にそのことをフランクに感謝していた。マギーと一緒に仕事がしたくてたまらなかった。マギーはいつだって最も頼りになる貴重なチームメンバーだ。

「ああ、もし俺の機嫌を取りたいならそうしてくれ」フランクは冗談を言うと、いつものしかめっ面をするのではなく満面に笑みを浮かべた。ちゃめっけたっぷりの笑みだ。「おめでとう、グレース。本当にすばらしいな」

「ありがとう」グレースは言った。

「私たちの誇りよね？」マギーはそう言うと、グレースの肩に腕をまわした。

「そのとおりだ。それで、デラウェアの事件はどうだ？　うまくいきそうか？」フランクがマギーにきく。

「しばらくはどうなるかわからない」マギーが答えた。「私の報告書を読んでないの？」

「なぜ読まなきゃならない？　今どうなってるか、おまえに尋ねたらこうやって教えてくれるのに」

グレースは頭を振って笑い声をあげた。フランクは書類仕事を忌み嫌っていることで有名だ。「それなら、ふたりに話しあう時間をあげる。編集者が私と話したそうにしているから」そう言って、立ち並ぶブロンズ像の向こう側から手を振っている男性をちらりと見た。マギーとフランクがうなずいて話しはじめると、グレースは編集者のもとへ向かおうとした。ところが途中で、両親の知り合いである政治家数人と言葉を交わさざるをえなくなった。

「グレース、おめでとう」話しかけてきた白髪の男性は、グレースの父の長年の友人であるクリアリー上院議員だ。

「ありがとうございます、上院議員」グレースは言った。クリアリーは虚栄心が強い。どうしても鏡で自分の姿を確認せずにはいられないタイプだ。そこを利用しない手はない。「今夜はいちだんとすてきですね」

「君は本当に優しいね、私みたいな老人にそんなことを言ってくれるとは」クリアリーはそう言ったものの、グレースのお世辞に満更でもない様子だ。

「こんばんは、議員」グレースはクリアリーの連れの、太ったブロンドの男性に会釈した。アイオワ出身の、いかにも昔ながらの民主党員という印象の政治家だ。彼がこれほど長い期間、ワシントンDCで生き延びてきたことに驚きを禁じえない。「双子のお子さんたちは元気ですか？」

「ああ、アイオワ州立大学のスポーツチームで活躍しているよ」議員が誇らしげに答えた。

「サイクロンズ、ファイト！」グレースがウインクで応じると、議員は苦笑いした。

「さあ、そろそろ失礼しなくては。編集者が呼んでいるので」

「お父さんによろしく伝えてくれ」上院議員が言う。

「ええ」グレースはうなずくと、短い笑みを浮かべて向きを変えた。最後に父と話したのはいつだろう？　ましてや、ちゃんと顔を合わせたのがいつかなんて思いだせない。

それ以上誰かに邪魔されないように早足で庭を横切り、編集者のジョナサン・エームズが待つ場所へどうにかたどり着いた。彼の周囲に展示されているのはロダンの作品群だ。十九世紀を代表するこのフランス人彫刻家の官能的で荒削りな作風は、当時あたり前だと考えられていた、流れるようになめらかで完璧な彫刻スタイルに一石を投じたと言っていい。

「やあ、ダーリン」ジョナサン・エームズは両腕を差しだすと、いきなりグレースの片頰にキスをした。セージグリーンの光沢あるタキシードは、正式なブラックフォーマル姿ばかりのこの会場では目立ちすぎて場違いに思えるはずなのだが、ジョナサンの場合は型破りな個性のおかげでおかしく見えない。

彼は輝くばかりの笑みを浮かべた。白い歯がこぼれている。「ああ、僕のスーパースター」「一刻も早くむさ苦しいＦＢＩなんか辞めて、僕のために二十四時間執筆活動に専念してくれたらいいのに！　そうしたら、どれほど数々の賞を獲得できることか！　それに巨額な印税ももらえる。おまけに危険にさらされることもない。ああ、本当に頼むよ、グレース！」

彼の芝居がかった言葉に、グレースは目をくるりとまわした。ジョナサンはいつもこんなふうに熱意に満ちあふれている。最初の本の版権が編集者四人の争奪戦になったときは、正直ジョナサンに任せていいものかどうかためらった。これほど快活で大げさな話し方をする人に、自分の描く世界の暗さが理解できるかどうか不安だった。でもそのあとすぐに、芝居がかった彼の言動の下には生真面目さと情熱が隠されていることを知った。その情熱を担当する作家の作品に注ぎこむと、驚くべき化学反応が起きるのだ。グレースの処女作は『ニューヨーク・タイムズ』のベストセラーリストに二十週もランクインし、二作目はその倍の長さを記録した。三作目は先月刊行されたばかりだ。八週間の販促ツアーをなんとか一カ月弱に短縮するよう、ジョナサンを説得するのは大変だった。

ＦＢＩの上司はグレースの販促ツアーをしぶしぶ許可した。メディア専門家に、販促活動はＦＢＩにとっていい宣伝になると指摘されたからだ。特にグレースの二作目が権威あるキャラハン賞犯罪小説部門を獲得したからなおさらである。

「一日じゅう、家でパソコンの前に座っていたら、頭がどうにかなってしまうわ」

ジョナサンは舌打ちをし、不満げに唇をすぼめた。「そんなことを言うなんて、君の頭はすでにどうにかなっている。考えてもみてほしい。君はニューヨークへ引っ越して、いくらでもエリート作家たちと交流できるんだ！　頭がどうにかなりそうなのは、こっちのほうだよ。ワシントンDCに残って、連続殺人犯たちから世界を救うのが使命だと言い張る君のせいで、ずっと苦しめられてるんだ」

「でも本当に、ワシントンDCに残って、連続殺人犯たちから世界を救うのが私の使命なんだもの」グレースは辛抱強く言った。「この世には悪い人がたくさんいるのよ」

「悪いやつら全員を逮捕したいという君の心意気はすばらしいと思う。本の宣伝にも効果的だからね。だが、僕は君のことを本気で心配してるんだ」

グレースは手を伸ばし、ジョナサンの肩を軽く叩いた。「大丈夫。あなたの担当作家は私だけじゃないもの」

「彼らが君みたいに闇を好むタイプの作家じゃないことに感謝しなければならないな。今夜の主役を独占しすぎてしまった。さあ、もう行って！　君と話したがっている人たちと交流してきてくれ。僕もせいぜい人脈作りにいそしむよ」ジョナサンは手をひらひらさせた。

グレースは彫刻の庭の通路を進み、近くにいたウエイターのトレイからシャンパングラスを取ってすすった。

「グレース、会えてうれしいわ」背後から女性の声がした。

振り返って声の主を確認したとたん、グレースは満面に笑みを浮かべた。燃えるような赤毛に、同じく赤いフレームの眼鏡をかけた堂々たる雰囲気の女性だ。民族衣装のサリーのようなデザインのドレスを身にまとっている。ドレスの金色の裾が庭の照明を受けてきらきらと輝いていた。「ジェームズ博士、信じられないわ。来てくださったなんて」

「クララと呼んでちょうだい。あなたが私の教え子だったのは、もう何年も前の話なんだから」ジェームズ博士がグレースを抱きしめた。そう言われても、グレースは相手を〝クララ〟と呼ぶ気にはなれなかった。指導を受けていた学生時代からずっと、畏怖の念を抱いている。「それに、ここへ来るのは当然よ。あなたは教え子の中でもとびきり優秀だったんですもの。自分のことのようにうれしいわ。きっとマーサもあなたを誇りに思っているはずよ」

グレースは心がずしりと重くなった。うまく息ができない。悲しみは不思議な感情だ。もう克服できただろうと思ったときに、ふいに忍び寄ってくる。マーサ・リー博士は犯罪学の世界で第一人者だった。心理学者としてだけではない。男性優位で悪名高かった犯罪学の世界で、初めて一目置かれた女性だった。とにかく熱意と鋭い観察眼を兼ね備えた女性だった。それだけに、マーサと交流できたことを名誉に思わずにはいられない。マーサはグレースのよき師になってくれた。FBIアカデミーに推薦状を書いてくれたのも彼女だ。八〇年代に引退するまで、アカデミーで教えていた。

グレースはマーサと何年も連絡を取りつづけた。メールを送ったり電話で話したりし、ときどき昼食を一緒にとったりもする仲だった。ところが昨年、グレースが三冊目の小説の仕上げにかかっていたとき、マーサが自動車事故で亡くなったという訃報が届いた。ひどくショックだった。マーサはいつもいきいきとしていた。そんな彼女がもはやこの世にいないことが、どうにも信じられなかった。葬儀のあと、グレースはがらんとした自宅へ戻り、何かせずにはいられなかった。だからパソコンの前に座り、小説の最終章を書きあげたのだ。マーサに導かれて執筆している気分だった。

完成した小説『信頼ゲーム』は、マーサ・リー博士の思い出に捧《ささ》げた。今まで彼女から受けた恩に比べれば、ほんのささいなことかもしれない。だけどマーサなら喜んでくれるはずだ。グレースにはわかっていた。

「本の献辞を見たわ」ジェームズ博士は手を伸ばし、グレースの腕をそっとつかんだ。「とても感動的だった。それにマーサのご主人もとても喜んでいたわ。この前、一緒に夕食をとったとき、彼から聞いたの。あなたがサイン入りの本を贈ってきてくれたって。ご主人はその本をマーサの図書室に大切に保管しているそうよ」

グレースはまばたきをし、こみあげてくる感情を抑えようとした。「なんて優しいのかしら。彼はどんな様子でした?」

「あなたならわかっているはずよ」ジェームズ博士が答えた。「何しろ、あまりに突然すぎたから」

グレースはうなずいた。「最初に聞いたとき、現実だとは思えませんでした。リー博士はいつも強い女性でしたから、不死身であるかのように思っていたんです。ばかにされたり見くだされたりするのを誰にも許そうとしなかったし、私もそうあるようにと教えてくれました。知りあえて本当に幸運だったと思います」

「私たちみんながそう思っているわ。彼女は犯罪学者としても、人としても本当にすばらしかったから。そういえば、今夜はほかの教授たちもこの会場に来ているのよ」ジェームズ博士はグレースの頭越しに、たむろしている出席者たちを眺めた。「ほら、あそこにカーセッジがいるわ。あなたを教えていたわよね? たしかあなたはメリーランド大学から編入してきたんじゃなかったかしら?」

「ええ、そうです」グレースはなめらかに答えたものの、ジェームズ博士が示したほうを振り向こうとはしなかった。背筋がかすかにこわばり、笑みが凍りついているのがわかる。だけど、ここでためらいを見せることはできないし、そのつもりもなかった。「博士……いえ、クララ、そろそろ失礼してもよろしいですか？　さっきから編集者が頭がどうかしたみたいに手を振っているんです。そろそろスピーチの時間なんだわ」

「もちろんよ」ジェームズ博士が言った。「さあ、行ってちょうだい。本当におめでとう！」

グレースはその場から足早に立ち去った。うまく息ができない。クリスタルのシャンパングラスにかけた指先に力をこめる。正気を保つ手段がそれしかないかのように。本当はまだステージにあがる必要はない。スピーチをする人々が呼ばれているわけではない。今の私に必要なのは……。

空間だ。避難できる場所。この人ごみから逃れられる場所。

グレースはドレスの裾をはためかせながらできるだけ速く歩き、博物館の中央にある広場に足を踏み入れた。今はがらんとしている。パーティの出席者たちは、照明とワイン、芸術作品に引き寄せられるかのように彫刻の庭に集まっていた。

グレースは広場の中央に立ち、ゆっくりと体を回転させると、周囲にある巨大な円形のコンクリートを見つめた。こうして背が高いグレーの壁に囲まれていると、まるで大きな洞窟にいるかのようだ。完全に守られている気分になる。心安らぐ空間だ。

グレースはシャンパンをもうひと口すすった。これで落ち着けるといいけれど。クラッチバッグの中で、携帯電話が振動しているのに気づくまで少しかかった。慌ててバッグから電話を取りだす。

「もしもし?」

「グレース、ポールだ」

FBI捜査官ポール・ハリソンは上司であるだけではなく、よき友人でもある。かつてポールはマギーの婚約者だったが、うまくいかなかった。プロファイラーという仕事でいやになるのは、いつでも分析せずにいられないことだ。ポールとマギーがうまくいかないサインは最初から見えていた。それなのにふたりの関係が破綻したとき、どちらにも充分な助けの手を差し伸べることができなかった。ただ、マギーはポールよりも早く立ち直った。彼女は過去にトラウマを抱えている。だからこそ、ここぞというときに生存本能が働いたのだろう。それに比べて、ポールは立ち直るまでに時間がかかった。けれども最近、彼自身からまたデートをするようになったと聞かされ、グレースはほっとしていた。ポールは本当にすばらしい男性で、彼とつきあえる女性は幸せ者だと言っていい。

「今夜が授賞式なのは知っている」ポールは言った。「本当におめでとう。だが覚えているかい？　何かあったら連絡すると約束したから、こうして電話をかけたんだ。もし邪魔したなら――」

「いいえ」マイクの確認をする音がすでに聞こえていたものの、グレースは即答した。そろそろステージにあがり、スピーチを始めなければならない時刻だ。「何があったの？」

「事件だ。もし都合がつかないなら、来る必要は――」

グレースの心臓が跳ねた。事件。まさに自分が必要としているものだ。「大丈夫。でも一時間くらいかかると思う。これからスピーチをしなければならないの。終わったら編集者に頼んで車をよこしてもらう。自宅へ戻って着替えたあと、自分の車に乗り換えてから現場へ向かうわ」

「実は、そっちに迎えの者を送った。新任の捜査官だ。君がすぐ着替えられるように、君のオフィスから非常持ち出し袋を取って持参するよう指示しておいた。かまわなかったかな？」

グレースは笑みを浮かべた。さすがはポールだ。すべてにおいて抜かりない。いつも用意周到だ。「あらゆる事態に備えているのね。完璧だわ」

「だったら、君のスピーチが終わる頃を見計らって博物館の外で待つよう言っておく。

そうすれば現場に向かうあいだに、お互いのことがよくわかるようになるだろう」

「ええ、楽しみにしているわ。じゃあ、一時間後に」

「ああ、またそのときに」

グレースは電話を切り、息を吸いこんで気持ちを落ち着けると、同僚や愛読者たちが待っている庭へ戻った。

2

ギャビンはネクタイを直した。もう百回くらい同じことをしている気がする。FBIに採用されたとき、妹から贈られたダークブルーのシルクのループタイだ。その夜、ウォーカー家では祝いの食事会が盛大に催された。ウォーカー家の三世代がひとつ屋根の下に集結したのだ。きょうだいのダニエルはわざわざテキサスから飛行機で来てくれた。サラはギャビンをポーチへ引っ張りだし、このループタイをくれたのだ。

「兄さんが改まった装いをするのが好きじゃないのは知ってるわ。でもテレビドラマに出てくるFBI捜査官って、みんな、こういうネクタイをつけてるから」

妹の言葉を思いだし、ギャビンは笑みを浮かべた。年は離れているものの、妹サラは思慮深くて優しい。警察を辞め、FBI捜査官として新たな挑戦をしようとしている兄に、お守り代わりにこのループタイをくれたのだろう。

自分の決断がいまだに信じられない。陸軍を辞したときに、生え抜きの精鋭《エリート》として仕事をする夢はあきらめたはずだった。コロンビア特別区首都警察に入ってから最初の二年間は爆発物処理班の一員として、のちの八年間を殺人課の刑事として任務をこなしてきた。警察での仕事がいやだったわけではない。だが、いつも心のどこかで何か違うものを探し求めていた。どういうわけか、じっとしていられなかった。かつて自分は優れた兵士だった。あのままいけば、さらに優れたスパイになれたはずだ。もしあんなことさえなければ……。

ギャビンはため息をついた。もしああだったらと鬱々と考えていても意味がない。ついに大きな一歩を踏みだした今はなおさらだ。

ポール・ハリソンに出会ったのは、共通の友人の家で開かれたバーベキューパーティに参加した昨年のことだ。ハリソンからＦＢＩの職務について話を聞くうち、またしても血が騒ぐ感覚に襲われた。この十年間、どうにか無視しようとしてきたなじみのある感覚だが、そのときは無視する気になれなかった。それからハリソンと数回会い、数週間以内にＦＢＩから誘いを受け、警察を辞めた。ＦＢＩは陸軍での経歴や警察での仕事ぶりを高く評価してくれたようだった。捜査官になるべくすぐにジョージアへ飛ぶよう命じられ、元警察官向けの集中訓練を受けさせられた。それからバージニアでさらなる訓練を終え、晴れて正式にＦＢＩの一員となり、捜査チームに配属されたばかりだ。ただし、まだチームの全員と顔を合わせたわけではない。

二十分前、ハリソンから指示を待つようにという電話が入った。だからこうしてスーツを身につけ、武器の装着を確かめてから、車の中で待機している。

緊張はしていない。たいていのことでは動じない。ウォーカー家はそういう家系だ――全員が警察官になったのがいい証拠だろう。こういった仕事で何が求められているかはわかっているつもりだ。警察とＦＢＩでは少し勝手が違っているかもしれないが、殺人は殺人だ。どの組織で働こうと、その事実に変わりはない。これからも殺人者を追跡し、正義の鉄槌《てっつい》を下すことに邁進《まいしん》するつもりだった。

警察で働いた十年のあいだに、ぞっとする現場を何度も目にしてきた。人間の中でも最悪なのは殺人犯と強姦《ごうかん》犯、それに爆弾や爆発物で破壊行為をする犯人たちだ。だが同時に、人間の信じられないほど崇高な面も見てきた。生き残った人たちやその家族を支えようと一致団結した地域住民のあたたかさ。誰も信じようとしなかったのに、息子は殺されたと主張しつづけた母親の強さ。そういった悲劇的な喪失を目のあたりにした人々が被害者に見せるあふれんばかりの愛情。

祖父はよく〝どんなことにも希望の兆しはある。それをいつも探しているんだ〟と口にしたものだ。それは本当かもしれない――そう考え、ギャビンは苦笑いを浮かべた。仕事上、そういう楽観的な考えが助けになることもあれば、裏目に出ることもある。実際、自分が理想を追い求めるタイプだという自覚はある。しかし、理想があるところには希望もあるものだ。ただし、希望が失望に変わったときは危険きわまりない。殺人が起きる可能性もある。とかく希望と失望は紙一重だ。

ギャビンは再びネクタイを直した。いいかげん、ネクタイを引っ張るのをやめなければ。そこでそわそわと両手を髪にあてた。かつての恋人に猫っ毛と言われたやわらかい髪だ。

携帯電話が鳴った。画面にハリソンの名前が表示されている。やっとかかってきた。

「ウォーカーだ」

「ハリソンだ。今、プロファイラーとの電話を切ったばかりだ。彼女はあと三十分で博物館から出てくる。ふたりで現場へ向かってくれ。鑑識班もすでに手配済みだ。僕は現場で君たちの到着を待つ」

「了解。事件の詳細は？」

「判明しているのは被害者が二十代前半の女性で、銃で撃たれたことだ。身分証から、連邦政府職員だとわかった。だからわれわれが呼ばれたんだ。ゾーイーたち鑑識班が十五分で到着する。そうすれば、さらに詳しい手がかりが得られるだろう」

ギャビンはうなずいた。「渋滞はさほどひどくないはずだ。今から出発する。迎えに行く相手は――」

「ああ、彼女の名前は聞いたことがあるはずだ」ハリソンはそう言うと、短く笑った。「グレース・シンクレア捜査官だ」

ギャビンは衝撃を覚えた。それも全身がかっとなるような衝撃だ。頭の中でグレースのかすれた声が聞こえ、背中に爪を立てられた感触がよみがえった。

「殺人課にいたとき、顔を合わせたことはあったのか?」ハリソンが尋ねる。

ギャビンは大きく息を吸いこんだ。「いや、なかったはずだ」

厳密に言えば、嘘《うそ》ではない。事件現場でグレースと顔を合わせたことはなかった。一緒に仕事をしたことは一度もない。

「グレースはきわめて優秀だ」ハリソンが言った。「チームのメンバーを紹介したとき、彼女を紹介できなくてすまない。ちょうど本の販促ツアーに出かけていたんだ」

「なるほど」ギャビンは言った。グレースが書いた本。処女作が出版されたとき、どうしても買わずにいられなかった。そして読み終えた瞬間、読まなければよかったと後悔した。グレースが描くヒロインとその恋人のラブシーンを読んで、忘れがたい記憶がよみがえってしまったのだ。だから二作目が出版されても、本屋でぱらぱらとめくるだけにとどめた。だが書店のウインドーに飾られた二作目を目にするたびに、あの夜のことを思いださずにはいられない。あの夜の彼女のことを。

生きていると、どうしても忘れられない記憶がある。どうしても忘れられない女性も……。

しかもグレース・シンクレアはまさに誰もが忘れられない女性にほかならない。通りを歩いている姿をちらりと見かけただけでも、その顔は忘れられないだろう。

だがギャビンの場合、ちらりと見かけただけではない。ベッドの中で、この腕に抱いたのだ。今でもグレースの肌のやわらかさをありありと思いだせる。それにギャビンがドレスのファスナーを引きおろした瞬間、彼女があげた低い笑い声も。ギャビンがピンを引き抜いた瞬間、滝のようにこぼれ落ちた彼女の豊かな髪も。

十八時間。そのあいだ、グレースはギャビンのものだった。グレースの体に触れ、キスをし、彼女がジャズと芸術のすばらしさについて語る声に耳を傾け、目を輝かせる様子を見つめた。グレースがそんなふうに人前で瞳をきらめかせることはめったにないはずだ。だが夜明けが訪れ、太陽がのぼり、ギャビンが目覚めたとき、グレースの姿はすでになかった。それが彼女の流儀だ。もちろんグレースについては、それまで噂《うわさ》でしか聞いたことがなかった。多くの意味で、ワシントンＤＣは小さな街だ。噂も絶えない。ありとあらゆる噂を耳にする。でもその夜は〝どんなことにも希望の兆しはある〟という考え方が災いした。心のどこかで、朝を迎えてもグレースがベッドに残っているに違いないと思っていたのだ。この関係がひと晩で終わるわけがない。彼に限っては例外だろうと。

「……博物館だ、ウォーカー？」ハリソンが何かきいている。

ギャビンは咳払《せきばら》いをした。「すまない、もう一度言ってくれないか」

「そこから博物館への行き方はわかるか？」

「ああ、向かっているところだ」

「君の携帯電話に犯行現場の住所をメールで送っておく。あとで合流しよう」

通話が切れ、ギャビンは携帯電話をおろした。心が千々に乱れている。だが手を伸ばし、ホルスターに入った銃に触れた瞬間、頭がはっきりした。ホルスターをベルトにしっかりと装着し、肩を怒らせ、今から向かう犯行現場に意識を集中させる。

厄介な事態になりそうだ。とはいえ、自分にはすべき仕事がある。殺人犯を見つけださなければならない。

常に仕事優先だ。それは変わらない。

3

スピーチはうまくいった。博物館から出て通りに通じる階段へ向かいながら、グレースは満足げに考えた。招待客たちは笑うべきところで笑ってくれたし、彼女が会場から立ち去るときも祝福の言葉を次々とかけてくれた。人気作家として注目されるのは気分がいい。小説を書くのも、世間に期待されている作家像を演じるのも楽しい。でも、それもこれも実生活で地道な仕事をこなしているからだ。おぞましい凶悪犯罪のプロファイリング——それこそ、彼女が愛してやまない本業にほかならない。

あたりはすっかり夜だ。そろそろ本業に戻るべきときだろう。胃がきりきりしている。なじみのある感覚だ。犯行現場へ向かうたびに覚える、期待と恐れがないまぜになった感じ。グレースは階段の一番上で立ちどまり、通りを見渡した。カーブに黒いSUVが停まっている。エンジンはかかったままだ。あの車に乗っているのが新しい捜査官に違いない。本の販促ツアーに出かけているあいだに、ポールはチームに新たなメンバーを数人迎えていた。彼らとはまだ顔を合わせていない。

ドレスのスカートの裾を少し持ちあげながら階段をおりはじめる。階段を半分おりたところで、ＳＵＶのドアが開いた。車から降りてきた男性が、助手席側のドアに体をもたせかけた。

階段の途中で、グレースは一瞬凍りついた。そんなはずはない……ありえない。彼はＦＢＩの捜査官ではない。もし採用されたら、彼女の耳にも届いたはずだ……。けれど目の前に動かぬ証拠がある。ギャビン・ウォーカー。悔しいことにグレースより長身の、百九十五センチの彼が立っている。心臓が跳ねたものの、足取りを乱すことなく階段をおりていった。

当時ギャビンはコロンビア特別区首都警察の殺人課の刑事で、最後に見たときは全裸のまま、ぐっすり眠りこんでいた。グレースはそれまでと同じく、気づかれないように彼のベッドからそっと抜けだした。けれどもあの夜のことを思いだすと、脚のあいだに甘い感覚が走る。

あれは二年前だ。翌日、ギャビンは電話をかけてきた。もう一度会いたかったのだろう。でも彼女は鳴りつづけている電話を無視した。それがいつものやり方だから。自分に課したルールだからだ。

意外にも、電話に出ないようにするのはことのほか難しかった。抗《あらが》いがたい誘惑を感じることはめったにない——あるいは、誘惑にうまく対処できないこともだ。どうにかしてギャビンに対する感情を、ギャビンと過ごした夜の記憶を心の奥底にうずめようとした。

しかし記憶よりもさらにハンサムなギャビンが目の前に立っている今、彼への思いを心の底に封印しておくのは至難の業に思える。

グレースが階段をおりて近づいていくと、ギャビンが笑みを向けてきた。うぬぼれているようにも見える満面の笑み。あの夜、ギャビンとベッドをともにしたのは、この笑みに惹かれたせいもある。当時は彼の笑みを見ると、全身が反応した。今もそれは変わらない。ギャビンのあたたかなまなざしにさらされ、肌がちりちりしている。

ふいに今夜のドレスが体にぴったりとしたデザインであることを意識させられた。むきだしの背中に夏の熱い風が吹きつけている。それでも顔の表情をいっさい変えないようにした。これほど動揺していることをギャビンに知られたくない。ギャビンはただグレースをからかうために、あんな笑みを浮かべているのだ。

「ウォーカー刑事」グレースは冷静沈着な声で話しかけた。「最近は運転手役もこなしているの？」

街灯の明かりの中、彼はブラウンの瞳を輝かせた。「今はウォーカー捜査官だ」

「そのようね」グレースはギャビンの前で立ちどまった。これほど近くにいると、彼の背の高さを意識してしまう。グレースはもともと背が高いうえに普段からハイヒールを好んで履くせいで、男性を見あげるのには慣れていない。だが、どうだろう。ギャビンは今、中世の戦士のごとく目の前に立ちはだかっている。なんてがっしりとした肩。彼の全身から伝わってくる力強さに、グレースは思わず身震いしそうになった——恐れからではなく、期待からだ。もしこのまま目を閉じたら、ふたりで過ごしたあの夜をありありと思いだせるに違いない。ギャビンの両手でどんなふうに腰を支えられたか。彼の両腕でいかに軽々と体をすくいあげられたか。

気を引きしめなければ。ギャビンの姿を見ただけで、これほど体が反応していることを彼に気づかれてはならない。そんな自分を認めたくない。

グレースはほほえんだ。「正直言えば、ちょっと驚いているの」ギャビンがここへ来た本当の理由はなんだろう？　ポールから、迎えに行く相手がグレースであることは聞いていたはずなのに。それとも、ギャビンが自ら申しでたのだろうか？　これもまた、彼女をからかおうとするゲームのひとつにすぎないのか？　それとも何かもっと特別な意味があるのだろうか？

「僕の転職は君のプロファイリングとは正反対の結果だったかな、グレース？」ギャビンは腕組みをした。開拓期のアメリカ西部の酒場にいるたくましいカウボーイのように見える。

グレースはギャビンをにらんだ。「いいえ、そんなことはないわ」なめらかな口調で答えた。「あなたは明らかに自分にもっと多くを求めるタイプだもの。それほど野心的だからこそ、警察でもあれほど出世したんだわ。さらに驚いたことに、あなたはポールのチームに加入した。ポールはメンバーに対する要求が多いことで悪名高いから」

「ハリソンはいいやつだ」ギャビンはさりげなく肩をすくめた。「彼は規則を好む。僕も規則を好むんだ」

グレースは鼻を鳴らした。ギャビン・ウォーカーが規則を好む？　まさか。たしかにギャビンは規則を破りはしないが、必要とあらば規則をねじ曲げたいと考えるタイプだ。仕事熱心で鋭い直感を持つ彼は、コロンビア特別区首都警察で異例の出世を遂げた。ここ数十年のあいだで、殺人担当になった刑事の最年少記録を塗り替えたのだ。

そして今、ギャビンがここにいる——ＦＢＩ捜査官として。私と同じチームに。なんてこと。グレースはそこはかとない気まずさを感じた。こんなぎこちない気分にならないよう、今まで細心の注意を払ってきたはずなのに。仕事とお楽しみを混同せず、きっちりと分けてきた。それがどうだろう。今、かつてのお楽しみの相手が目の前にいる。それもいまだにありありと思いだせるほどの悦《よろこ》びを与えてくれた相手だ。ギャビンの手で愛撫《あいぶ》されたあの夜、全身が火に包まれたようになった。その男性がここに立っている。一緒に仕事をするために。

どうして新たなメンバーについて、あらかじめポールに尋ねておかなかったのだろう？　本の販促ツアーに気を取られていたせいだ。自分に悪態をつかずにはいられない。せめて前もって知っていれば、華やかな授賞式を終えていきなりギャビン・ウォーカーと再会しても、これほど動揺することはなかったのに。

「君の非常持ち出し袋を車に積んできた」ギャビンは背後のＳＵＶを親指で示した。「現場はカレッジ・パークだ。すぐに出発しよう」

「後ろで着替えるわ」グレースはそう言うと、後部座席のドアに手を伸ばした。その瞬間、ギャビンも同じことをした。

つかのま、指先が触れあった。ギャビンの手はあたたかかった。引き金を引く指のざらざらした感触までわかった。背筋に電流が走り、グレースはとっさに手を離した。ギャビンはにやりとすると、彼女のために後部座席のドアを開けた。

「レディファーストだ」ギャビンはゆっくりと言った。

車内にはグレースの非常持ち出し袋が置かれている。ギャビンは運転席へ乗りこみ、すばやくSUVを発進させて幹線道路を目指しはじめた。

グレースは非常持ち出し袋を一瞥《いちべつ》し、運転席に視線を戻した。自分でも顔が赤くなっているのがわかる。

「約束する。絶対に見ない」バックミラー越しに、ギャビンが視線を合わせてきた。

「本当に？」

ギャビンは目尻に皺を寄せて笑うと、前方の道路に視線を向けた。「母は僕を立派な紳士として育てた。それを証明してみせよう」

「そう願うわ」グレースは非常持ち出し袋を開け、スカートと少し皺の寄ったインディゴブルーのシャツを取りだした。

ギャビンが本当に紳士かどうか確かめるべくバックミラーを見つめつづけながら、ドレスの長いスカートを引きあげ、その下からペンシルスカートをはいた。

不本意ながら、手早く着替えるにはこうするしかない。ドレスの脇腹のファスナーをおろし、首の後ろにあるシルバーのリボンの結び目に指をかけた瞬間、信号で車が停まった。たちまち喉がからからになる。グレースが視線をあげてバックミラーを見ると、ギャビンがこちらを見つめていた。

グレースは片方の眉をあげた。「立派な紳士であることを証明するんじゃなかったの、ウォーカー？」

ギャビンのブラウンの瞳がきらめいている。たちまちグレースは肌がちりちりしだした。「それを難しくしているのは君だ、グレース」彼の声はかすれていた。

ギャビンの目を見つめたまま、グレースはドレスのリボンをおもむろに引っ張った。無言のまま、ギャビンを試そうとする。あなたは言葉どおりの人？

それとも、私が考えているとおりの人なの？

ドレスのシルバーの生地がゆっくりと胸元へ滑り落ちはじめると、ギャビンは前方の道路に視線を戻した。咳払いをし、ハンドルをきつく握りしめる。

その様子を見届けたグレースはひとりほほえむと、肩をすぼめてシャツを手早く身にまとい、ドレスを脱ぎ捨てた。光沢あるシルバーの生地がウエストから車の床へと滑り落ちる。

着替えがすむと、次の信号で車が停まるのを待って、後部座席から助手席に移った。

「それで事件の詳細は？」編みこんだ髪からこぼれ落ちた髪を払いながら、グレースは尋ねた。

「ハリソンからはほとんど情報を聞かされていない」ギャビンが幹線道路に合流しながら答えた。「さっき届いたメールによれば、被害者はライフルで狙撃されたそうだ」

グレースはカーナビゲーションシステムで行き先の住所を確認し、眉をひそめた。

「中華料理店で？」

ギャビンが肩をすくめる。「世の中、不思議なことが起こるものだ」

「被害者の数は？」

「ひとりだ」

グレースはさらに眉をひそめた。無差別殺人犯ならもっと大人数の命を狙いそうなものだ。人々の神経を逆撫《さかな》でし、大混乱を引き起こすことに快感を覚え、たった数発の銃弾で大勢の人たちをヒステリー状態に陥れようとする。

車内はしばし沈黙に包まれた。やがてギャビンが静けさを破った。「プロファイリングの達人の頭には、どんな犯人像が浮かんでいるんだ？」

グレースはギャビンをにらんだ。彼の言い方が気に入らない。

「どうした？」

「あなたが警察で、刑事の勘だけを頼りに靴底をすり減らして捜査してきたことは理解しているわ。でも、あなたはもう刑事じゃない。今からは腕利き集団の一員としていで」

仕事をすることになる。ポールのチームの中で、一番の腕利きは私よ。それを忘れないで」

ギャビンは口笛を吹いた。「今のは脅しか？」

「友人としての忠告よ。もしチームにとって必要でなければ、ポールがあなたを雇うわけがない。だけどチームの一員として仕事をするというのは、お互いの専門性を尊重するということなの」

「つまり君は、僕が君を尊敬していないと考えてるんだな」ギャビンはそう言うとウインカーを点滅させ、車線変更した。もうすぐ出口だ。

「私にはわかるの。あなたは私の仕事に敬意を払っていない」

「君の思い違いだ」ギャビンは短く言った。

グレースは驚いた。彼が怒鳴り散らし、反論してくるものと思っていた。しかしギャビンは冷静に幹線道路を出て、カレッジ・パークへ通じる大通りに車を進めた。やがて明滅する青と赤の明かりが見えてきた。ギャビンは警察の非常線の手前で車を停め、近づいてきた警官に向かって身分証をかざした。

グレースが車から降りようとドアに手を伸ばした瞬間、ギャビンの声が聞こえ、彼女は振り返った。「君のことは尊敬してるよ、グレース。たしかに僕自身の捜査のやり方や見方とは違うが、君の仕事には敬意を払っている」

グレースはギャビンを見つめた。顔や声に偽りのサインが見えないだろうか？

「だが、君は僕の仕事に敬意を払っていない」ギャビンが言葉を継いだ。「ついさっき、刑事の勘がまるで悪いものであるかのように言っていた。あれは感心しないな」

まただ。ギャビンの声にからかう調子が感じられる。なんだか腹立たしいし、うんざりする。

それに……何かを求めてしまう。

グレースはギャビンの頭のてっぺんから足先まで眺めた。わざとゆっくりと視線を走らせる。再び目を合わせた瞬間、周囲にあるたくさんのパトカーの明滅する明かりの中、ふたりの熱い視線が絡みあった。

「それなら尊敬に値することをしてみせて。そうすれば、私もあなたに敬意を払うわ」

それ以上何も言わず、グレースは車のドアを開けて足早に犯行現場へ向かった。

4

ギャビンはグレースが足早に駐車場を横切る姿を見つめた。女王のごとく上品で堂々たる足取りだ。

グレース・シンクレアは謎めいている。あれほどの美貌の持ち主なのだから、ただそこに立ってまつげをはためかせるだけで、望みのものはなんでも手に入れられるだろう。それなのに、彼女は自分の美しさを武器として使っている。周囲の人に誤った安心感を持たせ、油断させるのだ。あんな女性を前にしたら、男はどうすることもできない。

くそっ。SUVの後部座席でグレースが着替えていたとき、前方の道路に意識を集中させるのは至難の業だった。ドレスの衣《きぬ》ずれの音やファスナーがおろされる音が聞こえ、頭がどうにかなりそうだった。振り返らないようにするには、ありったけの自制心をかき集めなければならなかった。そうしなければ、いまいましいSUVを路肩に停め、後部座席にいるグレースに襲いかかっていたに違いない。

グレースはそれを知っていた。もちろん、そうだろう。彼女はなんでもお見通しだ。

別に冗談で〝プロファイリングの達人〟と言ったわけではない。グレースは優秀だ。彼女の頭のよさはギャビンの理解を超えている。思えば、砂漠では自分の直感だけを頼りに行動することを学んだ。スパイが暗躍する世界では、頼りになるのは自分の直感だけだった。白か黒か、はっきり区別がつく世界だ。自分たちと彼ら。善と悪。正しい行いと間違った行い。

だがグレースはものごとを違う目でとらえている。その瞳に映っているのは、曖昧なグレーの世界だ。グレースは邪悪な者たちの根っこにあるものを見ようとする。恐れもせず、それを探りだそうとする。それも興味津々と、これ以上ないほど深く掘りさげるのだ。自分を悪人たちの立場に置いて事件を検討する——それがグレースの仕事だ。そんな暗闇の世界にどっぷりつかっても影響を受けず、自分を保てるのは驚きとしか言いようがない。

「来ないの?」グレースの声で、ギャビンは現実に引き戻された。彼女は駐車場の十メートルほど先で、こちらを振り返って見ている。

「ああ、今行く」ギャビンは大股で追いついた。「僕たちは話すべきことをきちんと話すべきだ」

「話すべきこと？」グレースが困惑した顔でギャビンを見た。

「僕たちについてだ。僕たちがどうやって出会い、知りあったか。ハリソンはことあるごとに、僕が警察官だったとき、君と一緒に捜査をしたことはないのかと尋ねてくる」

「私に任せて」

「本当に？」

「心配しなくていいわ」

中華料理店に向かって歩いていると、ハリソンに呼びとめられた。

「ウォーカー、また会えてうれしいよ」ハリソンが手を差しだし、ギャビンは握手に応じた。「ここまで来るあいだに、お互いのことがわかったかな？」

「知らない仲じゃないわ」グレースが答えた。

ギャビンは眉をひそめた。嘘をつくつもりでいたのに。ベッドでの自慢話を吹聴《ふいちょう》する気はない。それに、ハリソンに部下であるグレースの秘密を暴露する気もなかった。

「そうなのか？」ハリソンがグレースに手袋を渡した。「どうやって知りあったんだ？」

「二年前、ベッドをともにしたの」グレースはさらりと言うと、手袋をはめた。

ギャビンは咳《せ》きこんだ。あんぐりと口を開けているハリソンを見つめながら、赤面しないよう自分を戒める。だがグレースの率直すぎる態度を目のあたりにし、なんだか愉快な気分になっていた。とはいえ、ここで笑ってはならないことは百も承知だ。

グレースが目をくるりとまわした。「そんなに驚かなくてもいいじゃない」

「軽率だ」ギャビンは無表情のまま、ぽつりと言った。

その瞬間彼は、グレースがおもしろがるように瞳を輝かせたことに気づいた。けれどもその輝きはすぐに消えてしまった。

グレースはこの状況をおもしろがっている。でも、その気持ちを表に出そうとはしない。

彼女はむしろつまらなそうに口角をさげた。「遺体は？」

「ああ、こっちだ」ハリソンが答える。まだ驚いている様子だ。ギャビンが申し訳なさそうにちらりと見ると、ハリソンは困惑した笑みを返してきた。「さあ、仕事だ。そのことについては……またあとで」

古い煉瓦《れんが》造りの建物がずらりと並んだ通りの一番端に、中華料理店〈ゴールデン・

ランタン〉があった。ネオンサインが点滅している。

脂と酢豚のにおいがギャビンの鼻腔《びこう》をくすぐった。歩道の先で、警官たちが巡回している。周辺地域の安全を確かめているのだ。

「それで被害者は？」ギャビンはハリソンに尋ねた。

「二十代前半の女性だ」ハリソンは答えると、店に隣接した裏通りに張られている立ち入り禁止テープを持ちあげ、ふたりを通した。「服装からすると、ジョギング中だったらしい」

「きっと公園の小道を走っていたのね」

「ずいぶん遅い時間だな」ギャビンは言った。

グレースが肩をすくめた。「夜にジョギングする人もいるわ。私もそうよ」

「だが、君には自分を守る能力がある」ギャビンは言った。

「被害者の女性もそうだったかもしれない」グレースは指摘した。「凶器はライフルだったんでしょう？」

ハリソンはうなずいた。「鑑識によれば、角度や銃弾からいってライフルらしい」

「ゾーイーはいる？」グレースがきいた。「ウォーカー、彼女にはもう会った？」

「ブルーの髪の女性かな？」ギャビンは答えた。「チームに紹介されたとき、少し話した。蛆虫《うじむし》と腐敗の実験について話してくれたが、僕にはさっぱりわからなかった」

ハリソンは笑った。「やや頭がどうかしたところはあるが、ゾーイーは鑑識官としてずば抜けた才能を持っているんだ」

「彼女は頭がどうかしてなんかいないわ」グレースが言った。「個性的なのよ」

グレースは男性ふたりの前に立った。路地を挟んで中華料理店の向かい側にある、コインランドリーの屋根を見あげている。ギャビンもそれにならった。いったい彼女は何を考えているのだろう？　どうして眉間に皺を寄せているんだ？

そこで疑問を口にした。「何を考えている？」

グレースはコインランドリーからギャビンに視線を移し、彼の質問に驚いたようにグレーの目を見開いた。「スナイパーは細かな点にまでこだわるものよ」コインランドリーの屋根に視線を戻す。「あそこにもう鑑識班を向かわせた？」

「ゾーイーのチームの半数を行かせた」ハリソンが答えた。

ギャビンは建物を見あげた。先ほどからグレースはそこを凝視しつづけている。

「何かがおかしい。そう感じてるんだろう？」

「私は直感に頼るたちじゃないの」そう答えたものの、グレースは視線をせわしなく動かしながら、中華料理店と向かいのコインランドリーを交互に見つめつづけている。

間違いない。彼女はギャビンと同じ結論に達したのだ。この路地を見た瞬間、彼はすぐにわかった。

「スナイパーが標的を狙うには、あまりに不適切な場所だ」ギャビンは言った。

グレースは片方の眉をあげ、横目で彼を見た。「どうしてそう思うの？」

「僕はただハンサムなだけじゃない」ギャビンが答えると、グレースは鼻を鳴らした。

「陸軍に四年いたんだ。スナイパーだった」彼女が瞳をきらめかせるのを見て、ギャビンはふいに胸が苦しくなった。グレースは彼の経歴に興味を抱いたのだろうか？

「標的を狙うには、ここは狭すぎる。どんな角度から狙っても外れてしまう」

グレースが唇――男の気を散らす濃く赤い口紅が塗られている――をゆがめた。彼女はギャビンの意見が正しいことを知っている。それを認めないほどお高くとまってはいないはずだ。ただし、認めるには少し時間が必要なのだろう。さらなる自制心を発揮するために。

グレースは自分を管理するのが好きな女性だ。プロファイラーでなくても、それくらいはすぐにわかる。グレースが自制心を手放すのは、ベッドルームの中だけに違いない。だからこそ、そこで長居はしないのだろう。それは危険すぎる。彼女にとって失うものが大きすぎる。

「あなたの言うとおりだわ。プロのスナイパーなら、こんな場所は選ばないはずよ」

「ということは、場あたり的な犯行だと考えてるんだな？」ギャビンは尋ねた。グレースの肩越しに、路地の先で作業をしている鑑識班が見えた。遺体のまわりでさまざまな証拠を採取したり写真を撮ったりしている。

「何か盗まれていたものは？」グレースがハリソンに尋ねた。

ハリソンは首を振った。「犯人は強盗の犯行に見せかけようとさえしていない。被害者は婚約指輪をはめたままだった。かなり大きな宝石だ。盗もうと思えば簡単に盗めたはずなのに」

「君の話だと、被害者は政府職員の身分証を持っていたんだろう？」ギャビンは言った。

「ああ。だからわれわれの出番となった」ハリソンが答えた。「被害者の名前はジャニス・ワコム、運輸省の事務官だ。連邦政府の職員だったから、ＦＢＩが呼ばれた」

「彼女はジョギングに出かけた」グレースは建物群の屋根に視線を戻した。「彼女にとっては、ごく普通の夜だった。公園で何キロか走ったあと、ここへやってきた。きっと注文した料理をテイクアウトしに来たんじゃない？　店の従業員たちには話を聞いている？」

「今、事情聴取をしているところだ」ハリソンが答えた。

「もし何かわかったら、すぐに大声で知らせて」グレースはそう言うと、ギャビンのほうを向いた。「心の準備はいい？」

「言っておくが、これは僕の初めての現場じゃないんだ、シンクレア」ギャビンはわざと彼女を姓で呼んだ。そうすれば、グレースがいらだつとわかっていた。

案の定、グレースは唇をゆがめた。不満を感じたときの彼女の癖だ。

「オーケイ、お手並み拝見といきましょうか」

明らかにこれはグレースからの挑戦だ。彼女は一歩たりとも引く気はない。

「ああ、喜んで」

ふたりは狭い路地を歩き、横たわっている遺体へと近づいていった。

5

ジャニス・ワコムはあおむけに倒れていた。グレーのスウェットシャツは血で汚れ、どんよりとした目が空を見あげている。

グレースは胸が苦しくなった。心臓をわしづかみにされたかのようだ。これまで数えきれないほど遺体を目にしてきた。それでもなお犯行現場に立ちあうたびに、初めてであるかのように感じてしまう。

「何かわかったか？」ポール・ハリソンが遺体付近にかがみこんでいる白いつなぎ姿の小柄な女性に尋ねた。まばゆい明かりの中、彼女のネオンブルーの髪が光って見える。いくつかに分けてねじりあげ毛先を突きださせたスタイルの髪は、ビンテージもののかぎ針編みのヘアネットでまとめられていた。

ゾーイーが背筋を伸ばし、肩をすくめた。「毛髪のサンプルが採れただけ。でも、どう考えても犬の毛だと思う」グレースとギャビンに笑みを向けた。「すてきな口紅ね、グレース。ウォーカー捜査官、また会えてうれしいわ」

「ギャビンと呼んでほしい」ギャビンが言った。「僕もまた会えてうれしいよ。その後、蛆虫の調子はどうだい?」

ゾーイーは顔を輝かせた。「それが最高なの! この遺体を調べるために新たな技術として導入したらきっと――」

「ゾーイー」ポールがさえぎる。厳格な父親のような口調だ。

ゾーイーはため息をついた。「オーケイ、じゃあ、状況を説明するわ。どう見てもプロの仕業とは思えない。手際が悪すぎるの。私の経験から言えば、スナイパーならこんなに手際が悪いはずがない……少なくとも訓練されたスナイパーなら」

「標的を狙うには場所が悪すぎる」ギャビンが同意した。「スナイパーがここを選ぶとは思えない」

「まあ、あなたって筋肉と頭脳を兼ね備えてるのね。驚きだわ」ゾーイーはそう言うと、手で自分をあおいだ。ゾーイーの率直な感想を聞き、グレースは笑いを噛《か》み殺した。ゾーイーを責めることはできない。実際、ギャビンは筋肉も頭脳も持ちあわせている。「ギャビンの言うとおりよ」ゾーイーは続けた。「スナイパーが標的を狙うには最悪な場所だもの。だから犯人はミスをした。ほら、見て」遺体から三メートルほど離れた場所にある大型のごみ容器を身ぶりで指し示しながら続ける。「銃弾が一発ここにあたって跳ね返り、壁にあたっている。それにほら、あそこにも」そう言って背後にある壁を指さした。大きな煉瓦の塊がふたつなくなっている。「三度もしくじったあと、被害者に銃弾を二発撃ちこんでる」

「ろくに使い方も知らないのに、どうしてライフルなんていう長距離用の武器を選んだのかしら？」グレースは考えこみながら言うと、遺体に近づいた。

ギャビンもグレースにならった。遺体の脇にかがみこんだとき、ふたりの肩が触れあった。

ジャニスのファスナーとフードがついたグレーのスウェットシャツは着古されたものので、袖口がすりきれていた。ジョギングシューズは派手なデザインではないが、ブランドものだ。おそらく彼女は毎日ジョギングしていたのだろう。誰かに見られるためではなく、本当に運動するために走っていたのだ。こんな遅い時間に走っていたのはそのせいかもしれない。手早く数キロ走ってから、こってりした中華料理をテイクアウトしに来て、たまたま運悪く犯人の標的になってしまったのだろうか？　それとも夜遅くにジョギングするのはジャニスの習慣で、最初から標的として狙われていたのだろうか？

遺体を見つめていると、心の奥底で何かが引っかかった。目の前にある大切な何かを見逃している感じがする。いったいなんだろう？

「どう思う？」ギャビンが静かにきいた。

グレースはジャニスの遺体に目を走らせた。不自然な点やなんらかのサインはないだろうか？「被害者は日常的にジョギングしていたと思う。きっと何度かフルマラソンもしていたはずだわ。たぶん年に一度くらい。靴の減り具合を見て。右足よりも左足のほうがすり減っている。きっと右利きね。あるいは運動中に怪我《けが》をしたせいかもしれない。彼女はまめで、きちんとした性格だったはずよ。ほら、爪を見て」短く切りそろえられた遺体の爪を指した。目立たない淡いピンク色のマニキュアが施されている。「被害者にとって、ジョギングはストレス発散の手段だったんでしょう。一種の瞑想《めいそう》みたいに考えていたはずだわ。それに警戒していた様子が見られない。きっと撃たれるまで、自分の身に何が起きたのかわからなかったのね」

「犯人についてはどうだ？」ギャビンが尋ねる。

ジャニスを撃った犯人はどんな人物だろうか？　グレースは遺体から一歩離れ、周辺を見渡した。犯人はどこにいたのだろう？　どこなら一番安全だと感じられる？

「ゾーイー、犯人のいた場所はわかる？」グレースは尋ねた。

「撃ち損ねた銃弾の角度や遺体の倒れ方から推測するに、コインランドリーの屋根の上にいたんだと思う」ゾーイーは右手にある建物を示した。「すでにあそこにチームを向かわせてるの。何か証拠が見つかってるはずよ」

グレースは屋根を見あげ、ジャニスの遺体に視線を戻して思考を巡らせた。

「彼女は携帯電話を持っていたはずよね?」グレースはポールにきいた。

「ああ、ゾーイーが持っている」

ゾーイーが手袋をはめた手でグレースに携帯電話を渡した。ロック画面に〝午後八時三十分、ジョギング〟というリマインダーの通知がまだ表示されたままだ。

つまりジャニスには遅い時間にジョギングする習慣があったのだ。事務官という仕事柄、計画どおりに日課をこなすことを好んでいたのだろう。もしかすると、一日の予定を分刻みで立てていたのかもしれない。

だとすると、犯人はよほど周到に犯行を計画したに違いない。標的がよく見えるどこかの窓に張りついて、適切なタイミングを計っていたはずだ。そうやって数日間、ジャニスを監視しつづけたのだろう。もしかすると数週間、数カ月かけていた可能性もある。ジャニスの日々の暮らしぶりを正確に把握するために。

犯人はジャニスの顔見知りだったのだろうか? なぜ使い慣れていない武器を選ん

だのだろう？　もし近づいたら、ジャニスに身元がばれてしまうから？　犯人を目にした瞬間、ジャニスが逃げだしてしまうから？

「警察の事件記録の中に、ジャニスの名前はあった？」グレースはポールに尋ねた。

「いやがらせや、ストーカー事件や、強姦事件とか？」

「何もなかった」ポールがかぶりを振りながら答える。

「犯人は被害者に顔を見られたくなかったのかもしれない。顔見知りだった可能性がある」ギャビンが言った。「あるいは本当に人を殺すことに慣れていなかっただけかもしれない」

「あるいは気が弱いのかもしれない」グレースは言った。

ギャビンが眉根を寄せた。「気が弱いやつらは結局、かっとなると人が変わるものだ」

「それは……」グレースは反論しようとしたものの、口をつぐんで息を大きく吸いこんだ。ポールにはすべき仕事が山ほどある。いくらグレースがギャビンにいらだちを感じていても、ここで言い争いをして上司の仕事を増やす必要はない。だからこう尋ねるだけにした。「それはあなたの経験に基づく発言？」

ギャビンが愉快そうに目を輝かせた。「ああ」そう答えて言葉を継ぐ。「いや、三つともあたってるかもしれない。犯人はジャニスの顔見知りで、気が弱くて、殺しが初めてだった可能性がある」

「でも、なぜ？」グレースはギャビンにではなく、自分自身に問いかけた。いつもこの疑問がついてまわる。〝なぜ？〟という動機が犯人を割りだす手がかりになる。「なぜジャニスを殺したかったの？」

グレースはもう一度屋根を見あげた。鑑識官が集まり、証拠を探しだそうとしている。きっと犯人はなんらかの罪悪感を覚えていたのだろう。そう考えると、狙いが何度か外れたのもうなずける。特に初めての殺人ならなおさらだ。犯人はジャニスと距離を置きたかった。しかもすぐに現場から立ち去りたかったのだ。

犯人はジャニスの目を見たくなかったはずだ。目を見てしまったら、あとあとまで思いださずにいられないから。殺害が難しくなってもわざわざ長距離用の武器を選んだのは、被害者と直接顔を合わせたくなかったからに違いない。

「銃販売店を確認すべきだな」ギャビンが言った。

「ええ」グレースは同意した。「ここ六週間の防犯カメラの映像を確かめないと。犯人はごく最近ライフルを購入しているはずよ」

「犯人の特徴は？」ポールが尋ねる。

「男ね」グレースは答えると、ジャニスの遺体の周辺を再び確認した。何か見落としている気がする。それがなんだかわからない。ジャニスの髪だろうか？　いや、どう見てもありふれたポニーテールだ。ゴム紐《ひも》でさえ目立たないブラウンで、ジャニスの髪の色と同じだ。

「おそらく事務職で、朝九時から夕方五時まで仕事をしている。だから夜はかなり自由な時間が持てるはず。頭がいいけど、意気地なしよ。それに人づきあいが苦手かもしれない……女性が相手の場合は特にね。だからこそ今回、離れた場所から狙撃する必要があったんだと思う。女性を安心させるタイプの男ではない。女性に警戒心を抱かせるタイプ。したがって殺人願望を満たすために、その問題に対処する必要があった。教育かIT関係の仕事をしているかもしれない。それに武器を購入する際、銃販売店を何度か訪れている可能性がある。勇気を振り絞るためにね。店の防犯カメラの映像を確認するときには、複数回来店している男に注目すべきだわ」

「ジャニスは婚約していたらしい」ギャビンは被害者が左手の薬指にはめているサファイアの指輪を指し示した。「婚約者なら彼女の予定をよく知っていたはずだ。ふたりの仲はうまくいかなくなっていたんだろうか？　結婚式までの計画を立てることでストレスがたまりすぎたとか？　いや、婚約者はジャニスを裏切っていたのかもしれない。あるいはジャニスが婚約者を裏切っていた可能性もある」

「婚約者を確認することもできるけど、犯人かどうかは疑わしいわ」グレースは言った。「私たちが捜しているのは、隠れたままでいたがっている男よ。もし婚約者が犯人なら、ジャニスに疑われずに近づける。彼女を拳銃で撃ち殺して逃げればいい。そのほうが手っ取り早いし、はるかに効率的だわ。わざわざ持ち運ぶのが大変で、しかも高価なライフルを買う必要もない。そう、やはり犯人は……陰に隠れていたいタイプだわ」

「仕事上で恨みがあったとか？」

「ありうるわね」グレースはうなずいた。「運輸省でのジャニスの仕事ぶりを確かめるべきね。職場の人間関係で問題を抱えていなかったかどうか」もう一度ジャニスを見おろした。先ほどから引っかかっているものの正体はなんなのだろう？　いくら遺体を見つめてもわからない。そこにあるはずのない手がかりを探しだそうとしているだけなのだろうか？　それとも本当に何か見落としているのか？　こういうはっきりしない感じが不快でたまらない。自分の人生にこんな曖昧な状態があるのは許せない。グレースは深呼吸をした。「今のところは以上よ。情報がもっと集まれば、より具体的なプロファイリングができるわ」

「よし」ポールが言った。「ゾーイー、グレースやウォーカーに質問しておきたいことはないか？」

ゾーイーは首を振った。「朝までに証拠はすべて鑑識の研究室へ運びこんでおくわ。遺体の到着に間に合うよう、すでにブリアンが研究室へ向かってるところよ」

「それなら、君は家に帰っていい」ポールはグレースに言った。「君もだ、ウォーカー。現場に立ちあってくれてありがとう。ふたりとも、明日の朝また会えるな？」

「眠気覚ましのコーヒーを持っていくよ」ギャビンが応じる。

「なんて気がきくんだ」ポールは笑いながら言った。

「グレース、送っていこうか？」ギャビンがきいた。

グレースは彼を見つめ、一瞬考えたのちに答えた。「ええ」ギャビンのあとからSUVに乗りこんで話しかけた。「私は配車アプリ《Uber》で車を呼ぶこともできたのに。たしか私の家はあなたの家の反対方向だったはずよ」

「ああ、覚えてる」ギャビンはにやりとし、エンジンをかけた。

「これからもこんなふうにするつもり？」SUVが駐車場から通りへ出ると、グレースは尋ねた。「そうやって私をからかいつづける気なの？」

ギャビンは笑みを大きくした。「僕の考えなんてお見通しだろう、グレース？　ちなみに僕は今、こう思ってる。僕との再会を君は心ひそかに喜んでいるはずだとね」

「あら、そうなの？」なんてこと。この男性のうぬぼれの強さときたら、耐えられない。

「一杯やっていこう」ギャビンが言った。「話を聞かせてくれ。どうしてあれから一度も電話をかけてくれなかったのか」

グレースはちらりとギャビンを見て、ふいにある考えを思いついた。「いいバーを知っているの。右に曲がって」

ギャビンをどうにか驚かせようと思っていたのに、それから十分間、彼はグレースの指示に従って車を走らせつづけた挙げ句、ひっそりした道のカーブで車を停めた。

「そのバーとやらは、いったいどこにあるんだ？」ギャビンが肩越しに振り返りながら尋ねる。

グレースは手を伸ばし、車のイグニッションからキーを抜き取った。ギャビンが片腕を掲げ、彼女のほっそりとした手首をすばやくつかむ。ふたりの視線が絡みあった瞬間、車内の雰囲気が一変した。

もはやふたりはＦＢＩ捜査官ではなくなっていた。それに過去にベッドをともにしたことがある、わけありの男女でもなかった。

今のふたりは互いを値踏みしていた。獲物の様子をじっくりと確認する捕食動物のように。

「グレース」ギャビンが口を開いた。警告するような口調だ。

「さっき、現場で嘘をついたわね」グレースはギャビンを見つめたまま口を開いた。「あなたが陸軍でスナイパーだったはずがない」

ギャビンが唇をゆがめる。「どうしてそう思った？」

グレースの心臓が早鐘を打ちはじめた。こんなふうにギャビンに正面からぶつかるのはまだ早いのかもしれない。だけど、もしこの疑いが正しければ……。

そう、どうしても確かめなければならない。特にマギーの最新の事件に中央情報局《CIA》上層部がかかわっていたのだからなおさらだ。すっかり堕落した前任のCIA長官なら、二重スパイを送りこんで、こちらの捜査を攪乱《かくらん》することもできるだろう。

「もしあなたがスナイパーなら、警察で爆発物処理班に配属されるはずがない。むしろ特殊機動部隊《SWAT》に配属されたはずよ」

「だが、僕が気分を変えたいと願いでたら、話は別だ」

ギャビンがグレースの手首にかけた指先からゆっくりと力を抜く。グレースは車のキーを彼から遠ざけ、乾いた唇をなめて目を細めた。

ギャビンは本気でくだらない嘘をついて、グレースをだまそうとしているのだろうか？　よりにもよって今この瞬間に？　もしそんなくだらないゲームを続けるつもりなら、ずばりと核心を突くだけだ。「ウォーカー、私はあなたの一糸まとわぬ姿を見たことがあるのよ」

まさに狙いどおりだった。彼はブラウンの目を曇らせた。からかう表情が消え、真顔になる。

「背中には銃で撃たれた傷がいくつもあったわ」グレースは言葉を継いだ。「しかもどの傷も、清潔な病院で弾丸を取りだして縫合してもらったようには見えなかった。それにあなたは足にも傷がある。私の預金を全額賭けてもいい。もしあなたの傷のあるほうの足のレントゲン写真を撮ったら、ゴム爆弾で吹き飛ばされたときの細かな穴がいくつも空いているはずよ。しかもあなたは胸にも十五センチほどの傷がある。その傷はもっと古い手術痕ね。きっと足よりもさらに深刻な傷だったはずよ。敵はスパイをとらえると拷問して情報を聞きだそうとする。もしあなたが優秀なスパイなら、敵から執拗《しつよう》な拷問を受けたはず。優秀なスパイは決して情報を明かさないものだから」

「そもそも、優秀なスパイなら捕まったりしない」

「そうね。でもあなたは捕まった」

「それで？」ギャビンの声がかすれる。危険なほどセクシーな声だ。グレースは思わず身震いしそうになった。でもその代わりに、自分の銃にそっと手をかけた。

「あなたは陸軍情報保全コマンドにいたんでしょう？　そう考えるとすべて納得できる。あなたはつかみどころがないのに、人を魅了するのがうまい。いわゆる〝黄金の舌〟の持ち主だわ。あなたなら話をするだけで、狙った相手から必要な情報を引きだせるはずよ。そうでしょう？」

「肯定も否定もしない」ギャビンがからかうような笑みを浮かべた。

彼はこのゲームを続け、グレースをもてあそぼうとしている。

グレースはすばやく銃を取りだし、銃口をギャビンに向けた。ギャビンが目を見開く。

「まったく、グレース、せめて僕に夕食をおごってからにしてくれ」ギャビンがのんびりした口調で言った。

グレースは激しい怒りを覚えた。彼は本気で冗談を言っているのだろうか？　こんな大事なときに？「あなたは誰のために働いているの？」厳しい口調で問いつめた。

「君と同じだ。ハリソンの下で働いてる」ギャビンはグレースの目を見つめながら冷静に答えた。銃を突きつけられても平気だとばかりに。

「たわごとにしか聞こえない」グレースは言った。「私をばかにしているの？　一度スパイになった者はスパイしかできないものよ。さあ、誰のために仕事をしているのか言って。ＣＩＡ？　あなたは記録には載っていないエージェントなの？　どうしてここにいるの？」

「グレース」ギャビンは真剣な顔で彼女を見つめた。「僕はハリソンのために働いている。ＣＩＡのエージェントじゃない。スパイではないんだ」

グレースは彼の言葉を信じたかった。そうできたらどんなにいいだろう。でもこの前のマギーの事件では、あろうことか性根の腐った長官の指示のもとでＣＩＡが暗躍し、大きな事件をもみ消そうとしたのだ。彼らは暗殺者を送りこんでジェイクを殺そうとした。ポールも危うく死ぬところだった。マギーが救おうとした少女も、一歩間違えば死んでいたのだ。

これ以上、チームを危険にさらすわけにはいかない。

「そういうたぐいの仕事から足を洗うことはできないものよ」

「いや、こいつは使いものにならないと見なされたら、足は洗える」

グレースは眉をひそめた。「いったいなんの話？」

ギャビンがため息をつく。「説明するあいだ、銃を向けるのをやめてくれないか?」

グレースは銃を持つ手をさげた。ただし、ほんの少しだけ。

「くそっ、うかつだった」ギャビンが小声で言った。「だからハリソンに、みんなには僕の正確な経歴を話しておくべきだと言ったのに。そう、君の言うとおり、僕は陸軍情報保全コマンドに所属していた。しかも優秀なスパイだった。というか、実力は一番だった。生涯その仕事をするはずだったが、実際には四年しか所属しなかった。危険な仕事だったから、命はいくつあっても足りなかったと思うけれどね。三年目に刺されてひどい傷を負ったが、どうにか回復した。あるいは、回復できたと考えていた」それなりの歳月が経っているにもかかわらず、ギャビンの瞳に苦しげな光が宿った。「任務に復帰してしばらくは順調だった。だが、次第に呼吸がうまくできなくなった。胸に象が居座っているみたいな感じで、調べてみたら心臓弁のひとつに瘢痕《はんこん》組織が大量にたまってることがわかったんだ。深刻な病気じゃないし、命を落とす危険もない。でもそれは僕がもはや現場では足手まといにしかならず、アメリカ陸軍の役に立てないことを意味していた。今の僕は警察官にもＦＢＩ捜査官にもなれるが、スパイにはなれない。厳しい訓練に耐えた、かつての自分のようなスパイには。いまいましい心臓のせいで、薬に頼らなければならなくなったからだ」

　ギャビンの言葉はすべて本当だろう。グレースにはわかっていた。彼の顔を見ればわかる。そこに浮かんでいるのは率直さと傷心と欲求不満だ。ギャビンは自分の限界を決めるのを嫌うタイプだ。それだけに地獄のような思いを味わったに違いない。特に病気が判明して初めて故郷へ戻ったときはなおさらだ。彼のユーモアのセンスはそのせいで生まれたのだろうか？　冗談を言うことで、心の傷やどうしようもない喪失感を紛らわそうと決めたから？

「それまで必死に努力してきたことすべてをあきらめた」ギャビンが言葉を継いだ。「そのすべてから遠ざかり、故郷に戻って忘れようとした。警察での仕事に打ちこんだんだ。ある程度は満たされた」

「でも、それだけではもの足りなくなったのね」グレースは今、気づいた事実を口にした。

「ハリソンと出会って、話をするようになった。ハリソンは僕の経歴をすべて知っている。そのうえで引き抜いてくれた」

　グレースは大きく息を吸いこみ、頰を染めた。「私……過剰反応してしまったかもしれない」

「わかってもらえたかな？」ギャビンがきいた。「本当にスパイが嫌いなんだな」

「外部の団体がＦＢＩの仕事に干渉しようとするのが嫌いなの。前回、ＣＩＡが事件に関与してきて、親友が危うく命を落とすところだった。それもあって、スパイは嫌いなのよ」

ギャビンは目の高さを合わせ、誠実なまなざしでグレースの目をのぞきこんだ。

「僕の忠誠心はＦＢＩに、僕のチームに、そして僕たちが守るべき人々にある。誓うよ」

グレースはギャビンを新たな目で見つめはじめていた。ようやく本当の彼を理解できた気がする。ギャビン・ウォーカーに欠落していた部分を見つけだせたからだ。彼は元警察官だ。それに誰かの息子であり、誰かのきょうだいでもあり、善なる愛国者でもある。だけど、それだけではない。

ギャビンは頭が切れるし、勇気もあるし、本能的に他人を保護しようとする。自分を犠牲にしてでも相手を守ろうとし、そうできないことを恥だと考える。つまりスパイとしても刑事としても優秀だったのだろう。もちろん優秀なＦＢＩ捜査官にもなれるはずだ。なぜならギャビンは何かに狙いを定めると、全力を尽くしてそれを手に入れようとするタイプの男性だからだ。

グレースにはそれがよくわかった。彼女自身も同じだからだ。

ギャビンは頭を傾け、芸術作品を愛《め》でるかのようにこちらを見つめている。その瞬間、グレースは奇妙な感じ——彼から大切にされている感じ——を覚えた。それをうれしく思っている自分が気に入らない。今や、あたたかな気分が大波となって全身を駆け巡っている。

「君は厄介きわまりない女性だ」ギャビンがぽつりと言った。「レーザー光線みたいに鋭い感性の持ち主だ。どんなくだらないことでも、真実をずばり見抜いてしまう」

もしかすると、これまで言われた中で最高のお世辞かもしれない。そう思った自分に驚き、グレースは一瞬押し黙った。どういうわけか、胸が締めつけられる。〝美しい〟とか〝頭がいい〟と言われるのには慣れていた。〝優秀なFBI捜査官だ〟とか〝才能豊かな作家だ〟という褒め言葉にも。

だけど今まで、彼女の単刀直入さを褒めてくれた人はいない。それを欠点と見なす人がほとんどだった。特に男性はそうだ。

グレース自身もそれを欠点だと感じるときもあった。

もっと人あたりがよくなれたらいいのにと、今まで何度思っただろう。真実をずばりと口にすることなく周囲にうまく合わせ、信頼を勝ち取れたらいいのにと。でも、もともとそんな人間ではない。どうしてもそうなりたいなら、本当の自分を捨てなければならないだろう。かつて一度だけ、そういうことをした。二度とあんな状態を許すわけにはいかない。

　けれども今、ギャビンがここにいる。ありのままのグレースを見つめてくれている。本物の彼女を。それが最高にすばらしいことに感じられてしかたがない。ギャビンの注目を浴び、彼に受け入れられること。それだけで好奇心が呼び覚まされ、胸の中で何かが花開いた気がする。

「くだらないことは嫌いなの」グレースは肩をすくめた。今感じているこの気持ちを、ギャビンには知られたくない。

　グレースが車のキーをギャビンに放ると、彼はエンジンを始動させて通りへ戻り、グレースの住む町を目指しはじめた。「だから、あれから一度も電話をくれなかったのか？」

「ギャビン――」グレースは口を開いた。

「いや、不思議なんだよ。どうしたら僕みたいな男を無視できるんだ？」ギャビンが笑った。皮肉めかした自嘲の笑みを浮かべると、とたんにいたずらっぽい少年のような魅力があふれだす。きっと子どもの頃からこの魅力のおかげで厄介ごとを免れてきたのだろう。それこそがギャビンとのベッドの関係を終わりにした理由のひとつだ

——そう、彼女はこういうほほえみに弱い。

「たしかに無視するのは大変だったわ」グレースはそっけなく答えた。「でも、そうするのが一番だと思ったの」

「僕はそうは思わない」ギャビンが静かに反論した。

「ギャビン、あれは一度限りのことよ」グレースは辛抱強く言った。あの夜を思いだすとたちまち肌がほてりはじめたが、どうにか無視する。認めざるをえない。この二年、これ以上ないほど興奮をかきたてられたあの夜の記憶を忘れたことはない。何度も繰り返し夢に見てきた。でも、そんなことはどうでもいい。というか、そんなことを気にするなんて許せない。ギャビンに気をそらされたくない。「あなたも大人の男なら、前にも一回限りの関係を持ったことがあるはずだわ。そうじゃないふりをしても無駄よ」

「だが、今回はもっと続けたくなった」ギャビンは目を煙らせ、ちらりとグレースを見た。「君は普通の女性とはまるで違うんだよ、グレース」

グレースは短い笑い声をあげた。「普通の女性なんてどこにもいないわ。私たち女性にもひとりひとり個性があるの。それに〝君はほかの女性とは違う〟って言うのもやめてね。それがどんなに陳腐なせりふか、あなたならわかっているはずよ」

そう、ギャビンは頭の切れる男性だ。あの夜は体を交えることばかりしていたわけではない。とはいえ、ベッドでの彼は本当に刺激的だったけれど。

ふたりのあいだに沈黙が落ちた。ぎこちなくも気づまりでもない、心地よい沈黙だ。ギャビンは車を走らせ、やがてグレースのタウンハウスの前に停めた。

彼女はシートベルトを外した。

「明日また会えるわよね？」礼儀上そう言っただけなのに、ためらいがちな口調になった。まるで会えるのを楽しみにしているみたいだ。

「ああ、明日」ギャビンが答える。

グレースが車から降りてドアを閉めようとした瞬間、ギャビンが身を乗りだして話しかけてきた。

「グレース？」

彼女は何かを期待するように振り向いた。

「さっき、君に銃を突きつけられただろう？」ギャビンの顔にはいたずらっぽい笑みが戻っている。「あれは興奮したよ」

グレースは笑い声をあげた。あげずにいられなかった。「おやすみなさい、ギャビン」

彼女がタウンハウスへ入るのを見届けてから、ギャビンは走り去った。グレースは廊下にバッグと赤のトレンチコートを落とし、編みあげた髪から無意識にピンを引き抜きながら自宅の奥へと進んだ。

明日の朝、ポールに会ったら、ギャビンの陸軍での経歴を確認したほうがいい。とはいえ、ギャビンが嘘をついていないことはわかっていた。スパイとしてチームに潜入しているわけではないこともだ。陸軍時代に受けた訓練は、ギャビンにとってかけがえのない財産となっているのだろう。誰もが冷静さを失わずに適切な決断を下せるとは限らない。

ベッドに入る用意を整えながら、もう一度ジャニス・ワコムの事件について考えた。これまでに判明した事実と事件現場の印象をひとつ残らず思い浮かべて検討するうち、またしても何かがおかしいと感じた。何かを見落としている。いったい何を？　目を閉じて遺体の様子を思い返す。犯行現場は脳裏に焼きついている。いつもそうだ。

フード付きのスウェットシャツ、古びたレギンスとジョギングシューズ、ポニーテール、ノーメイク。

心の中でイメージを繰り返し思い浮かべ、ひとつひとつ確認してみる。やはり何かがおかしい。何か場違いなものがある。

イヤリングだ。

雷に打たれたように、グレースはにわかに体をこわばらせた。現場のまばゆい明かりの中、ダイヤモンドのイヤリングがきらめいていた。ジャニスのポニーテールからこぼれた髪に半分隠れてはいたが。

ジョギングするのにダイヤモンドのイヤリングをつけるだろうか？　特にジャニスみたいにラフな格好でジョギングをする女性が？　しかもダイヤモンドはあまりに大粒だった。片方のイヤリングだけで少なくとも一カラットはあっただろう。どちらもイエローゴールドのダイヤモンドだった。事務官の給料では手の届かない、高価すぎるジュエリーだ。しかもジャニスはダイヤモンドが好きではなかったのだから、なおさらおかしい。婚約指輪がサファイアだったことから推察するに、彼女はあたたかな色合いの宝石が好きに違いない。ダイヤモンドのような高級感は求めていないはずだ。

グレースは眉をひそめてベッドに入りながら、心の中に刻みつけた。朝になったら、ゾーイーにイヤリングについて尋ねること。

用心するに越したことはない。

6

朝六時に目覚まし時計が鳴りだした瞬間、グレースはとっさに思った。耳障りな時計をどこかへ思いきり投げつけたい。それかスヌーズボタンを押しつづけて、睡眠時間をもっと延長したい。

昨夜、自宅へ戻ったのは午前二時過ぎだった。それから二十分かけて編んだ髪をほどき、癖のついた髪をとかした。もし髪を編んだまま眠ったら、翌朝絶対に後悔するとわかっていたからだ。そのあとメイクを落として、鉛のように重い足取りでバスルームへ向かうのに、さらに十分かかってしまった。熱いシャワーを浴びながらうとうとしかけたものの、どうにか体をまっすぐにしてバスルームから出て、ベッドに倒れこんだ。すぐに眠りに落ちたが、深く健やかな眠りだったとは言いがたい。誰かに追いかけまわされている夢か、ダイヤモンドのイヤリングとしおれたバラの夢を絶えず見ていた。

時計のアラームを止め、どうにか四柱式ベッドから出る。ラベンダーが描かれたリネンの羽毛の上掛けが足元に落ちた。

グレースが住んでいるのは一九二〇年代に建てられたタウンハウスだ。あちこちにアールデコ調の優美な特徴が感じられ、壁沿いにしつらえられた数箇所の壁のくぼみ《アルコーブ》には祖母から受け継いだ美術コレクションと、グレース自身が購入した美術品が飾ってある。一冊目の小説の前払い金をもらったのをきっかけに、自分好みの美術品を買うようになった。グレースのささやかなコレクションは、祖母から受け継いだそれとは比較にならない。祖母のすばらしいコレクションの多くは、いくつかの美術館に貸しだしてある。歴史的な価値と美しさを誇るコレクションをひとり占めするのが正しいことだとは思えなかったからだ。とはいえ、小さな頃からのお気に入りである何点かの作品は手元に置いてある。カルダーの初期のごく小さな作品であるモビールはダイニングルームのテーブルに置き、ドガのバレリーナの連作は廊下に飾ってある。来客用のベッドルームに掲げているのは、アンディ・ウォーホルが初期に制作したセレブたちの肖像画三枚だ。リビングルームには祖母のお気に入りだったジャクソン・ポロックの巨大な絵画が壁を占領するように飾られ、白い室内に抽象画ならではの大胆な雰囲気をつけ加えている。

グレースがステレオをつけてキッチンへ向かうと、マイルス・デイビスの甘いサウンドが流れてきた。冷蔵庫からグリーンジュースと、パックに入った卵、チャイブ、パプリカを取りだし、トランペットの奏でる旋律に合わせてハミングしながら、手慣れた手つきでボウルに卵をいくつか落として割り、野菜を細かく刻んだ。

オムレツを食べながらiPadでニュースを確認し、しぶしぶながらグリーンジュースを飲み干した。最近ではあまり顔をしかめずに飲めるようになったけれど、どうしてこれが体にいいのだろう? こんなにまずいのに。オーガニックフードを扱うスーパーマーケットのホールフーズがどう宣伝しようと、おいしくないものはおいしくない。まるで草を搾った汁を飲んでいるみたいだ。

ジャニス殺害事件の記事が出ていた。とはいっても、事件欄に数行しか書かれていない。警察もまだ何も手がかりを得ていないらしい。

携帯電話を確認してみたが、メッセージは一件も入っていなかった。この分だと、十時までにはオフィスに到着できるだろう。オフィスではポールが、ゾーイーのチームがすべての証拠を分析し終えるのを待っているはずだ。

ギャビンもオフィスにいるに違いない。そう考えた瞬間、胃がきりきりしだしたが、どうにか無視しようとした。それなのに胃の痛みはいっこうにおさまらず、むしろひどくなる一方だ。

まさかギャビンと再会するなんて思いもしなかった。考えてみれば、彼もグレースも法執行機関に勤務している以上、いつか仕事面でかかわったり、共通の友人知人を持ったりするのは避けられない。実際、顔を合わせる前にも、ギャビンの名前は何度も耳にしていた。常に敬意とともにささやかれていたものだ。デートした男性たちの口から聞いたこともあり、やや嫉妬がまじる場合も多かった。ギャビン本人に会ってみて、ようやくその理由がわかった。

ギャビンと初めて出会ったのは警察官のためのダンスパーティだった。古くからの友人ですでに引退した元警部から、直前に具合が悪くなった妻の代わりに出席してほしいと頼まれたのだが、その元警部は早くに立ち去り、グレースはひとりで会場にいた。そこにギャビンが声をかけてきたのだ。

とはいえ、彼はほかの男たちのようにありふれた褒め言葉や調子のいい言葉をかけてきたわけではない。ただ片方の手を突きだして言った。「踊ってもらえるかな?」

そしてにっこりした。グレースはふと気づくと、何も考えずにギャビンの手に手を重ねていた。そして彼の腕に抱かれ、ダンスフロアを旋回していた。

もしおとぎ話を信じるタイプの女性なら、あの夜ギャビンと目が合った瞬間に感じた衝撃を何かの兆しだと考えただろう。この魔法のような夜が自分の一生を決めるのだと。

でも彼女は徹底した現実主義者だ。ギャビンと過ごした夜は衝撃的だったけれど、グレースは翌朝、姿を消した。

もちろん彼女はガラスの靴――今の時代はハイヒール――を残していくタイプではない。だからギャビンから電話がかかってきても出ないようにした。さすがに周囲の尊敬を集める男だけのことはある。ギャビンはこちらの意図を察し、連絡は途絶えた。

でも、こうしてギャビンと再会して思いだした。当時、グレースも心の奥深くで、彼からの電話に出たいと願っていた。だけど今さらそんなことを思いだしてもしかたがない。ギャビンと一緒に仕事をしなければならないのだから、なおさらだ。

突然タブレットのアラームが鳴った。画面にリマインダーの通知が表示されている。

〝午前八時三十分、ドロシーのカウンセリング〟

グレースは時間を確認した。私にはすべき仕事がある。もの思いから解放されるのはありがたい。急がなければ遅れてしまうだろう。

グレースは寄宿学校時代からボランティア活動を続けていた。ボランティアをしていると、名門女子大学の出願に有利だと考えられていたからだ。ところが彼女が選んだのは両親や寄宿学校の教師たちが期待したのとはかけ離れた活動で、今と同じく、十代の若者たちのカウンセリングだった。問題を抱え、危険な状態にある若者たちのカウンセリングは難しかったが、とにかくやりがいがあった。しかも、心理学士課程に進学する格好の口実も与えてくれた。

当時グレースが担当したのは十歳の子どもたちのグループセッションと一対一のセッションだ。子どもたちの多くがまだ短い人生しか送っていないというのに、ひとりでは抱えきれないほど深刻な体験をしていた。たとえば性的暴力や、親の養育放棄や監禁、死、依存症などだ。

そうしてカウンセリング・センターで働く日々の中で、人の魂の回復力を強く信じられるようになった。センターに来るのは、以前大人たちにつけこまれてすっかり燃えつきた子どもたちばかりだ。それゆえ、必ずしもグレースを好きになってくれたわけではない。ただし、だからといってグレースが彼らを助けられないわけではなかった。

〈ハーマン・カウンセリング・センター〉はワシントンDCの東側にある。ちっぽけなグレーの建物だけを見るととてもそうは思えないが、行き場のない子どもたちにとってはまさに安息の地にほかならない。グレースは両開きのドアからセンターに入った。八時二十分。間に合ってよかった。一対一のセッションに遅れると相手の子どもに、あなたは重要ではない、私の時間をかけるに値しない存在だという誤ったメッセージを与えてしまう。今日のセッションの相手であるドロシーの場合、大きなわだかまりを抱え、グレースに対して敵意を抱くだろう。

グレースが入っていくと、センター長のシーラが受付のジェシカと談笑していた。ふたりともが顔をあげ、にっこりした。

「グレース、会えてうれしいわ」シーラが言う。

「今日はコーヒーを持ってこられなかったわ」グレースは申し訳なく感じながら言った。いつもここのスタッフたちに何か手土産を持ってくるようにしていた。彼らが実に熱心に仕事に打ちこんでいるからだ。「昨日の夜、ある事件が起きたせいで、予定が狂ってしまったの」

「ゆうべはあなたの授賞式のパーティだったんじゃないの？」ジェシカが尋ねる。

「ええ」グレースは答えた。「でも会場は人でごった返していたから、私が先に帰ったことに誰も気づかなかったんじゃないかしら」

シーラが笑いだした。「いやだわ、グレース！　あなたは主賓じゃない！」

「そうね、いなくなったことに気づいた人も少しはいたかもしれない」グレースは認めた。「だけどシャンパンも料理もたくさん供されていたから、招待客たちは私のことなんてすぐに忘れてしまったはずよ」

シーラは頭を振りながらデスクのファイルを手に取り、脇に抱えこんだ。「本当におもしろい人ね。華やかなカクテルパーティよりも犯行現場へ行きたがるなんて」

「何を今さら」グレースは笑った。

「もしセッションを始めるなら、ドロシーはティーン・エリアであなたを待ってるわ」

「ドロシーの調子はどう?」グレースは誰かに聞かれないよう声を低くした。

「あの子の母親は自分を虐待する恋人を避けているみたい」シーラが答えた。「彼がうろうろしていると、母親はここで夜を過ごすことが多くなったの」

「それはうれしい知らせね」グレースは言った。

「でも、まだ学校の成績が問題だわ」シーラが返した。「ドロシーは算数と歴史で落第してしまったのよ」

グレースはため息をついた。「あの子は頭がいいから、わざとね」

「それについてだけど」シーラが言った。「ドロシーは落第点を取ることで、自分のやりきれなさを晴らそうとしてると思うの。あの子はただ、自尊心を持てずにいるだけよ。学校でいい成績を取る必要があるのは大学に進学する子たちだけだと言ってたもの」

グレースは頭を振った。「何がなんでも、私があの子を大学へ入れてみせるわ」

「私もそう信じているわ」シーラはほほえむと、時計を確認した。「さあ、そろそろ行ったほうがいいわね」

「ありがとう、シーラ」グレースは肩越しに言うと廊下を進み、テーブルと椅子、テーブルサッカーゲームが並べられた教室へ向かった。テーブルサッカーはぐらぐらしているため、一本の脚の下に本が挟みこまれている。そこに両方の耳にピアスの穴を少なくとも六つ空けた、濃い色の髪をした長身の少女がいた。色あせたソファに座りこみ、いつものようにしかめっ面で分厚い本を読んでいる。ジーンズにコンバットブーツという姿で、ブーツはネオンブルーの靴紐とすり減った黒革が対照をなしていた。「ドロシー、おはよう」

ドロシーは本から顔をあげ、ぼんやりとグレースを見つめた。「始めるの？」

「ええ、こっちへ来て」グレースは身ぶりで廊下の先を指し示した。廊下に沿って個室がいくつか並んでいる。

ふたりは二番目の部屋に落ち着いた。グレースはすりきれた赤い肘掛け椅子に座り、ドロシーが向かい側の椅子に座る。グレースは革のフォルダーから、これまでつけてきた記録を取りだした。ドロシーとはすでに何度かセッションを行っている。彼女は日常的に虐待されて育った十代の少女で、これまで何度も家出を繰り返し、昨年はドラッグも使用した。ただし、本人はもうドラッグはやっていないと主張しているし、検査でも検出されなかった。だからセンターはドロシーに立ち直る機会を与えることにした。

「最近、調子はどう？」グレースはペンのキャップを外しながら尋ねた。

ドロシーが肩をすくめた。「相変わらず。シーラからねちねちいじめられてる」

「シーラはあなたを気にかけているのよ」

ドロシーは鼻を鳴らし、うなるような声で言った。「はいはい」

「前回のセッションでは、お母さんとの関係がよくなっていると言っていたわね。あれからずっと順調？」

ドロシーがまた肩をすくめる。「まあ順調かな」

「ランディは戻ってきた？」ランディはドロシーの母親の元恋人だ――元恋人であってほしいとグレースは願っていた。

「ううん、まだ。だけど時間の問題だと思う」

「お母さんとランディが別れたとは思わないの？」答えは聞かなくてもわかっていた。けれどもグレースは、ドロシーがどう答えるかに興味があった。

「あのふたりが別れるわけない」ドロシーが言った。「あいつは戻ってくる。そうしたらママはあいつとよりを戻す。あいつに何をされても、ママはいつだってよりを戻すんだもの」

「でも、あなたはランディと二度とかかわりたくないと思っているのね」

「だって、女を殴るようなくそったれとかかわりたいなんて思う？」ドロシーは挑むような目でグレースを見ると、唇を引き結んだ。あらゆる感情を自分の中へ封じこめようとするかのごとく。

「いいえ、思わないわ」

「もしママだけでなくジェイミーにまで手を出すようになったら、あいつをぶっ殺してやる」ドロシーが低い声でささやいた。

ジェイミーとは、ドロシーの異父弟だ。普段はにこりともしないドロシーも、ジェイミーの話をするときだけは明るい表情になる。おそらくドロシーは弟の育児全般を任されているのではないかとグレースは考えていた。ドロシーの母親は興奮しすぎたり落ちこみすぎたりで、ジェイミーの世話にまで手がまわらないのだろう。あるいは、ただ疲れているせいかもしれないが。

「あるいは警官を呼ぶこともできるわ」グレースは提案した。

ドロシーが耳障りな笑い声をあげた。その笑い声を聞いただけで、今までこの少女が世間をどう見てきたか——どう見ざるをえなかったか——がわかる。「おまわりがあたしたちみたいな人間を気にかけるはずない」

「それは違うわ。私は捜査関係者よ。あなたのことを大事に思っているわ」

「本物の警官とは違う」ドロシーが冷笑を浮かべた。「お上品なプロファイラーだもん。現場に出て、女に暴力をふるってる悪いやつを逮捕したりしてないでしょ」

「そうするときもあるわ。前に家庭内暴力の事件を担当したことが何回かあるの」

「助けを求めてない相手を助けることはできない」ドロシーは淡々と言った。せりふを棒読みしているような口調だ。「ママの最大の敵はママ自身なの。ママは恋してしまってる。それもママが好きになればなるほど殴ってくるような男にね。ばかみたい」

「あなたはすでにお母さんを助けているわ」グレースは指摘した。「あなたはジェイミーの面倒を見てあげている。学校にも通いつづけている。自分ではそうしたくないはずなのに。なぜならお母さんに学校を卒業すると約束したからよ。ねえ、ドロシー、あなたはこれからもっといい人生を生きることができるわ」

ドロシーはまた鼻を鳴らすと、椅子の上で身じろぎをし、グレースと目を合わせないまま言った。「それもプロファイリングの結果？」

「こうしてあなたと話しているからわかったことよ。それにシーラも私もあなたを信じている。あなたが与えられた機会を台なしにしたくないと考えているのがよくわかるから。もしどうでもいいと考えていたら、カウンセリングにも来ないはずだもの」

「うぬぼれないでよ。あたしがここに来るのは、家よりましだから。ただそれだけ」

グレースは胸が痛んだ。ドロシーは本当に頭のいい子だ。こうして見つめていると、別の少女の顔が見えてくる。怒りと悲しみにさいなまれている少女の顔だ。それはかつてのグレースに重なる。寄宿学校を卒業し、大学生活を始め、両親から疎んじられ、慰めを求めていたあの頃のグレースに。

ただしグレースは機会にも富にも恵まれていたけれど、ドロシーには何もない。知性を評価してくれる人も、その知性を伸ばすよう励まし、また彼女自身を励ましてくれる人も、彼女の自信を高めてあげる人も。

だからこそ、グレースはこのセンターのカウンセリングになるべく多くの時間をかていた。たとえひとりきりであっても、人生でいかなる可能性をも追求できる。この世のあらゆる扉が開かれているからだ。それが貴重でありがたいことなのは百も承知だ。そのお返しをしたくてボランティアでカウンセリングをしている。ドロシーのような少女はもっと機会に恵まれて当然だ。自分が提供できる機会をすべて与えてあげたい。

「ところで、そういうのってどこで勉強したの？」ドロシーがたいして関心がなさそうな様子で尋ねる。本当は興味津々なのに、相手にそれを気づかれたくないとき、十代の少女はこんな尋ね方をするものだ。

「プロファイリングのこと？」グレースはドロシーが興味を抱いていることに気づいた。

「そう、人の心を読むテクニックみたいなもの？」

グレースは笑い声をあげた。「そんなことができたらいいのに！　そうすれば私の仕事ももっと簡単になるはずよ。私は心理学と犯罪学の学士号を取ったあと、心理学の修士号を取ったの。そのあいだに犯罪学の博士号も取ったわ」

「そんなにたくさん学校へ通ったんだ」

「私は学校が好きで、ここだけの話、学生時代は勉強おたくだったの」

普段は無関心で退屈そうな表情のドロシーが、しぶしぶ笑みを浮かべた。「わかる。あたしみたいな女の子たちから、さんざんからかわれたんでしょ？」

年間授業料が十万ドルもかかる、富裕層向けの寄宿学校に通っている少女たちの中に、ドロシーのような子はいなかった。でもグレースはここでその事実を口にしたくはなかった。「ええ、そういう子もいたわ。だけど必死に勉強するだけでは、この仕事に就くことはできなかった。たとえばプロファイリングや人質解放交渉といった特殊分野には、ある程度の才能が必要なの。いわば直感みたいなものがね」

「自分にそういう才能があるって、どうやってわかったの？」

いつもなら自分自身について話すのをためらっただろう。けれどもドロシーが本物の興味を示したのは今回が初めてだ。これまではセッションをなるべく早く終わらせることにしか興味を示さなかったのに。それだけに、グレースは希望の光を感じていた。もしドロシーがプロファイリングに関心を持っているなら、心と心が通じあえるかもしれない。ドロシーを励ましてあげられるかもしれない。

大学へ進学する夢を抱かせるのも不可能ではないかもしれない。

「プロファイリングで大切なのは、ほかの人が気づかない細かな点にまで気づくことよ。表面的なものの下にある、相手の感情を見つめるの」

「心をのぞく感じ？」ドロシーが疑わしそうに尋ねる。

「むしろ思考をのぞく感じね。あなたには私がどう見える？」

「高そうな服を着てて、髪が長い。あとマニキュアが必要かな」

十代の若者ならではの遠慮のない物言いに、グレースは笑みを押し隠した。「オーケイ、いい感じよ。でも、そういうことから私の何がわかる？」

ドロシーは眉根を寄せて考えこんだ。「高そうな服を着てるのは、たぶん金持ちってことでしょ？　髪を長く伸ばしてるのは、全然女らしくない仕事をしてるのに、本当のあんたが女っぽいから。つまり、あんたの事情で女っぽくしてることになる。まわりの人たちに自分はたくさんいる男のひとりじゃないと思いださせるためだね。きっとあんたの見た目にだまされる人は大勢いるはず。だってあんたはきれいだけど、頭もいいから。ほとんどの人は、きれいな女は頭が悪いし、頭がいい必要もないと思ってるもの。マニキュアを塗ってないのは……きっと塗る時間がなかったから。あんたは今までセッションの時間に遅れたことは一度もないけど、今日は時間ぎりぎりに来た。きっと忙しかったせい。FBIの仕事かな。殺人事件かなんかがあった？」

グレースはドロシーの分析力に感心した。とはいえ、驚きはしない。ドロシーはこれまで必死に生き延びてきた。日常的に虐待がある家庭で自分と幼い弟を守るために、相手の心理を読むすべを身につけたのだろう。「すばらしい観察力だわ、ドロシー。たしかに私はいつも女らしくありたいと考えている。長い髪にしているのは、男性優位の職場でも女らしさを忘れたくないからよ。法執行機関はまだ圧倒的に男性が多いから、FBIも才能ある女性をできるだけ多く採用すべきだと思う。実はね、マニキュアとペディキュアを施してもらいたくて、先月ネイルサロンに予約を三回入れたけど、三回ともキャンセルしたの。私の素足を見るまでもないわよね。あなたってたいしたものだわ」

普段は陰気な表情のドロシーの顔に、また笑みが浮かんだ。一歩前進だ！　とうとうドロシーと自分を結びつけるきっかけを見つけた。グレースはうれしさに飛びあがりたい気分だった。これまでドロシーはかたくなに心を許そうとしなかった。

「もしかして……ばかみたいに聞こえるかもしれないけど」ドロシーがためらいがちに言った。「あたしでもできると思う？　あんたのしてるみたいなことが？」

「もちろんよ」グレースは自信たっぷりに答えた。「ドロシー、あなたは頭のいい子だわ。学校の成績が悪いのは、本気で勉強しようとしていないからよ。それにあなたはたくましい。もし必死に勉強して大学の学位を取ったら、私がクアンティコのFBIアカデミーに推薦状を書いてあげる。もし正しい行いをして、ちゃんと勉強して、いい成績を取れば入学できないはずないわ。あなたみたいな人材を入学させなかったら、そっちのほうが驚きよ」

「本当に？　推薦状を書いてくれるの？」ドロシーの濃い色の瞳に浮かんでいるのは不信感だ。今まで何かを約束されても、それが守られたことはなかったのだろう。

「さっきも言ったとおり、もっとたくさんの才能ある女性たちにＦＢＩで働いてほしいと思っているの。そうすれば、私たちも助かるわ。あなたはまさに条件にぴったりなのよ」

ドロシーが用心深い目つきでグレースを見た。

「私はあなたの可能性を信じている」グレースはつけ加えた。「私たちはただ、あなたに一歩踏みだしてほしいだけ。あなたが自分自身を信じられる場所へと踏みだしてほしいの」

「なんか誕生日カードに書いてある言葉みたい」ドロシーはばかにしたように言ったが、顔に笑みを浮かべている。

グレースも笑みを浮かべた。「でも本当のことよ」

そのとき、セッション終了を告げるタイマーが鳴った。ドロシーがため息をついて椅子から立ちあがる。顔には無関心な表情が戻っていた。高すぎる望みを抱くことができないのだろう。だから、まずはいつもの自分に戻る必要があるのだ。まったく別の誰かになる前に。「いろいろ教えてくれてありがと。なんかおもしろかった」

「今日、私が言ったことは全部本気よ。次のセッションでもっと詳しく話しあいましょう。いい？」

「なんでもいいけど」ドロシーは肩をすくめた。「じゃ、また」

ドロシーが足を引きずりながら出ていくと、グレースは先ほどまで少女が座っていた椅子を見つめた。ドロシーにとって、これが転機になるかもしれない。彼女に必要なのは繰り返し虐待されたせいで失ってしまった自尊心を取り戻すことだ。このセンターに来るのが第一段階。未来に関心を示すのが第二段階。しかし第三段階は最も難しい。幼少時代から言われつづけてきた、自尊心を傷つける言葉をすべて手放し、自由にならなければならない。

ほとんどの人がこの第三段階でつまずいてしまう。でも、なんとしてもドロシーを第三段階まで到達させなければ。たとえドロシーの母親の恋人——虐待を繰り返すあのいまいましい男——が戻ってきて、人生を台なしにしようとしてもだ。

「セッションはうまくいった？」グレースがセンターの正面玄関を目指していると、シーラが話しかけてきた。

「ええ、突破口を見つけたわ」

シーラがそばかすのある顔を輝かせた。「それはすばらしいわ！　あの子は最近、ほかの子たちとも話すようになったの。同世代の子たちとはさほど話してないけど、年下の子たちの扱いがとても上手なのよ。みんながドロシーを慕っているわ」

「ドロシーは子どもの面倒を見る仕事にも向いているのかもしれないわね」グレースが言うと、バッグの中で携帯電話が震えだした。手を伸ばし、バッグの中を引っかきまわす。「まったく、このバッグときたら、すぐに中身がぐちゃぐちゃになるんだから！」低くつぶやき、とうとう財布の下にある携帯電話を取りだした。画面に表示されているのはポールの名前だ。「シーラ、ボスからだわ。行かないと。またね」

「ええ、グレース、ありがとう」

グレースは手を振り、両開きのドアから外へ出ながら携帯電話に出た。陽光が降り注ぎ、すでに気温があがっている。ジャケットを脱ぎ、腕にかけて携帯電話に話しかけた。「もしもし、ポール、今から向かうわ」

「予定変更だ。今、カウンセリング・センターか？」

グレースは眉をひそめた。「ええ」

「ウォーカーがあと五分で迎えに行く。犯行現場に立ちあってくれ」

「また事件？　でもジャニス・ワコムの事件の捜査もまだ終わっていないのに――」

「同時進行で複数の事件を調べることになりそうだ。今、メリーランドの住居侵入現場にいる。グレース、どうしても来てほしいんだ」

グレースはポールのこわばった口調が気になった。「ポール、大丈夫？」ポールはわずか数カ月前、死んだ兄の復讐《ふくしゅう》に燃える男に人質に取られたばかりだ。ＦＢＩの精神分析医たちはポールの現場復帰を問題ないと結論づけたが、グレースは彼が心配だった。チームの仲間で飲みに行ったある夜、ポールはまだ体に爆薬を巻かれたときの悪夢にうなされることがあるとひそかに打ち明けた。

「大丈夫だ。だが、これはかなりひどい事件だ。凄惨をきわめている」

「了解」グレースは言った。昨夜と同じ黒のＳＵＶが通りのカーブに停まった。「今、ウォーカーが到着したわ」彼女は携帯電話に向かって言った。「じゃあ、現場で」

7

ギャビンは助手席の窓をおろすと、グレースに笑みを向けた。「一緒に乗っていくかい?」

「わざわざ迎えに来る必要はなかったのに」グレースが早足でSUVに向かってきた。今日の彼女は髪をねじり、頭のてっぺんでまとめている。もちろん犯行現場に長い髪をおろしたままで行くと、鑑識班の邪魔になるからだ。仕事のときはいつもこうして髪をアップにしているに違いない。ギャビンがそう考えた瞬間、どういうわけか、長い髪を肩からむきだしのヒップまで垂らしたグレースの姿が脳裏によみがえった。なんと煽情《せんじょう》的な姿だったのだろう。ほかの人たちが目にすることのできないグレースの姿だ。

「ずっと警察官をしていて、相棒がいるのがあたり前だったからな」

「あなたを見ていると、一匹狼《おおかみ》でいるのがあたり前だったように思えるけど」グレースはそっけなく言うとSUVに乗りこみ、ドアを閉めた。

とたんに車内にすがすがしい花の香りが漂った。グレースの香水だ。彼女に合っている。女らしいが、どこか刺激的な香りだ。

ギャビンはため息をつき、SUVを発進させて通りに出た。「こうして話すたびに、僕がスパイじゃないかという話を持ちだすつもりか？　事実上、僕の陸軍での経歴を知ることを許されているのはハリソンだけなんだ」

グレースが片方の眉をあげた。「知らなかったわ」そして言葉を継いだ。「秘密主義はやめてもらえない？」

「別に秘密主義なわけじゃない」

「ゆうべ、私の前で嘘をついたわ。それにチームの前でも」

その声には真面目でひたむきな調子が感じられた。グレースにとって、正直さは何より大切なのだろう。彼女はどんなことに対しても真摯に向きあいすぎるところがある。

「僕は捜査に影響を及ぼすような嘘をついたか？」

グレースが形のいい眉をひそめた。「いいえ」

「僕が伝えたスナイパーに関する情報で不正確なものはあったか？」

グレースは唇を引き結んだ。ギャビンが何を言いたがっているかに気づいたのだろう。「いいえ」食いしばった歯のあいだから言葉を絞りだすようにして答えた。

「そうだろう？　僕がついたのは、大昔の陸軍時代に関する小さな嘘ひとつだけだ。それもチームのメンバーに本当の話をすることを許されてないからだ。それに僕が解禁すべき情報の線引きをどのあたりですべきかを知っているからでもある。誓ってもいい」

グレースが不機嫌そうに小さくため息をついた。「ほらね？　やっぱり秘密主義だわ」

朝の渋滞する時間のため、ハリソンがメールで伝えてきた住所――ワシントンDC郊外にある周囲を門とフェンスで囲んだ高級住宅地《ゲーテッド・コミュニティ》――に到着するまで、少なくとも一時間はかかるだろう。「今朝は気分のいい朝だったかい？」ギャビンは尋ねた。話題を変えたかった。グレースがこの話にのってきてくれるといいが。

「ええ、とても」グレースが一瞬、勝ち誇った笑みを浮かべた。

「どんないいことがあったんだ？」

「あら、あなたに話してもばかみたいだと思われるのがおちよ」グレースが手をひらひらさせる。

「話してみてくれ」ギャビンはグレースをちらりと見た。本気で知りたかった。もし自分の気持ちに正直になるなら――グレースが正直さを好んでいるのは明らかだ――彼女に関するあらゆることを知りたい。この二年間、グレースのことが忘れられず、夢にまで出てきた。体が押しつけられる感触を思い返さずにはいられなかった。だが、それだけではない。忘れられなかったのはグレースそのものだ。グレースという女性のすべてになすすべもなく惹かれ、どうにか抗おうとしてきた。でも今は、彼女の魅力にこれ以上抗えるかどうか自信がない。グレースには尋常ではない、抵抗しがたい魅力がある。もちろんこれほどの美貌の持ち主だからということもある。しかし美しさだけではない。グレースの精神、心、魂――そのすべてが知りたくてたまらない。

「あのセンターでカウンセリングをしているの」グレースが口を開いた。「今朝、ある子とのセッションでちょっとした突破口が見えたのよ」

「それはいい」

「頭がとてもよくて、しかもたくましい女の子なの。あの子にはいいかげんなことは言えない。わかるでしょう？〝すべてうまくいく〟なんていう気休めは言えないの。だって、すべてがうまくいくわけじゃないもの。彼女は生まれてこのかた、人生や環境にもてあそばれて、心を打ち砕かれてきた。あの子自身は全然悪くないのに。だけど、それがあの子の現実なの」

ギャビンはグレースの声に感情がこもっていることに気づいた。案の定、彼女は両手でバッグをきつく握りしめている。自分の大切な子どもたちを傷つける者がいたら、こぶしで殴りつけてやると言いたげに。

まるで母熊のようだ。ギャビンはそう考え、浮かんでくる笑みをこらえた。

「しかし今は、君もその子にとっての現実の一部だ」ワシントンDC郊外の幹線道路に入ると、車はのろのろとしか動かなくなった。「それが大切だと思うんだ。君はその子の人生そのものを変えられる」

「そうできたらいいのに」グレースがぽつりと言った。「センターで知りあった中で、すばらしいことをなし遂げた子どもたちもいるの。マリアは全額支給の奨学金をもらってニューヨーク大学に進学したし、サミュエルは理髪店を開業した。サミュエルは今、センターの子どもたち全員のヘアカットを無料でしてくれているの。でも、ほかの子たちは……」声が尻すぼみになる。「あなたならこの街の現状がわかるでしょう? 虐待、薬物、貧困、売春、刑務所。中には大人になる前に、だめになってしまう子どもたちもいるの」

「どう考えても不公平だな」ギャビンもかつては担当区域を巡回する警官として、さらに刑事として、そういった現状を目のあたりにしてきた。依存症と貧困のせいで崩壊した家庭。絶望しつつも、虐待する男と暮らしつづける女性たち。すぐ近所で聞こえた銃声に怯《おび》えた目をする子どもたち。「だが、だからこそ僕たちはこの仕事をしてるんだ。そうだろう？　内部から崩壊した状態を正し、この世界を誰にとってもより安全な場所にするために」

グレースは答えようとしなかった。いったいどうしたのだろう？

ギャビンは彼女を一瞥した。「どうした？」思わず尋ねた。グレースは初めて見るような目つきでギャビンを見つめている。

「なんでもないわ。ただ……あなたは本気でそういうことを気にかけているのね？」

「君だってそうじゃないか。朝早く起きて、仕事の前に問題を抱えた十代の少女のカウンセリングをするなんて。その情熱は僕に負けてない」

グレースはほほえんだ。「そうかもしれない」渋滞がようやく解消され、ギャビンが意識を運転に集中させると、彼女は携帯電話を取りだし、画面をスクロールしながらメールを確認しはじめた。「ポールから、今回の事件について何か聞いている？」

メールの内容を見つめながらグレースがきいた。「ゾーイーから悲しい顔の絵文字がとんでもなくたくさん届いているけど」

「彼女は本当に個性的だな」

「ええ。そして簡単にくじけたりしない」グレースが指摘した。「つまり、科学捜査の達人だということ。腕は超一流よ。十五歳でマサチューセッツ工科大学《MIT》へ入学したの。ポールはゾーイーを雇うために、FBI長官から特例を認めてもらう必要があった。FBIの一員になるにはゾーイーが若すぎたからよ」

ギャビンは眉をひそめた。ゾーイーは若く見えるが、十四歳で医師になった『天才少年ドギー・ハウザー』のFBI版とは思えない。「彼女はいったい何歳だ？」

「二十一歳になったばかりよ。私はあるパーティで、フルーツ系のカクテルをしこたま飲んで人生初の二日酔いになったゾーイーの介抱をするはめになったわ。なかなかかわいらしかったわよ。あれほど激しく嘔吐《おうと》しなければ」

「甘ったるいカクテルは悪酔いするからな」ギャビンは車線を変更した。もうすぐ出口だ。「ハリソンから詳しい話は聞かされていない。それが彼の仕事のやり方なのか？　僕たちが現場に到着するまで待って分析させるとか？　別にそういうやり方を批判しているわけじゃない」慌ててつけ加える。「ただ、ここでのやり方を知りたいだけだ。チームでの仕事は今までとは勝手が違うはずだから」

「たまたまじゃないかしら？」グレースが言った。「普段のポールは詳細をすぐにメールで知らせてくれる。私が被害者についてじっくり検討できるようにね。だけどポールは……ここ数カ月、本当にいろいろと大変だったから」

「しばらく休暇を取っていたらしいね」ギャビンは巧みに言葉を濁した。実際はもっと詳しい話を聞いていた。最近担当した事件で、ハリソンは胸に爆弾を巻かれ、卑劣な誘拐犯の言いなりにならざるをえなかった。そんな体験をすれば、誰であれ立ち直るには相当な時間がかかるだろう。歳月が経った今でも、ギャビンも爆発物処理班時代の悪夢にうなされることがある。当時、危機一髪で助かったことが何度かあった。あと一歩で木っ端みじんに吹き飛ばされ、肉片と血でできたピンクの霧《ピンク・ミスト》となるところだった。

大惨事に遭いかけた体験は忘れられない。だが時が経てば、それにうまく対処できるようになる。

ギャビンは幹線道路を出た。数キロ進んで右手に曲がると、背の高いカエデの木がずらりと並んだ通りに入った。周囲のあらゆるものが、ここに住む人たちが金持ちであることを主張しているかのようだ。彼らはうなるほどの富で安全を買える特権階級にほかならない。鉄製の大きな門に車で近づいていくと、詰め所から警備員が身を乗りだした。男の唇がきつく引き結ばれているのを見て、ギャビンは気の毒に思った。

この男も警備会社の社員たちも、今回の事件が自分たちの責任になるかどうか自問自答を繰り返し、戦々恐々としているに違いない。

「FBIです」ギャビンは身分証を手渡した。

警備員は身分証を確認すると、ギャビンに返した。「最初の角を右に曲がってください」声がかすれている。

「ありがとう」ギャビンは言った。

鉄製の門が開かれ、彼は車を進めた。

「この付近一帯の概略図が必要だな」最初の角を右に曲がりながら言った。「すべての出入口の確認と、巡回や警備のスケジュール表もだ。警備員全員の身元調査も必要だろう」

「それに近所の人たちへの聞き込みもね」グレースは心配そうな口調だ。

「さぞ熱心に協力してくれるだろうな」ギャビンは皮肉っぽく言った。金持ちは安全性と同じくらいプライバシーを求めて、こういった排他的な地区に住むものだ。FBIにあたりを嗅ぎまわられることを快くは思わないだろう。それに彼らの中には要人のための仕事をしている者もいるはずだ。それどころか、要人本人もいるだろう。そういう輩《やから》はルールに従うことを好まない。

ギャビンはある家の前に車を停めた。コリント式の柱が特徴的な古代ギリシア様式の大邸宅だ。周囲には広大な芝生が広がっている。カーブに沿ってＣＩＡのＳＵＶが数台、私道には鑑識班のワゴン車が停められていた。

ギャビンが見ていると、邸内からひとりの男性研修医が飛びだしてきた。手袋をはめた手で口を押さえ、私道をひたすら走った挙げ句、芝生にくずおれると胃の中のものをぶちまけた。

グレースは片方の眉をあげて研修医を見ると、ギャビンに尋ねた。「用意はいい?」

凄惨な現場であることは明らかだ。あの家の中で待っているのは見るもおぞましい光景に違いない。

だがギャビンは死もおびただしい血も恐れてはいなかった。これまでも想像を絶するような殺害現場を目のあたりにしてきたからだ。警察時代は同世代の刑事の中でも、最も多くの殺人犯を刑務所にぶちこんできた。

そろそろグレース・シンクレアに、自分がどういう男か見せるべきときだ。

「ああ」ギャビンは答えた。

8

グレースはハイヒールの上から手際よくブルーの靴カバーをつけた。今まで数えきれないほど繰り返してきた手順だ。ギャビンに手袋を渡したあと、自分も手袋をはめてまとめた髪を何度か後ろに撫でつけ、ほつれ毛がないかどうか確認した。

周囲にはよく手入れされた広大な芝生が広がっていた。その先には趣味よく塗装された豪邸が立ち並んでいる。非常線の外側には、詮索好きな隣人たちが集まっていた。一様に心配そうな張りつめた表情を浮かべている。

「ジョシュ、気分はよくなった？」グレースは先ほど芝生に吐いていた研修医に尋ねた。

彼は首を振った。落ちこんでいる様子だ。

「犯行現場に立ちあうと、最初は誰でも気分が悪くなるものよ」グレースは慰めた。

「そのうち慣れる」ギャビンがつけ加えた。

ギャビンの言うとおりだ。グレースもそうだった。今ではこういう現場に立ちあっても何も感じない。周囲から感心されるほど冷静さを保てるようになっている。でも犯行現場となった豪邸に近づくにつれ、吐き気がこみあげてきた。嘔吐してしまいそうだ。

そのとき背後にギャビンが立った。彼の全身のあたたかさが背中に伝わってくる。なんて心地よいぬくもりだろう。認めたくはないが、ギャビンの体のぬくもりに救われた気がした。

グレースは慎重にドアを開け、家の中へ入った。

最初に感じたのはにおいだ。なじみのある、錆《さ》びた鉄に似た悪臭。血だ。それも大量の。

「マスクをつける？」ゾーイーがすかさずきいた。「このにおいときたら……」

「大丈夫」グレースは答えた。

「ギャビンは？」ゾーイーが尋ねる。

ギャビンが首を振った。

「オーケイ、いちおうきいただけ」ゾーイーが言った。「さあ、行くわよ」

グレースたちは玄関ホールへ進んだ。大量の血だまりを避けて歩く。

「引きずった跡や遺体の位置から推測するに」ゾーイーが自分の見解を述べはじめた。「犯人はドアベルを鳴らしたか、ドアをノックしたかのどちらかね。夫のミスター・アンダーソンがそれに応えた。犯人は力ずくで押し入ろうとした……そこの壁の漆喰《しっくい》部分がなくなってるでしょう？」

ゾーイーがドアの背後にある壁を指し示した。たしかにへこんでいる。ドアを無理やり開けた弾みに、取っ手が激しくぶつかったのだろう。ギャビンが前かがみになり、へこんだ部分を見つめた。

「弾はすでに回収したのか？」彼は尋ねた。

「三八口径よ」ゾーイーが答えた。「家に入るなり発砲してる。玄関のドアが閉まるか閉まらないかのうちに、ミスター・アンダーソンを撃ったみたい」そう言いながら、右側にあるシートがかけられた遺体を示した。「見てみる？」

グレースはうなずいた。ゾーイーがかがみこみ、シートをめくる。遺体が見えた瞬間、グレースは大きく息をのんだ。こみあげる恐怖を抑えきれない。

「至近距離から撃たれたせいで、こんなひどい有様になったの」ゾーイーがそっけなく説明する。

「そのようね」グレースは息を吐きだした。「気の毒に」

「もう少しシートをめくってくれ、ゾーイー」ギャビンが言うと、ゾーイーは指示どおりにした。「手に防御創がひとつもない」ギャビンが低い声でささやいた。「オーケイ、ありがとう」

ゾーイーはシートをもとに戻した。「反応したり抵抗したりする時間すらなかったんだと思う。即死だったはずよ」

「不幸中の幸いね」グレースは冷静に言った。殺害現場には何度も立ちあっているが、そのたびに衝撃を覚えずにいられない。とはいえ、そういった感情に支配されるわけにはいかない。自分の感情は脇に置き、あくまで科学的な視点に立たなければならない。この現場に、空間に、殺人に隠された犯人の心理を読み解くのだ。「ミセス・アンダーソンはどこにいたの？」

「二階よ」ゾーイーはそう言うと、ふたりを階段まで連れていった。

「ということは、ミスター・アンダーソンは最初から一階にいたんだな」ギャビンは振り返り、ドアを指さした。「ドアベルが鳴ってミスター・アンダーソンが応じると、犯人はすぐに彼を撃った。それで銃声を聞いたミセス・アンダーソンが走ってきた」

「彼女をおびき寄せるには一番簡単な方法だわ。衝撃を受けて混乱した妻は走って出ていくはずだもの。あるいはその場で立ちすくんでしまって、そのあと隠れた可能性もあるわね」

「ミセス・アンダーソンはすぐさま犯人に向かっていったか、無防備な状態で犯人の標的になったかのどちらかだ」ギャビンが階段を見あげながら小声で言った。「いずれにせよ、抵抗するチャンスはなかった」

「勇気ある女性ね」グレースは言った。「犯人と面と向かいあったんだもの」

「それに賢くもある。電話を握ってたの」ゾーイーが階段の途中に落ちている電話を指した。「階段のどこかで犯人に追いつかれたはずよ。ほらね？」階段の壁についた血しぶきを身ぶりで示す。壁には額縁入りの写真がずらりと飾られていた。「とっさのことで、犯人から逃げきれなかったのよ」

これほど残忍な殺人犯を前にしたのだ、夫妻はなすすべもなかったのだろう。グレースはその事実に激しい嫌悪を覚えた。こうして犯行現場に立って、たとえ被害者たちがどうしようと結果は同じだったのだと思い知らされるのが不快でたまらない。

ギャビンが眉根を寄せた。グレースはそんな彼の様子から目が離せなかった。「もし階段で撃たれたとしたら、遺体はどこにあるんだ？」

「そう、そこが奇妙なの」ゾーイーが答えた。「犯人はミスター・アンダーソンの遺体を少し動かしてるけど、それは犯行後にドアから外へ出るためだったはず。一方、ミセス・アンダーソンの遺体は動かしても意味がないのに、なぜそうしたのかわからない。こっちへ来て。あれを見て」

ゾーイーはふたりを美しく装飾されたリビングルームとダイニングルームへ導いた。これから祝杯をあげるかのように、テーブルにはクリスタル製品が置かれている。ダイニングルームを通り抜けると、そこはキッチンだった。

慎重にキッチンカウンターをまわりこんだ瞬間、グレースは大きく息をのんだ。いきなり目に飛びこんできたのだ。女性がキッチンの床にうつぶせに横たわっている。濃い色の長い髪には血がべっとりとついていた。

「くそっ」ギャビンがグレースの背後で悪態をついた。「グレース、気をつけろ」

グレースが何か言う前に、ギャビンはすでに片手で彼女の腰を支え、脇へ押しやっていた。あと一瞬遅かったら、そのまま血だまりに足を踏み入れてしまっていただろう。

「ありがとう」グレースは礼を言うと、遺体に注意を戻し、あれこれ考えはじめた。

「わからない」ゾーイーがぽつりと言う。グレースは一歩さがって犯行現場全体を眺めた。犯人の狙いは夫ではなかった。そう、犯人が狙っていたのはミセス・アンダーソンのほうだ。なぜだろう？

「何がわからないの？」グレースはゾーイーに尋ねると、写真を撮り終えて現場から去ろうとしている鑑識官ふたりのために後方へと移動した。

「なぜ犯人は彼女をここへ引きずってきたの？」ゾーイーがきいた。「ここまで運ぶのは大変だったはずなのに。それになんのために？　面倒だし、時間もかかるし、目撃される危険も増える。これまでのところ、血のついた足跡はひとつも見つかってないけど、まだすべてを調べあげたわけじゃない」

グレースは自分なりに答えを出していたものの、口にせずにギャビンを見た。

彼がどう考えているか知りたい。ギャビンは陸軍情報保全コマンド時代に大怪我をして夢をあきらめ、そのあと警察に入って殺人課で一番優秀な刑事にまでなった男性だ。そして今、優秀な男性たち――そして女性たち――とともに仕事をするためにFBIの一員となった。彼の観察力は一流なのだろうか？　グレースはギャビンに尋ねた。「どう思う？」

ギャビンが目を輝かせた。グレースに試されていることがわかったのだろう。それなのに不安そうな表情になるどころか、この機会を喜んで受け入れている様子だ。

なんて驚くべき人だろう。ほかの男性に比べ、ギャビンは自分の才能や仕事についてはるかに大きな誇りと自信を持っているらしい。今回もよほど自分の推測に自信があるのだろう――それか本当に能なしかのどちらかだ。

　この命を懸けてもいい。絶対に前者だ。

「夫は巻き添えを食っただけだ」ギャビンが口を開いた。「犯人にとって、彼は邪魔だった。犯人の真の狙いは妻だ」ミセス・アンダーソンのまわりを歩きながら遺体を見つめた。もの慣れた様子でかがみこみ、ポケットから取りだしたペンでミセス・アンダーソンの髪を持ちあげる。「頭部に外傷がある。犯人が撃つ前につけた傷だ。ただ従わせるためだけにミセス・アンダーソンを殴打したとは思えない」

「犯人は怒りを感じていた」グレースはギャビンの言葉を締めくくった。

　ギャビンが顔をあげ、彼女と目を合わせた。真剣なまなざしだ。「ああ、そうだ。女性嫌悪者《ミソジニスト》としての純粋な怒りだろう」

「どうしてそうわかるの？」彼が〝ミソジニスト〟という言葉を使ったことに感心しながらグレースは尋ねた。遺体を見た瞬間に彼女が気づいた点に、ギャビンも気づいていたのだろうか？

「靴だ」ギャビンが答える。

　グレースの体の内側で何かがはじけた。この感覚はなんだろう？　心と心が実際に触れあったみたいな感じだ。

こんなことはめったにない。まさに奇跡としか言いようがなかった。

「彼女は靴を履いていない」グレースは慎重に言った。

「そのとおり」ギャビンは体を起こした。「裸足《はだし》？　キッチンで？　犯人の男はわれわれに非常に明確なメッセージを送っている。自分が女性について、そして女性の立場についてどう感じているかをね」

ゾーイーが低く口笛を吹いた。「そこまでは気づかなかった」

「私もよ」グレースは言った。ギャビンからどうしても目が離せない。

ギャビンが口の端をゆがめた。「君は気づいていたはずだ。君が何かを見落とすはずはない」

「あなたもね」

「見落としがないよう最善を尽くしてる」ギャビンが肩をすくめた。

グレースは女性の遺体を見おろし、眉をひそめた。先ほどギャビンが注意深く遺体の髪を持ちあげたときに、何かがきらめいているのが見えた。たちまち胃が締めつけられる。グレースは前に進みでながら、紛れもない恐怖を感じていた。

「ほかに何かわかったのか？」ギャビンがきく。

グレースは答えなかった。答えられなかった。自分自身で確かめるまでは。

無言でしゃがみこむと、手袋をはめた手で被害者の耳にかかる髪を持ちあげた。やはりあった。おびただしい量の血液と肉片が飛び散る中、ミセス・アンダーソンの耳に輝いていたのはダイヤモンドのイヤリングだ。

グレースの背筋に冷たいものが走った。

「なんだ？」背後からギャビンが尋ねる。グレースの隣にかがみこみ、ミセス・アンダーソンの無残に撃ち砕かれた顔を見つめた。

「ふたりとも、まだ調べているのか？」ポールが携帯電話を片手に大股で入ってきた。遺体の脇にふたりがしゃがみこみ、カウンター付近で腕組みをしたゾーイーが立って待っている様子を見て、眉根を寄せた。「どうした？」

「ちょうど今、グレースが説明するところだ」ギャビンが答える。

グレースはもう一度イヤリングを見おろした。ただの偶然かもしれない。昨夜の被害者のジャニス・ワコムがダイヤモンドのイヤリングをつけているのは、どうにも場違いに思えた。けれどもミセス・アンダーソンはダイヤモンドの指輪をいくつかはめているし、手首にはプラチナ製のテニスブレスレットをつけている。

〝でもイヤリングには血がついていない〟心の中でささやき声がした。

グレースは指輪を見おろした。血で汚れている。ブレスレットもだ。ミセス・アンダーソンは犯人に抵抗しようとしたのだろう。そう考えれば説明がつく。しかし頭部に大きな傷を負っているにもかかわらず、イヤリングには血しぶきひとつついていない。燦然《さんぜん》と輝きを放っている。

犯人に襲われたとき、ミセス・アンダーソンはイヤリングをつけていなかった。イヤリングをミセス・アンダーソンにつけたのは犯人だ。彼女を殺したあと、そうしたに違いない。

「イヤリングよ」

「イヤリングがどうした?」ポールが尋ねる。

グレースは手を伸ばし、遺体の耳たぶをそっとつかんだ。イヤリングのスタッドがあらわになる。

裏側にも血痕はついていない。

「ジャニス・ワコムもダイヤモンドのイヤリングをつけていたな」ギャビンが言う。

その瞬間、グレースはまたしても驚くべき感じを覚えた。ギャビンと自分のあいだに同じ波長が流れているように思える。

「オーケイ……」ポールはゆっくりと言ったものの、まだ理解していない様子だ。

「君はイヤリングが同じだと考えているんだな?」ギャビンが尋ねる。

「ええ、本当にそっくりだもの」

「グレース」ポールは正気を疑うような目でグレースを見つめた。「ダイヤモンドのイヤリングをつけている女性ならごまんといる。君だってそうだ」

「だけど、このイヤリングには血痕がついていない」グレースは言った。「ほら、見て。遺体はこんなに血だらけなのに、イヤリングにだけは血がついていないの」

「いいところに気づいたな」ギャビンが感心した様子になった。「つまりミセス・アンダーソンの出血が止まったあとに、このイヤリングがつけられたことになる」

ポールがかがみこんで顔をしかめた。「なるほど。だが、それでどういう仮説がなりたつ？　昨日の夜と今回の事件が同一犯の仕業だというのか？　犯人が殺したあと……被害者にダイヤモンドのイヤリングをつけたと？」

「だっておかしいでしょう？」グレースは鋭く尋ねた。ポールが疑わしげな言い方をしたせいだ。

「グレース、どう考えても、ふたつの事件の犯人は異なる」ポールは言った。「これは家宅侵入で、明らかに強盗目的だ。二階にある金庫が空っぽになっている。ゆうべのは狙撃事件だ。それなのに、君はこれが連続殺人犯の仕業だと考えているのか？　ジュエリーを根拠に？　論理が飛躍しすぎている」

「だが明らかに、これはなんらかのサインだ」立ちあがったポールにならい、ギャビンもそう言いながら立ちあがった。一方、グレースはまだイヤリングを見つめたままだった。ジャニス・ワコムと同じく、ミセス・アンダーソンのイヤリングもスクエアカットで、どちらも少なくとも一カラットはあり、イエローゴールドのセッティングだ。

それにもうひとつ、不審な点がある。ミセス・アンダーソンのほかのジュエリーはすべてプラチナとホワイトゴールドなのだ。

「どちらの事件も不可解な点が多すぎるわ」グレースは決然とした口調で言い、ようやく立ちあがった。「経験豊富なスナイパーなら、あの路地が誰かを撃つのに理想的な場所ではないとすぐにわかったはずよ。それに今回も、犯人がこの女性の遺体を動かしたのはおかしい。そうでしょう？　強盗目的だとしたら、一刻も早く現場から立ち去りたいはずなのに、わざわざ時間をかけて遺体をキッチンまで引きずっている。理由はどうあれ、これは一種の衝動強迫か、何かのメッセージじゃないかしら？　性的暴力はなかったんでしょう？」

「ええ、なかった」ゾーイーがうなずく。

「犯人の男はミソジニストだが、強姦犯ではないということだ」ギャビンが言う。

「性的不能者の可能性もあるわね」グレースは言った。

「それで女性に対する怒りを投影したわけだな?」ギャビンはうなずいた。「その可能性はある。しかしイヤリングはどう説明する? 犯人はイヤリングを通じて、われわれに何を伝えようとしてるんだ?」彼は円を描くように片手を回転させた。そうやって手を動かしながら考えることが癖になっているのだろう。「被害者に対するプレゼントみたいなものか? 犯人の自責の念の表れとか?」そう口にしたとたん、首を振った。「いや、ありえない。犯人は自責の念に駆られるタイプじゃない。計算高い男だ」

「キッチンに裸足でいるというメッセージを考慮すれば、こう考えている可能性があるわ。〝女が男に求めているのは金だけだ〟」

「オーケイ、意見が一致したな」ギャビンはグレースを指さしながら言った。

「ポールは咳払いをし、ふたりを現実に引き戻した。「ウォーカー、彼女の話につきあってくれてありがとう。だがグレース、それくらいにしろ。君がいつも次の小説のねた探しをしているのはわかっている。だがジュエリーに執着している連続殺人犯だって? いくらなんでもやりすぎだ」

「でも――」

「だめだ」ポールは言い張った。「二件の事件に関連性はない。ふたりとも、昨日と今日の事件は別々に扱うようにするんだ。わかったな？」

グレースは反抗的にポールをにらみつけた。友人として懇意にしてはいるが、結局ポールは彼女の上司だ。「わかったわ」そう答えたものの、もちろん本心ではなかった。厳然たる事実も手がかりも、目の前にそろっている。もしポールがそれらを直視しようとしないなら、自分が彼の目を向けさせるまでだ。「犯罪現場の写真をすべて私宛に送って。徹底的に検証したうえで、プロファイリングするわ」

「今ここでできないのか？」ポールが尋ねる。

「ええ」グレースはぴしゃりと答えた。「できないわ。ウォーカー、一緒に来てくれる？」

「ああ」ギャビンはゆっくりと答えた。この状況をおもしろがっているのは明らかだ。グレースにはポールの命令に従うつもりがないことをわかっているのだろう。

グレースはポールに挨拶もせず、向きを変えて家から出ていった。

9

「たしか、君とハリソンは仲がいいと言ってなかったか？」幹線道路へと続く道で車を走らせながら、ギャビンは言った。

「ええ、仲はいいわ」グレースが答える。とはいえ、その声には少し懐疑的な調子が感じられた。

アンダーソンの邸宅で、ハリソンはグレースに敬意を払おうとしなかった。ギャビンはその事実に対して意外なほどいらだっていた。グレースはプロファイラーで、専門家だ。それなのにハリソンはグレースの意見をにべもなく却下し、おまけに彼女の小説までばかにした。

「ただし、ここ数カ月はあまりうまくいっていないの」ギャビンが無言のままでいると、グレースはとうとう認めた。「ポールは最近、ひどく慎重になっているから」

「責めることはできないな。胸に爆弾を巻かれたんだから」ギャビンはウインカーを出して車線変更した。「それに僕も初めての事件で上司に盾突きたくはない。だがあのイヤリングは……」

「ジャニスがつけていたのとまさに同じものだった」グレースがギャビンの言葉を締めくくり、携帯電話を突きつけた。画面に表示されていたのは、ジャニスのイヤリングを拡大撮影した写真だ。ミセス・アンダーソンがつけていたのと同じイヤリングだった。

「くそっ、それならしかたない」ギャビンは頭を振った。「上司に盾突いてやることにしよう」

「本気なの？」

ギャビンはグレースをちらりと見た。「君を応援する。たとえ何があっても」

「たとえ何があっても？」

「ああ。僕も、君がいいところに目をつけたと考えてるからだ。だが……」ギャビンは肩をすくめた。「たとえ確信が持てなかったとしても、僕は全力で君を応援する」

グレースが眉をひそめた。「つまり、あなたの忠誠心は見せかけではないってことね」

「ああ、僕は君の相棒だ。必要とあらば、君の身代わりになって撃たれる覚悟がある。

比喩的な意味でも、文字どおりの意味でもだ」

その言葉を聞き、グレースがしばし黙りこんだ。とはいえ、本来ならここは黙りこむべきところではない。FBI捜査官たちは互いを支援している――あるいは少なくとも支援すべきだ。だが現実はどうだろう。今朝、グレースから一匹狼だと非難されたものの、ギャビンには真実がよく見えていた。一匹狼なのはグレースのほうだ。

「これからどうするつもりだ？」

「そうね、あなたが協力してくれるなら……」グレースは携帯電話を取りだしてどこかに電話をかけ、スピーカーモードに切り替えた。

「こちらゾーイー」声が聞こえてきた。

「グレースよ。あなたのチームはジャニス・ワコムのイヤリングを制作した宝石職人を探していたわよね？」

「ええ。今朝、わかった。マッコード宝石店という家族経営の店よ」

「やったわね。住所を教えてもらえる？」

「ポールに逆らうつもりね？」ゾーイーがきいた。

「誰かがそうしないとね」グレースが答えると、ゾーイーは笑った。

「ギャビンもあなたの味方なの？」

「わかってるくせに」ギャビンが携帯電話に向かって話しかけた。

「すでに味方についてるのね……ふうん、興味深いわ。住所は今、メールで送った。ポールにばれて機嫌を損ねても、私に泣きついてこないでね」

「あら、私が正しければ、彼の機嫌を損ねることはないわ」グレースは言った。「ありがとう、ゾーイー」

「いつでも協力する。じゃあ、ふたりともまたね」

グレースは身を乗りだし、ゾーイーからメールで送られてきた住所をSUVのカーナビゲーションシステムに入力した。「ちょっとしたドライブはどう?」

ギャビンはにやりとした。「よし、ダイヤモンドの追跡に出発だ」


マッコード宝石店はごく小さな店だった。ワシントンDCの商業地区から少し外れた場所にある、特徴のない煉瓦造りの建物に入っている。ギャビンが店のドアを押し開けるとドアに描かれていた金色の店名がきらりと光り、中に入るとドアにつけられていたベルが鳴った。

ギャビンは無意識にあたりを見まわした。店内には監視カメラが二台設置されている。つまり録画テープが残されているということだ。おそらくあのイヤリングを買った男の姿もとらえられているだろう。そうなれば、事件は一気に解決するに違いない。

白髪頭をしたニットベスト姿の年配男性が、カウンターから顔をあげた。トレイにのせたダイヤモンドのネックレスの緩み具合を確認していたらしい。彼は笑顔で話しかけてきた。「いらっしゃい。ご希望の品は？　いや、待ってください」片手を突きだす。「あててみせましょう。婚約指輪じゃないですか？」

ギャビンは頬が赤らむのを感じながらグレースを一瞥した。だが彼女は笑みを浮かべてかぶりを振ると、身分証を取りだした。「申し訳ありませんが、買い物ではなく、仕事で来ました。私はシンクレア捜査官、彼はウォーカー捜査官です」

「これは失礼。私はアンソニー・マッコード。妻とふたりでこの店を経営しています。どういったご用件でしょう？」

「殺人事件の捜査をしています」ギャビンが答えた。「被害者がつけていたイヤリングが、あなたの店で購入されたものだったんです」

グレースは店主に自分の携帯電話を見せた。画面には、証拠袋に入ったジャニス・ワコムのイヤリングの写真が表示されている。

マッコードは眼鏡をかけると前かがみになり、画面をのぞきこんだ。「ええ、これは私が作ったイヤリングです」

「誰が買ったか、思いだせますか?」

「ええ、もしシリアルナンバーがわかるなら」

「シリアルナンバー?」ギャビンは尋ねた。

「当店で販売したダイヤモンドにはシリアルナンバーを刻んであります。肉眼では見えないほど小さな番号です。保険目的でそうしています……盗まれたり、紛失したりしたときに番号を頼りに追跡できるから。あなた方はそうやってこの店を割りだしたんじゃないんですか?」

「私たちは鑑識班ではありませんが、鑑識班はその方法でこの店にたどり着いたはずです」グレースが答えた。「少し待っていてください。シリアルナンバーをきいてみます」

グレースが店の外へ出ると、ギャビンはマッコードに笑みを向けた。「彼女が電話をかけているあいだに、もう少し質問してもかまいませんか?」

「ええ、なんなりと」マッコードが答える。

「この店のセキュリティはどうなっていますか? 監視カメラが二台ありますね。録画テープは保存してますか?」

「うちはごく小さな店です。残念ながら、テープは一週間分しか保存していません。

重ね撮りしているんです」

「なるほど」もし殺人犯が先週より前にイヤリングを購入していた場合、証拠のテープを見ることはできない。つまりマッコードの記憶だけが頼りになる。「従業員は何人です？」

「妻と私だけです。妻が帳簿をつけて、私がジュエリーを作っています」

「とてもいいやり方ですね」

「妻は私より数字に強いのでね」

「店に来た客について聞かせてください。最近、特に目についた客はいませんでしたか？　緊張していたとか」

マッコードは笑みを浮かべた。「ウォーカー捜査官、私は宝石職人ですよ。つまり来店する男性の多くは婚約指輪を探しにここへ来るわけだ。どんな男性だって、そりゃあ緊張していますよ」

ギャビンは笑い声をあげた。「なるほど、もっともな話だ。では、まとまった注文をした客はいませんでしたか？　ここ数カ月で、シンクレア捜査官が見せたイヤリングを何個か注文した客は？」

マッコードは眉をひそめた。「ああ、いました。奥さんのためにあのイヤリングを買いに来た紳士です。その一週間後にまた店に来て、さらに三点、同じイヤリングを注文していった。奥さんがイヤリングをたいそう気に入ったから、お孫さんたちにも同じものをプレゼントしたいとおっしゃったそうです。あれはうれしかった」

「いつだったか覚えてますか？」

「二カ月くらい前かな」マッコードは答えた。

「シリアルナンバーはこれです」そのときグレースが店に戻り、カウンターに紙を置いた。マッコードが紙を受け取る。

「ファイルを調べてきます」マッコードは言った。「少々お待ちください」

店主が奥の部屋へ姿を消すと、グレースはカウンターに軽くもたれ、ずらりと並んだジュエリーを眺めた。その姿を見ながら、ギャビンは考えずにいられなかった。たとえこうしてダイヤモンドに囲まれていても、最も輝いて見えるのはグレース自身だ。

「君はこういうのが好きなのか、グレース？」ギャビンは正面のガラスケースに並べられた、たくさんのブレスレットを指し示した。どれもまばゆいばかりに輝いている。

「女性にとって、ダイヤモンドは永遠の親友だから」グレースが答える。その声ににじむ皮肉っぽい調子にギャビンは驚いた。彼が思わずもの問いたげに見ると、グレースは肩をすくめた。「宝石より美術品を収集するほうが好きなの。仕事柄、ジュエリーは不要だから。数点持ってはいるけど、ほとんどが代々受け継がれてきた感傷的な代物よ」

「お祖母《ばあ》さんからだね」ふたりで過ごしたあの夜、グレースから聞いた話を思いだし、ギャビンは言った。あのとき、彼女はネックレスを身につけていた。濃い色のサファイアが燦然と輝き、グレースの肌の白さを引きたてていたものだ。

一瞬、グレースが意外そうな表情を浮かべた。混乱したように目を見開いている。あるいは驚いたからかもしれない。「覚えていたのね」

ギャビンはどうしても彼女から目をそらせずにいた。手を伸ばしてグレースに触れたい。彼女の全身のあらゆる部分に。どんな感触だったか確かめたい。「君のことならすべて覚えてる」

グレースがふっくらした下唇を舌で湿した。緊張しているようなしぐさが愛らしい。

そのとき奥の部屋のドアが大きく開き、マッコードが姿を現した。「わかりました。ただし、たいした助けにはならないと思います。シリアルナンバーは先ほど私が話した紳士が買った最初のイヤリングの番号と一致しました。ですが、彼は二回とも現金で支払っています。しかも二カ月前ですから、購入したときの録画テープはない。申し訳ありません」

「イヤリングをいくつ購入したんですか？」グレースが尋ねる。

「全部で四点です。いやあ……本当に彼がどこかの女性を殺したと考えているんですか？」マッコードは不安げな様子だ。

「いえ、ただ手がかりのひとつとして考えているだけです」グレースは答えた。「その男性について何か覚えていることはありますか？　年齢、身長、体つき、肌の色などなんでもかまいません」

「白人でした」マッコードが言った。「若くはなかった。私ほど年寄りではなくて、五十代くらいだったかな。それに帽子をかぶっていた……どうして覚えているかというと、妻にあんな帽子をかぶっている男性は珍しいといったことを話したからです」

「カウボーイハットとか？」ギャビンは尋ねた。

「いいえ、新聞売りの少年がかぶっているような帽子です。目深にかぶっていました。あの人は……」マッコードが眉間に深い皺を寄せた。「監視カメラに顔が映らないようにしていたんですね？」

ギャビンはため息をついた。「そのようですね」

「ああ、なんてことだ」マッコードが言った。「なんと恐ろしい」

「ＦＢＩの似顔絵捜査官に協力していただけませんか？　その男の様子を詳しく教え

てもらいたいんですが?」ギャビンは尋ねた。

「やってみます」マッコードが答えた。「どれだけ力になれるかわからないが、できる限り思いだしてみましょう」

「これが僕の名刺です」ギャビンは言った。「似顔絵捜査官との約束のために、後日電話をかけさせてもらいます」

マッコードがうなずいた。動揺しているのは明らかだ。

「奥さんに電話をかけてはいかがです?」ギャビンはさりげなく提案した。「今日は早めに店じまいして、自宅でゆっくり過ごされたほうがいい」

「ええ、そうするつもりです」

「大変助かります」グレースが言った。「またご連絡しますね」

グレースとギャビンは宝石店をあとにした。ドアに取りつけられたベルが陽気な音を立てたが、ふたりは陽気とはほど遠い表情を浮かべていた。

「四組のイヤリング」グレースがぽつりと言う。その声を聞いたギャビンは、彼女が自分と同じことを考えているのに気づいた。「つまり……」

「犯人は少なくともあと二件、殺人を計画している」彼はグレースの言葉を締めくくった。「しかも犯人がジュエリーを購入したのはこの店だけとは限らない。そうだろう？」

「手口はどんどんエスカレートしている。被害者と面と向きあうのを嫌って遠く離れた場所からライフルで狙撃したのは、わずか十二時間ほど前よ。一般的に人を殺すタイミングが早まるのは犯人が追いつめられている証拠だと考えられているけど、今回の場合……」グレースは顔をしかめ、考えこみながらシルク製の袖の折り返しを何度も引っ張った。「犯人は追いつめられているわけではないと思うの。それにやけになってもいないし、パニックに襲われてもいない」

「犯行はより暴力的に、より個人的な攻撃になっている」ギャビンは言った。

「彼には計画があるんだわ」グレースはギャビンを見た。不安そうだが、決然とした表情だ。「その計画を阻止しないと。しかもできるだけ早く。そうしないと、被害者がさらに増えてしまう」

「ハリソンを説得しなければならないな」

「ええ。あの店主の記憶やダイヤモンドのシリアルナンバー以上の情報が必要だわ。もし本部からその情報を得ようとすれば、ポールは必ず首を突っこんでくるはずよ。私が命令を無視したと知れば、かんかんになるでしょうね」

「だったら、どうするつもりだ？」

「あなたはジャニスの事件を、私がアンダーソン夫妻の事件を担当して、それぞれの事件の証拠を綿密に検討したうえで別々にポールへ報告するの。でもふたつの事件のプロファイリングは同じ結果になるから、同一犯の仕業だとわかるはずよ。明白な事実を目の前にしたら、ポールも否定できなくなる。ふたつの事件の犯人が同じになるよう私たちが申しあわせただけだとは言えなくなるわ」

「名案だ。ということは、それぞれの仕事に今すぐ取りかかるために、僕はどこかで君を降ろすべきだな。どこがいい？」

「自宅にして」グレースは自宅の住所をカーナビゲーションシステムに入力した。

「君は、あのハリソンが激怒すると考えているんだな？」ギャビンは右に曲がり、グレースの家があるローガン・サークルを目指した。

「ええ。でもポールなら乗り越えられると思うわ。今はかたくなな態度を見せているけど、あれは本来のポールじゃないもの」

ギャビンはグレースの声ににじむ優しさに気づいた。ふいに恐ろしくなり、胃がきりきりしはじめる。グレースとハリソンはかつてつきあっていたのだろうか？　ふたりのあいだにそんな熱っぽさを感じたことはないが、仕事柄、グレースはそういう感情を隠すのがうまいはずだ。

「君たちは親密なんだな」口にするのは気まずかったが、ギャビンは言わずにいられなかった。グレースは驚いただろうか？　激しい感情に揺さぶられ、そんな言葉を口にした自分がわずらわしくてたまらない。

「ポールと私の親友がかつて婚約していたの」グレースが言った。ギャビンはふいに安堵感に包まれた。いかなる状況であれ、グレースは親友の元婚約者とデートするような女性ではない。「彼とは長年、多くの時間を一緒に過ごしてきたのよ」

「ハリソンが心配なんだな」ギャビンは言った。グレースの声ににじむ優しさは、ハリソンの幸せを気にかけているからに違いない。

「心的外傷後ストレス障害《PTSD》はつらいものよ。私はセンターでそういう子どもたちを見てきたし、トラウマに苦しんでいる退役軍人や覆面捜査官たちと仕事をしたこともある。回復までの道のりは長いわ。しかもその途中には必ず試練が待っているものなの」

「ハリソンはもともといいやつだ。それに君の支援があるなら大丈夫だろう。僕はそんなに心配してないよ、グレース」

グレースがほほえんだ。ギャビンがこれまで見たことのない、うれしそうな感謝の笑みだ。その瞬間、ギャビンの心臓が跳ねた。口から飛びだしそうなほど。「あなたが正しいことを願っているわ」グレースが言った。

ギャビンが手入れの行き届いた建物の前に車を停めると、カーナビゲーションシステムが甲高い音声で告げた。「目的地に到着しました」ブラウンストーンを使った、実に美しい建物だ。長い階段がダークブルーのドアに続いている。

「じゃあ、また明日」

「ええ、明日」グレースはSUVから降りかけたが、振り返ってためらいがちに言った。「ありがとう」

ギャビンは眉をひそめた。「ありがとうって何に?」

「私を応援してくれたことよ。それに現場での私の仕事ぶりをよく見てくれていたこと。あと、ポールについて理解してくれたこと」グレースは肩をすくめ、頬を真っ赤に染めた。「それに、あなたがあなたでいてくれることにも」

ギャビンが何か言う前にグレースは車を降り、階段を駆けあがった。そしてかがんでポーチに置かれていた小包を手に取ると、家の中へ姿を消した。

ギャビンはしばらく車内に座ったままでいた。驚くと同時に、あたたかな気分を感じていた。グレース・シンクレアは思いも寄らないときに、思いも寄らない態度を取る。できるものなら今すぐ階段を駆けあがってドアを叩き、グレースが出てきた瞬間に口づけたい。

だが、まだ早すぎる。しなければならない仕事が山ほどある。

グレースは心の準備ができていないはずだ。今度ベッドをともにするときは、二度と彼女を手放したくない。

カーブを曲がって車を走らせていると、携帯電話が鳴りだした。グレースからだ。

ギャビンは眉根を寄せて電話に出た。

「もう僕が恋しくなったのか？」

「優秀な元スパイで秘密主義のあなたの力を借りたくて電話をかけたの」グレースの声を聞いた瞬間、ギャビンは背筋が凍りついた。どういうわけか彼女の声は震えている。

「グレース、何かあったのか？」ギャビンはすでにＳＵＶを方向転換させていた。ハンドルを握る指先がしびれたままだ。

「誰かが私に爆弾入りの小包を送りつけてきたみたい」グレースが一瞬、口をつぐんだ。「今、その小包を両手で抱えている状態なの」

10

「動かずにじっとしてるんだ」ギャビンが言った。

グレースは唇をなめた。乾いている。口紅が取れているのだろう。乾ききった下唇が歯にくっつきそうだ。

「最悪だわ」両手を動かさないよう細心の注意を払いながら、ぽつりと言う。先ほどポーチで手に取った小包を抱えたままだ。なるべく手を水平に維持しなければならない。

「どうしてそれが爆弾だと気づいたんだ?」ギャビンが前かがみになり、グレースの手の中にある小包を見おろした。

「この四隅のせいよ」募る不安でグレースの声がかすれた。頰の内側を嚙み、正気を保とうとする。冷静でいなければ。アドレナリンに支配されるわけにはいかない。そんなことになれば、両手が震えてしまう。

両手を震わせるわけにはいかない。

「四隅が不自然なほどきちんと折りたたまれているの。それに手書きの文字も……まるで定規をあてて書いたみたいに、あまりにまっすぐだわ。几帳面《きちょうめん》すぎるし、人の目を欺こうとしている……あの犯人みたいに。書かれた住所を見た瞬間、すぐに気づいたの」先ほどからとりとめもないことを話しつづけている。そうせずにいられない。

「もう行って」ギャビンに告げ、そわそわと室内を見まわした。「もし爆発したら一巻の終わりよ。あなたは――」

「グレース」ギャビンが優しくさえぎった。グレースに触れこそしないものの――今はそれが許されない状態だ――すべてを包みこむような穏やかな声で言った。耳に心地よいし、心が慰められる。「ゆっくりと呼吸するんだ。僕が必ず助ける。約束する。僕はどこにも行かない。君をひとりにはしない」

「でも――」

「グレース」ギャビンが再び名前を呼んだ。「今は僕に任せてほしい、いいかい?」

グレースは震えるまぶたを閉じ、心の中でひとりごちた。呼吸をするのよ、グレース。ギャビンを信じて。彼なら信じられる。

「わかったわ」

「爆発物処理班がこちらに向かってる。すぐに到着するだろう。だが、その小包を君の手から爆発物処理用容器へ移さなければならない」ギャビンが持参したバケツ型の容器を顎で指し示した。「その爆発物が圧力に反応するタイプかどうかわからない。だから作業は慎重に行う必要がある。わかったかい？　すべて僕の言うとおりに、しかも僕が言ったタイミングでする必要がある」

グレースは危うくうなずきそうになったものの、どうにかこらえた。動いてはだめだ、絶対に。「わかったわ」またそう答えた。胸のあいだに汗が流れ落ちる。「あなたはいつも車に爆発物処理用容器をのせているの？」どうにか冗談を言おうとする。「それが引退したスパイの流儀？」

「僕は爆発的なユーモアのセンスの持ち主として有名なんだ」ギャビンが真面目くさった顔で答える。そのちゃめっけたっぷりの切り返しに、グレースは勇気づけられた。ギャビンは容器をつかみ、彼女の足元へ置いた。「僕がこの容器を車にのせているのには、それなりの理由があるとだけ言っておこう。不安定な化学物質とチューインガム、角氷、それに格安店のヘアスプレーでできている」

「まるでマクガイバー（一九八〇年代から九〇年代にかけて放映されたテレビドラマの主人公。天才的な科学知識を活かし、身近な日用品を使って窮地を脱する）ね」グレースの声は震えていた。ギャビンが顔をあげる。彼の瞳に浮かんでいるのは真剣さと、グレースを思いやる優しさだ。

「グレース、ゆっくりとやり遂げよう。腕を動かさずに、できる限り低い位置まで体をさげていってほしい。そして注意深く小包を容器に近づけて、なるべく水平になるよう保ちながら容器の中へ置くんだ。そのあと、できるだけすばやくここから待避してくれ。今から僕が三つ数える、いいかい？」

「待って。でも……」グレースは深いため息をつき、必死で考えを巡らせた。両腕が吹き飛ぶかもしれない。自分自身が粉々になってしまうかも、いいえ、私たちふたりともがそうなる危険性がある。ピンクの霧《ピンク・ミスト》——文字どおり粉々になって飛び散った肉片と血を示す、爆発物処理班が使う言葉だ。

「もう一度、ここから出ていってくれと言ったら、本気で怒るぞ」ギャビンが言った。

「僕はどこにも行かない。君を絶対にひとりにしない」

「私の美術コレクションについて話しておきたいの」

「こんな非常事態に、美術コレクションの話をしたいのか？」ギャビンが呆然《ぼうぜん》とグレースを見つめた。

「だって相当な価値があるものなの。祖母から受け継いだコレクションなのよ。だから……お願い、私の望みどおりにしてほしいの。私が死んだら、コレクションはカウンセリング・センターに遺贈されることになっている。それから本の印税もすべて、センターに贈られるようにして。子どもたちのための大学進学基金を設立してほしいの。それと私の不動産に関する遺言執行人は、友達のマギー・キンケイドを指名しているわ。どうか、すべてがきちんと行われるように――」

「グレース」ギャビンがさえぎる。「よせ」決然と言い放って手を伸ばすと、一瞬ためらったあと、グレースの頬に触れた。「君が今日死ぬことはない。君は死んだりしない。今ここで僕たちが死ぬことはない」

「私はただ……」グレースはその先が続けられなかった。どんな言葉を続けるべきだろう？　もしこれが最後の言葉になるとしたら、何か意味のあることを口にすべきだ。両親や仕事、友人のことを考えるべきなのではないだろうか？

それなのに、考えられるのはギャビンのことだけだ。彼の瞳は揺るぎなく、見ているだけで安心できる。重々しくて断固たる表情が浮かんでいる彼の顔もだ。この人は私を見捨てたりしない。何があっても、絶対に私の体をしっかりとつかまえてくれるはずだ。

グレースはもう一度唇をなめた。「わかったわ。やってみる。腕を動かさないで、体をできるだけさげていく。小包をそっと容器の中におろす。そして急いでここから逃げる」

「そうだ」ギャビンは言った。「今から三つ数える。一、二」

グレースは息を深く吸いこんだ。

「三」

11

ギャビンはこれまで一か八《ばち》かの状況を数えきれないほど経験してきた。陸軍では情報保全コマンドに四年、警察では爆発物処理班に二年、それに殺人課に八年いたのだ。ひどい苦痛を味わわされたこともある。銃で撃たれたことが三度あるし、ナイフで刺されたことも二度ある。まだ体にそのときの傷が残っている。おまけに陸軍時代、未遂に終わった厄介な毒物事件に巻きこまれたこともある。

だがグレースの家へ足を踏み入れ、爆弾を抱えている彼女を見たときほどぞっとしたことはない。あの瞬間、紛れもない恐怖を感じた。

それでも動じずに冷静さを保てたのは、これまでの訓練の賜物《たまもの》だ。危険な任務をこなしてきた日々のおかげでもある。だからこそグレースに落ち着いた声で、小包を爆発物処理用容器へ移すよう指示できた。グレースが言われたとおりにし終えた瞬間、ギャビンは容器をすばやく閉じ、彼女の腕をつかんだ。そしてグレースの体をすくいあげて走りだした。グレースが体を寄せてくる中、必死で建物の外へ逃げた。

　ポーチの階段の下へたどり着いたとき、ちょうど爆発物処理班のトラックが到着した。処理班のメンバーがトラックから次々と降りてくる、半数はグレースの家へ突入し、もう半数は警告のために近所へ散らばっていった。

「ジェレミー」グレースがっしりした白髪頭の男性に話しかけた。彼は傷が走る片方の眉をあげてグレースを見た。

「グレース、大丈夫か？」男性が彼女の腕に手をかけて尋ねた。心配そうな表情だ。

「ええ、ウォーカーが助けてくれたの。すべて彼が指示してくれた。前に爆発物処理班にいたことがあるのよ」

　ジェレミーがグレースからギャビンに視線を移した。「現場の状況は？」

「ポーチに小包が置いてあるのを見つけたの。本当に愚かだったわ。何も考えずに手に取ってしまうなんて」グレースが答えた。「いつもインドから買っている紅茶の小包と同じサイズだったから」

「それで彼女は家に入り、小包が爆弾だと気づいて僕に電話をかけてきた」ギャビンがグレースの言葉を締めくくった。「とりあえず問題の小包は、僕の車に備えてあった爆発物処理用容器の中に収納した。圧力で作動するタイプじゃないみたいだ。きっとタイマー式なんだろう」

「あるいは起爆装置を持った犯人が近くにいる可能性もある」ジェレミーが言う。

グレースは体を震わせ、肩越しにあたりを見まわした。「家の中へ戻りたいわ」

「だめだ」ギャビンとジェレミーは同時に言うと、互いをちらりと見て苦笑した。

「あとは任せてくれ。容器の中身をスキャンして、密封されているかどうか確認する」ジェレミーは言った。「作業が終わったら、すぐに出てくる」

「気をつけて」グレースが言った。「もしあなたに何かあったら、ジェシカに殺されるわ」

ジェレミーが笑みを浮かべた。「そうだろうな。すぐに戻ってくるよ」

「彼の奥さんは私の友達なの」グレースはギャビンに説明すると、ひどい寒さを感じているかのように腕組みした。「ああ、現実だとは思えないわ。わが家の希少本のコレクションや年代物のソファのまわりを、爆発物処理班がうろうろしているだなんて」

「とはいえ、すてきな家じゃないか」ギャビンはグレースの暗い顔を少しでも明るくしようとして言った。「少なくとも爆弾に集中する一瞬前に、室内を見ることができた」

グレースが唇を引き結んだ。笑わないように自分を戒めている様子だ。「ありがとう」そっけなく言う。

「すべて丸くおさまる」

「そうね」グレースはすばやく応じた。あまりにすばやすぎる。「ただ……」ブラウンストーンの建物を見あげた。「これは私の家なのよ」

この家はグレースにとって聖域なのだろう。ほんの少し目にしただけだが、ギャビンにはよくわかった。

何者かがその聖域を侵害しようとした。それ以上のことをしようとした可能性もある。ギャビンは激しい怒りを感じた。かたわらでグレースが震える吐息をつき、腕を自分の体にまわしている。ギャビンは彼女を腕の中に抱きしめてやりたかった。グレースをこれほどの恐怖に陥れた人間の正体を突きとめ、そいつに罪を償わせたい。

二度とグレースを見失いたくない。

「誰がこんなことを？」グレースがささやいた。

ギャビンはもはや自分を抑えられなかった。手を伸ばし、彼女の肩甲骨のあいだにそっとあてる。グレースは体をこわばらせたり、ギャビンから離れようとしたりしなかった。ギャビンの手のひらに、彼女が体から力を抜いた感触が伝わってくる。グレースがこちらを見あげた。

「ギャビン――」彼女が口を開いた。

「グレース！」そのとき足音が聞こえた。ハリソンがふたりに近づいてきた。心底ショックを受けた表情をしている。ギャビンはすぐにグレースの体から手を離し、念のために一歩さがった。「無線で聞いたんだ……大丈夫か？」

「ええ、大丈夫よ、ポール」

「爆発物処理班がいるんだろう？」ハリソンが階段に向かおうとする。

「ポール、だめ！」グレースの鋭い口調に、ギャビンも思わず彼女を見た。「あそこに行ってはだめよ」

「だが、僕は――」

「絶対にだめ」グレースはきっぱりと言った。「自分で引き金を引くつもり？」

ギャビンは気まずさを覚え、地面を見おろした。これはごく個人的な会話だ。ギャビンに割って入る権利はない。グレースは心理学者だ。ギャビンよりもはるかにこういった事態を理解しているだろう。彼女が心配しているのが、ハリソンが先の事件で負ったPTSDであることは明らかだ。爆薬にまつわるPTSDを抱えた男を爆弾のある建物へ入らせるのは、どう考えても得策とは言えない。

ハリソンは今、気持ちをしっかりと保っている。だがこの仕事に携わる誰もが、ある種の〝引き金〟を持っているものだ。あたり障りがないと思えるものでもトラウマを引き起こし、最悪の瞬間——これまで見た死の現場——を想起させることがある。ギャビンの場合はオレンジのにおいだ。あのにおいを嗅ぐと、初めて担当した殺人事件を思いださずにはいられない。父親が朝食の席で家族全員を惨殺した。現場ではオレンジジュースがぶちまけられていて、発見された遺体はどれも腐敗臭がすさまじかった。

あのにおいは死ぬまで忘れないだろう。あれ以来、誰かにオレンジジュースをすすめられるたびに、かぶりを振って断るようにしている。一瞬、あのときの恐怖を思い起こしながら。

「それなら無線をくれ」ハリソンがきびきびとした口調で命じた。近隣の人々を避難させていた捜査官のひとりが無線をハリソンに手渡した。「ジェレミー、ハリソンだ。どんな状況だ？」

「問題の小包は、箱の内側にアルミ箔《はく》が貼ってあるようだ」無線からジェレミーのひび割れた声が聞こえてきた。「スキャンできないから手作業に切り替える。またあとで連絡する」

「わかった」

しばらくして、再びジェレミーの声が聞こえた。「ボス、これはひどい。雑な作りだ。爆発物はダイナマイト。犯人はこれを建設現場から持ち去ったに違いない。リード線二本の、ごく基本的な形状だ。ウェブサイトで調べて作ったんだろう。今からリード線を切断する。また連絡する」緊張の数分間が過ぎ、ジェレミーの声が聞こえた。「ボス、すべて解決。爆弾の処理完了。現場に来てくれ」

三人は早足で階段をのぼり、ブラウンストーンの建物内に入った。爆発物処理班のメンバーがジェレミーを取り囲んでいる。ジェレミーはギャビンたちに背中を向けていた。

「どうしたの？」グレースがきいた。

ジェレミーが振り返る。「爆弾と一緒にこれがあった」一冊の本を差しだした。

グレースの最新刊だ。

「ああ、なんてこと」グレースが言う。

ジェレミーに近づいていく彼女を見つめながら、ギャビンはひとつのことしか考えられなかった。先ほど爆弾を両手で抱えたグレースを目にしたとき、彼女が放ったのと同じ言葉だ。〝最悪だ〟

「誰か手袋をちょうだい」グレースは渡された手袋をはめた。「見せて」

ジェレミーが本を手渡した。グレースが埃《ほこり》をかぶったカバーを外し、ダークブルーの表紙を見つめる。表紙をめくった瞬間、顔が真っ青になった。グレースが気絶するのではないかと危惧し、ギャビンはとっさにそばへ寄った。だがグレースは何かを読みあげはじめた。

「〝親愛なるFBIの諸君……〟」グレースは言葉を詰まらせた。「〝君たちの実力はこの程度でしかないのか？　もしすべてを読み解けたら、真相に近づける。幸運を祈る〟」ギャビンが見守る中、グレースは本のページをめくりだした。彼女の顔からさらに血の気が引いていくのを見て、ギャビンは胸が苦しくなった。「暗号だわ。下線が引かれている部分があるし、文字や単語が丸で囲んである。一見、でたらめにしるしをつけたように見えるけど……」グレースは顔をあげて視線をさまよわせると、ギャビンと目を合わせた。「この暗号を解読しないと」

12

グレースは頭を巡らせた。考えられるいくつかのシナリオから犯人像をあぶりだそうとする。犯人はきわめて注意深くて知性があるものの、自分が社会から踏みつけにされ、無視されていると感じている。うぬぼれが強くて尊大な雰囲気の持ち主だが、実生活では周囲から取るに足りない存在だと思われている。あるいは、ばかにされているのかもしれない。彼が完璧主義者で、周到に計画を練るタイプであることは明らかだ。きっと自分が過小評価され、無視されていると感じる仕事をしているのだろう。

「もし暗号なら、本部の数学の専門家たちに解読させなければならない」ポールはそう言うと、グレースの手からそっと本を取った。「ウォーカー、彼女を本部まで車で送ってくれ」

「できるだけすみやかに君の家から出る」ジェレミーが安心させるように言った。

「片づけはすでに終わっているが、念のために家の内外に別の爆弾がないかどうか確認したい。箱に入っていた起爆装置は子どもだましみたいなものだったとはいえ、それでも爆発していたかもしれない。犯人が家の周辺に別の爆弾を仕掛けてないかどうか確かめたいんだ。あのすばらしい品々は絶対に壊したりしない」ジェレミーは手をひらひらさせ、リビングルームに飾られた彫刻と絵画を示した。

「ええ、お願い。気のすむまで調べて」グレースは言った。家の中に爆弾はないはずだ。玄関先に置かれた爆弾から推察するに、どんな人物であれ、爆弾の製造に関しては素人だ。先ほど頭に思い描いた犯人像とは一致しない。「ここを出るとき、戸締まりを頼むわね」

「もちろんだ」ジェレミーは手を叩いた。「さあ、もう一度家の中をくまなく調べるぞ。マイケルとルークは、俺と一緒に二階へ行ってくれ。あとの者はダイニングルームとキッチンと地下室を頼む」

グレースは赤いトレンチコートを手に取ってはおり、ギャビンを見た。「さあ、行きましょう」

本部へ向かう車内で、グレースは押し黙っていた。昼間の渋滞に巻きこまれて車はのろのろとしか進まないが、ギャビンは無理に話しかけようとしてこない。グレースはそんな彼の態度をありがたく思った。いろいろと考える必要があったからだ。

地下駐車場に車を停め、迷路のように複雑な通路を歩いて、無言のままエレベーターに乗りこんだ。あっというまに二階へ着き、ドアが開く。活気にあふれたフロアで、人々がふたりを出迎えた。

「ハリソン捜査官は今、オフィスで広報担当と打ち合わせ中なの」ポールのアシスタントが話しかけてきた。「手が空いたらすぐに知らせてくれるわ」

「グレース、大丈夫？」ゾーイーが身を乗りだして抱きしめながら尋ねた。「あなたの家に爆発物処理班が向かったと聞いたときは、本当にぞっとした」

「大丈夫よ。ギャビンが爆発物処理用容器を持っていたの」

「お手柄ね、カウボーイ」ゾーイーが言う。

ギャビンは笑みを浮かべた。

「あなたとあなたのチームに見てほしいものがあるの」グレースは本を掲げた。自宅から出るときに、ポールから手渡された証拠だ。

「北側の会議室で話を聞くわ」ゾーイーがふたりに言った。「さあ、来て」

ゾーイーのあとから会議室に入り、巨大なオーク材のテーブルにつくあいだ、グレースは本をきつく握りしめていた。

この証拠から一瞬たりとも目を離すつもりはない。

ゾーイーはグレースの隣に座り、手袋をはめると、テーブルに滅菌紙を広げた。グレースはその上に本を置いた。

「オーケイ、これがどうしたの？」ゾーイーがきいた。「あなたの最新刊よね」

「爆弾と一緒に小包に入れてあったの」グレースは言った。

ゾーイーが眉をひそめた。「でも、そんなことをしても意味ないんじゃない？　もし爆発してたら、この本も吹き飛ばされていたはずよ」

「ある種のテストだったのよ」グレースは言った。「犯人はそのテストに私が合格するかどうか確かめようとしたんだわ。もし合格できなければ、私は吹き飛ばされる。もし合格したら、私は次の手がかりを得られる」本を指し示しながら続ける。「この本の中に暗号が隠されているの。本に指紋か、DNAが付着していないかどうか確認して。だけど前もって言っておくわ。この犯人がそういったものを残すとは思えない」

「恐ろしく慎重な犯人なんだな」ギャビンが言う。

「ええ《イエップ》」グレースは同意した。語尾にいらだちがにじんでしまった。肩を軽く動かし、まだ全身を駆け巡っているアドレナリンをどうにか落ち着かせようとする。

「あなたは運がいいわ。だって私の趣味のひとつは暗号の解読なんだもの」ゾーイーが言った。「暗号解読班に協力したりすることもある。暗号解読班といえば……」ゾーイーがドアに向かってうなずくとドアが開き、技術班と暗号解読班のメンバーが入ってきた。

「初めて会う人もいるわね。私はシンクレア捜査官」グレースは自己紹介をした。「こちらはウォーカー捜査官。これが問題の証拠なの。できる限り早急に暗号を解読する必要があるわ」

チームがテーブルにスキャナーを設置するあいだに、グレースは本を技術班のリーダーに渡した。

「少なくとも十分はかかるわ」ゾーイーが言った。「あなたは簡潔な本は書かないから」

グレースは笑い声をあげた。思ったよりも耳障りな声になり、目を閉じて深呼吸をする。自分でも全身の神経が波立っているのがわかる。いつものように冷静さを発揮できない。いくら自制心を働かせようとしても空まわりしている。

「コーヒーを淹《い》れてくる」ギャビンがグレースに言った。

「そんな必要はないわ」グレースは断った。とはいえ、今は一杯のコーヒーが天国みたいにすばらしいものに思える。

「いや、僕が飲みたいんだ」ギャビンは言った。「すぐに戻る」

「彼ったら、あなたにべた惚《ぼ》れね」ギャビンが会議室から出ていくと、ゾーイーがささやいた。

「やめてよ」グレースは言った。

「あ、赤くなってる」ゾーイーがにんまりした。「集中したいだろうから、ひとりにしてあげるわ」手を伸ばしてグレースを軽く抱きしめた。「あなたが吹き飛ばされなくて本当によかった」

「私もそう思うわ」

ゾーイーがグレースの肩を軽く叩いた。「大丈夫、すべてうまくいくわよ」

「ええ、もちろん」グレースはとっさにそう応じた。でも、とてもそんなふうには思えない。

技術者が一ページずつスキャンした情報を次々とノートパソコンに転送している。グレースは腰をおろし、自分の頭でこの謎を解こうとした。

自宅の戸口に彼女が書いた小説が置かれていた。本の中に何か手がかりがあるとしても、どんな暗号が隠されているとしても、すべてはグレースに宛てたものだろう。犯人は彼女を萎縮させ、怯えさせたがっている。グレースがあの小包が爆弾だとわかったのは、そのことに気づいたからだ。犯人はこちらの恐怖をかきたてることをおおいに楽しんでいる……この部屋にいるほかの誰よりも自分は頭がいいのだと感じたがっている。

それに卑劣なやり口を好む。

ふとある事実に思い至り、グレースは背筋を伸ばした。もしグレースたちが暗号を解読したら、犯人よりもこちらのほうが賢いことになる。そうなれば、彼は怒りを募らせるだろう。そんな怒りは感じたくないはずだ。

そう、彼は私たちをばかにしたいに違いない。

「ゾーイー！」グレースは叫んだ。

「何？」ページ数とアルゴリズムについてメンバーのひとりと話しあっていたゾーイーが顔をあげた。

「本が入っていた箱はどこ？」

「ジェレミーは私の研究室へ持っていくと言ってた。きっとそこにあるはずよ」

「すぐに戻るわ」グレースは早口で言った。

誰かに止める隙を与えず、会議室から飛びだそうとした瞬間、コーヒーの入ったマグカップをふたつ運んできたギャビンにぶつかりそうになった。

「そんなに慌ててどこへ行くつもりだ？」

「思いついたことがあるの」グレースはマグカップをふたつともつかみ、テーブルに置いた。「一緒に来て」ギャビンの手を取って急ぎ足で廊下を進み、ゾーイーの研究室へ向かう。

ゾーイー自身と同じく、彼女の研究室もひどく人工的な無菌状態と色鮮やかな過激さが相まって、不思議な雰囲気を醸しだしていた。パソコンがある場所は、ビンテージものおもちゃと、ごちゃごちゃしたレゴブロックに囲まれている。写真立てには映画『ロッキー・ホラー・ショー』のジャネットになりきっているゾーイーの写真が飾られていた。コルセットとブロンドのウィッグ、プラットフォームヒールでばっちり決めている。

グレースは写真を見てほほえむと、ステンレス製のテーブルに近づいた。探していた箱はその上に置かれていた。危険な点は何もないように見える。

「犯人は自分のほうが私たちより賢いと思いたがっている。私よりも賢いと」グレースはギャビンに説明しながら箱を手に取り、あらゆる角度から観察した。几帳面な手書き文字に指先を走らせる。犯人に偏執狂的な傾向があるのは明らかだ。非常に入念に細部にまで気を配るタイプ。今回のこの小包にも、自分のさまざまな思いを反映させているはずだ。

「その箱の中に何かが隠されていると考えてるのか？　あの本は単なる目くらましにすぎないと？」ギャビンが尋ねる。

「わからない」グレースは答えた。「犯人はこの小包に何か意味を持たせているはずよ。もし私が本当に優秀なら、その何かに気づくように」

「だとしたら、大きな賭けだな。もし君が気づかなかったらどうする？　あるいは安っぽい爆弾が爆発するのを止められなかったら？」

「犯人は私に爆発物処理班を呼ばせたかったんだわ」グレースは考えこんだ。「それに私を本部に行かせたかった。どうして？」

「われわれをばかにしたかったからだろう？　ＦＢＩをこけにするのを楽しんでいるからじゃないのか？」

グレースは箱をひっくり返し、軽く振ってみた。だが何も落ちてこない。

グレースは箱の内部に貼られたアルミ箔の隅をピンセットでつまみ、めくりはじめた。さらにその下にあるアルミ箔とのあいだに、細い紙切れが挟まっている。グレースは目を見開き、アルミ箔を大きくめくりながら言った。「見て」さらに数枚の細い紙切れが挟まっていた。

「くそっ」ギャビンは言った。「またゲームか」

犯人は小包の内側にアルミ箔を貼り、X線を使ってもこれらの紙切れが探知されないようにした。なんと油断ならない相手だろう。抜け目がない。

「犯人は誰よりも頭の切れる人物でありたいと思っている」グレースは一番上のアルミ箔を完全にはがした。「それだけに、挑戦されたら激高するタイプだわ」

「そして今、やつは君に挑戦してきている」ギャビンが言う。

「光栄だわ」グレースは顔をしかめると、ピンセットで紙切れをつまみあげ、テーブルに並べた。

紙切れは全部で十枚あった。ところどころにしるしがつけられている。

グレースが解かなければならないパズルだ。

「いったい何者なの？」彼女は小声でささやき、紙切れを組みあわせはじめた。

「助けが必要か？」ギャビンがきいた。

グレースはかぶりを振った。「最初はひとりでやってみるわ」

パズルを解くのに数分とかからなかった。グレースはもともとパズルが得意だ。最も長い紙切れと最も短い紙切れを組みあわせると、気まぐれに集めただけに思えた紙切れに、突然はっきりとしたメッセージが現れた。

リンカーン大通り一一七番地、一〇五号室、午後二時。

グレースは研究室の時計を確認した。もう三時近くだ。

思わず息をのむ。ふいに喉がからからになった。

「しまった、手遅れだ」ギャビンが言う。

「だけど、いったいなんのために？　この住所で誰が私たちを待っているというの？」

ギャビンは真剣な顔でグレースを見つめた。「その答えを探しに行くべきときだ」

13

愛《いと》しい君よ

私はこれまで辛抱強く待った。君が私のところへ帰ってくると信じていた。自分の罪を償うために。

君は戻ってくる。そう信じて疑わなかった。君が本当は何者なのか、私たちがどういう関係だったかを思いだしてくれるよう願っていた。君が誰のものであるかをだ。君が罪悪感に押しつぶされ、そうあるべきだった真の姿に戻るよう祈ってきた。

君は無数の罪を犯した。数えきれないほどだ。それなのに本来の居場所である私の足元にひれ伏すどころか、さらに罪を重ねている。笑いながら毎日を生き、高みを目指してひたすらのぼりつづけている。

なんと野心的なのだろう。いつもながら感心する。君はどんなことにも抜かりなく備え、誰とでも寝ている。

そして身のほどをわきまえようとしない。

そろそろ、私がそれを君に教えてやるべきときだ。

これからが始まりだ。

14

リンカーン大通り一一七番地にあったのは、どっしりとした煉瓦造りのアパートメントだった。趣味がよく、いかにも高価そうで、弁護士や医師、ロビイストといった専門職の人々が好みそうな建物だ。午後四時、その高級アパートメントにSWATとコロンビア特別区首都警察が大挙して押し寄せた。

「先発隊から問題なしという報告が入るまで、ここで待機だ」ポールが命じた。

「すでに手遅れよ」グレースはぴしゃりと言った。ぴりぴりした声だ。ポールから眉をひそめられ、彼女は長いため息をついた。「ごめんなさい」

「ここは慎重になる必要がある」ギャビンが優しくグレースに話しかける。

グレースは態度をやわらげた。「わかっているわ。ただ――」そこで突然口をつぐんだ。ドアの前に立っていた警官のひとりが、いらだったグレースの様子を見て目をくるりとまわしたのに気づいたのだ。ギャビンのおかげで取り戻した穏やかな気分が、一瞬で消えてしまった。「ちょっと、あなた！」彼女は大声で言った。「そう、あなたよ。そんなふうに私を見るのはやめて。私はあなたのお母さんじゃないのよ」

呼ばれた警官が目を見開いた。「なんですって？」

グレースは両手を腰にあてた。「聞こえたでしょう？　自分の母親がキャリアウーマンだからって、あなた個人の問題を権力のある女性のせいにするのはやめて」

警官はあんぐりと口を開けた。「前にお会いしたことがありましたか？」

「いいえ。さあ、自分の仕事をして。聞き耳を立てるのはやめて」

グレースはポールに向き直った。ポールが片方の眉をあげる。

「何よ？」彼女はきつい口調で尋ねた。

「君は少し――」

「もし私に少し落ち着いたほうがいいと言うつもりなら、それこそ問題だわ」グレースは声を尖《とが》らせた。「私はこの一連の事件には何かがあると言ったはずよ。関連があるはずだと……それなのにあなたは私の意見を却下した。ねえ、ポール、あなたは私をあざけったも同然なのよ！　本当のことを教えて。もしウォーカーがひとりで似たような仮説を立てていたら、あなたは彼の意見を却下していた？」

「僕は……」ポールはため息をついた。「わからない」だが口調から察するに、答えは明らかだ。ポールは答えを考えたくないだけなのだろう。今度はグレースが目をくるりとまわす番だった。

自分が男性優位の職業を選んだことは承知している。けれどもときどき、これほど周囲の男性と激しく闘う必要がなければいいのにと思わずにいられない。

だが、こうして闘っている。今回の件では特にいらだっていた。ポールがあまりにも愚かな態度を取ったせいだ。「ふざけないで」グレースは低くうなるような声で言った。「人の命が懸かっているのに、あなたの男としてのエゴに振りまわされるわけにはいかないの！」

「グレース」ポールが語気を荒らげた。

「少しふたりで話しあってほしい」賢明にも、ギャビンはふたりから離れた。

ポールがグレースの腕をつかむと、人のいない道路脇へ引っ張っていった。グレースは抵抗こそしなかったものの、紛れもない怒りを感じていた。だから声の届かないところへ着くなり、ポールを責めたてた。「あなたって最低！　いったいどうしてしまったの？」

「言いすぎだぞ、グレース」ポールが警告する。

「友人としてあなたの健康を心配する私の気持ちをはねつけるのと、プロファイラー兼心理学者としての私の意見を却下するのとは、まったくの別物だわ。これは私の仕事なの。しかも私は優秀よ。実力は一番だと言っていい。そして私はあなたのチームの一員なの。でも今はその事実がうまく機能しているとは思えない。あなたがリーダーとしてちゃんと機能していないからよ！」

「僕はちゃんと仕事をしている」ポールは唇を引き結び、不満をあらわにした。

「いいえ、今のあなたはデスクの後ろに隠れている。また間違った決断を下すのが怖いからよ」

そう、それこそが真実だ。ポールの打ちひしがれた表情を見て、グレースはすぐに察知した。彼は闘争心を失ったように、突然肩を落とした。

「マンキューソの事件で、あなたはあの小屋に突入すべきではないというマギーの意見を却下した」グレースは言葉の調子をやわらげて続けた。ポールのかたくなな心の中心部にとうとうたどり着けたことがわかったからだ。「マギーはあの小屋にSWATをすぐには突入させたくなかった。それなのに、あなたは彼女の意見を退けた。どうするのが一番いいか知っているのは自分だと考えていたからよ。そしてSWATを突入させ、死者を出してしまった。そのうえ、あなたはあの事件で体に爆弾を巻きつけられた。ねえ、ポール、誰だってしくじって当然なのよ」

「仮にも僕はＦＢＩ捜査官だ、グレース」ポールの声は低く、緊張をはらんでいる。瞳にはこれまでずっと押し隠してきた痛みが宿っていた。「しかも管理責任のある捜査官であり、精鋭チームのリーダーでもある。これまで十五年間ずっとそうして任務にあたってきた。こういった事態への対処は得意中の得意なんだ」

「くだらない」グレースは激しい口調で反論した。「トラウマはトラウマなの。人は何かが起きて初めて、それに対して自分がどう反応するかがわかるものよ。だから、あなたはＰＴＳＤの〝上をいく〟ことはできない。ＰＴＳＤになるのは弱いからではないし、気力でどうにかできるものでもないの。しかも自分の対処メカニズムを見きわめてきちんと向きあおうとしない限り、症状はどんどん悪くなってしまう」

「僕はきちんと対処している」ポールが歯を食いしばりながら言った。

「いいえ、今のあなたは自分を傷つけている。あなたのことを気にかけている仕事仲間たちを心配させている。そして、私の捜査を邪魔しようとしている。だけど、私もあなたも知っているのよ。本来のあなたなら、こういった事態への対処は得意中の得意だということをね」

そのときポールが握りしめていた無線から声が聞こえた。「ボス、問題なしです」ＳＷＡＴのメンバーだ。「遺体を一体発見しました。三十代後半の女性です。鑑識班を呼んでください。検死官も必要です。それにあなたのチームのプロファイラーも。とにかく奇妙な現場なんです」

グレースはポールを見つめた。「現場へ行くわ。もし遺体がダイヤモンドのイヤリングをつけていたら、連続殺人事件として捜査させて」

「もし断ったら?」ポールが尋ねる。

グレースは胃が締めつけられた。「それならあなたを通さず、上層部に直接話すまでよ。彼らはあなたではなく私の側につくはずだわ。私の意見が正しいから。でも、それだけじゃない。上層部にとって、私がいい宣伝材料になるからよ」

「本気か?」

「この犯人を捕まえるためなら、なんだってするわ」グレースは答えた。そう考えたとたん、熱い闘志がわいた。「それが私の仕事だもの。そしてあなたの仕事でもあることを思いだしてほしいわ」

それ以上何も言わず、早足でその場から立ち去った。グレースが歩道を進んでいると、隣にギャビンが現れ、歩調を合わせてきた。ふたりで建物内のロビーに入る。

「どうだった?」グレースがエレベーターのボタンを押すと、ギャビンは尋ねた。

「首にはされなかったわ。今のところはね」

「君は鋼の神経の持ち主だな、グレース」エレベーターのドアが閉まるとギャビンは言った。「実は、そういう女性が好みなんだ」

「あなたは私のすべてを気に入っているのね」グレースは皮肉っぽく言ったものの、一瞬でも、こんなふうにからかって気をそらせようとしてくれるギャビンの態度がありがたかった。ポールと衝突したことに我慢がならなかった。今、ポールの身に起きていることにも。

「ああ、そうだ」ギャビンが言う。

恥ずかしげもなく口にされた言葉に驚き、グレースは彼を見あげ、目を見開いた。

「別に驚くことじゃないだろう。君は忘れられない女性なんだ」

「ギャビン、私は――」グレースが言いかけたとき、エレベーターのベルが鳴り、ドアが開いた。目の前に延びている廊下は鑑識官とSWATの面々でごった返している。

「その話はまたあとで」ギャビンが言った。「さあ、行こう」

ふたりは人ごみをかき分け、事件のあったアパートメントへたどり着いた。玄関のドアには立ち入り禁止のテープが張られている。グレースは使い捨ての靴カバーと手袋を身につけ、テープのあいだからアパートメントの中へ入った。

趣味のいい室内装飾だ。金がかかっている。ここで暮らしていた――そして死んでしまった――離婚弁護士ナンシー・バンタムは贅沢《ぜいたく》な暮らしを好むタイプだったのだろう。ビンテージもののウォーターフォードの花瓶に活《い》けられているいい香りの花々は、ハワイから空輸した温室栽培に違いない。キッチンカウンターにあしらわれているのは最高級のカラーラ大理石だ。とはいえ、炊事用品はどこにも見あたらない。無言のままこちらを見つめているギャビンの気配を背後に感じながら、グレースはキッチンに足を踏み入れ、冷蔵庫を開けた。豊富な種類のフレッシュジュースと、高級食事配達サービス会社から届けられた料理がずらりと並んでいる。どれもきちんと容器に入れられていた。被害者は秩序立った生活をしていたのだろう。がらくたが散乱する状態を好まず、家事も自分ではしていなかった。彼女は自分が何を望んでいるかを知っていて、それを手にしていた女性だったのだ。こうして亡くなるまでは……。

「おかしなところは何もないな」ギャビンがリビングルームへ進みながら言った。繊細な色合いのピンクのソファに置かれた装飾用クッションでさえ、きちんと整っている。「アンダーソンの家では強盗の犯行に見せかけようとしたが、ここではそうしてない」

「犯人はあの小包を私の家へ送りつけてから、すぐにここへ来たんだわ」グレースは言った。「犯人はこれまで、私たちにはそれぞれの事件を結びつけてほしくないと考えていた。でも今はどう？」

「完全にわれわれを挑発している」ギャビンは頭を振り、嫌悪感たっぷりに言葉を継いだ。「くそっ、気に入らない野郎だ」

「そろそろベッドルームへ行きましょうか？」グレースはギャビンに尋ねた。

彼はうなずいた。

ベッドルームに入った瞬間、ふたりは足を止めた。グレースには背後でギャビンが悪態をついたのが聞こえた。小声だったため、聞こえたのはグレースだけだろう。ギャビンを責めることはできない。現場はひどい有様だった。

ナンシーはベッドにあおむけになっていた。彼女のために念入りに用意されたベッドだ。遺体は全裸で、明るいイエローグリーンの上掛けの上にはポラロイド写真がばらまかれている。

「なんてことだ。犯人は女性を本気で憎んでいるのか」ギャビンが言う。グレースは手を伸ばし、一枚の写真を手に取った。写っているのは、すでに事切れたナンシーだ。水がいっぱい入った浴槽の中に横たわっている。グレースは肩越しに背後を確認した。ベッドルームに隣接したバスルームが見える。写真に写っている鉤爪《かぎづめ》足の浴槽もだ。ギャビンがグレースの背後から手を伸ばして写真を取った。「これはひどい」眉をひそめ、グレースと視線を合わせる。「あまりにひどすぎやしないか？」

「まるでテレビ番組のシーンみたいね」グレースは同意した。

「これ見よがしな犯行だ。自分がどれほどの悪人か、われわれに誇示しようとしてる」

「ええ、これは自分のためでなく、私たちに見せるための演出だわ。もしここにばらまかれているのが彼女の思い出の品々ならまだ理解できる。ナンシーを殺したあと、その記憶をもう一度たどるために遺体にさらに手を加えたと考えられるから。でも、この現場はどう？」グレースはゆっくりと体を回転させ、室内を眺めた。「犯人は被害者に屈辱を与えると同時に、私たちを愚弄しようとしている」

被害者の両手を調べていたゾーイーが顔をあげた。「見てのとおり、ここに争った形跡がある」反対側の壁にある、壊れた巨大な鏡を指し示した。「間違いなくナンシーは抵抗した。それなのに遺体を見ても、そうとはわからない」

「犯人はナンシーの身なりを整えたんだわ」グレースは美しくセットされたナンシーの髪を見ながら言った。

「犯人は彼女をお風呂に入れた」ゾーイーが言った。「そのあと、化粧水をつけて、ネイルまで施してる。ほら、ここに跡が残ってるでしょう？」そう言って、枕の近くにあるピンク色のしみを示した。

グレースにはそのときの様子――犯人がナンシーの遺体の身づくろいをしている様子――が目に見えるようだった。しかも遺体の写真まで撮って記録を残している。たしかな証拠を残すつもりで、これらの写真を撮ったのだろうか？　それともサイン？　彼女を大切に思っているという、犯人なりのひねくれたメッセージなのだろうか？

「犯人は殺害後、ナンシーと一緒に時間を過ごしたのね」グレースはぽつりと言った。「これをすべてやり遂げるためには……相当な時間がかかったはずよ。今までの現場では、被害者たちとさほど長く一緒に過ごしていなかったのに」

「それにほかの被害者たちにはこれほどの屈辱を与えはしなかった」ギャビンは言った。「ジャニス・ワコムの事件は犯人の感情が感じられず、なんのメッセージも残されていなかった。メーガン・アンダーソンの事件は激しい怒りによって行われ、男女差別的なメッセージが残されていた。だが今回は？」

「冷静で秩序立った犯行だわ。犯人にとって、ナンシーは何か特別な存在だったのかもしれない」グレースはふたりとも考えていたことを口にした。

「ふたりは顔見知りだった可能性があるな」ギャビンは言った。「ナンシーは離婚弁護士だ。彼女に不満を抱いたクライアントの犯行か？　あるいは彼女にひどい目に遭わされたどこかの夫の犯行とか？ ゾーイー、ナンシーの死因は？」

ゾーイーは背筋を伸ばし、両手を腰にあてた。「検死官が到着するまではっきりしたことは言えないけど、犯人がメイクでカバーしきれなかった口元の組織を見ると、窒息死だと思う。枕で窒息させられたのよ」困惑した様子で手袋の端を引っ張った。

「これは……特別な気配りが感じられる現場だわ」グレースが言った。「何もかも慎重に行われている。細心の注意を払って遺体を扱ったのよ」

「でもナンシーを裸のままにしてる」ゾーイーが混乱した口調で言う。

「服はバスルームにきれいに折りたたまれているはずよ。それも注意深く、きちんと、美しくね」グレースは説明した。

「グレースの言うとおりだ」鑑識班のひとりが叫んだ。廊下から現れたのは、べっこう縁の眼鏡をかけた背の低い男性だ。「被害者の服はバスルームにある洗面台の上にきちんと折りたたまれていた。しかも犯人は浴槽の掃除までしてる」

「証拠を何ひとつ残さないようにするためね」グレースは小声で言うと、ベッドの反対側へ向かった。「犯人がナンシーの身なりを整えたのは、彼女が女性であることに注目したからだわ。断じて被害者に対する敬意からではない。後悔の念からでもない」

「殺したあとに遺体をきれいにしようとするのは、犯人が深い後悔の念に駆られたせいだとするのが一般論だけど」ゾーイーが言う。

ギャビンはかぶりを振った。「いや、今回は後悔の念からそうしたんじゃない。恥をかかせたかったからだ。女性であるナンシーに屈辱を与えて、人形のようにもてあそぶことで、取るに足りない存在におとしめようとした。事切れたナンシーを物のように扱い、服を脱がせることで、彼女の優れた頭脳や仕事ぶりや力のすべてを消し去ろうとした。なぜなら犯人は、女は男の欲望を満たすだけで充分だと考えてるからだ」

「つまり犯人は、女はすべてにおいて自分より劣ってると考えるタイプね」ゾーイーが言った。

「そのとおり」ギャビンが応じる。

「ふうん、そういうやつらなら私も知ってる」ゾーイーは言った。「でも出会い系サイトにいるそういった愚かな男たちは、自分の下腹部の写真を送りつけてくるだけよ……相手を殺したりしない」

「この犯人は優越感を覚えるために、被害者の女性たちから力を奪う必要があったんだ」ギャビンが言った。「やつは人生に不満を感じてる。だから格好の標的を攻撃した。何世紀にもわたって男たちや社会から攻撃されてきた、成功して自立している女性たちをね」

ゾーイーが片方の眉をあげた。「まさに特異な女性観の持ち主ね」

「この世の半数は女性だ。もしいい警察官になりたければ、彼女たちを理解し、どう対処すべきかを学ぶ必要がある」ギャビンが言う。

「男がみんな、あなたみたいなフェミニストだったらいいのに」ゾーイーがそっけなく口にした。「だけど悲しいかな……」

「イヤリングはどこ？」グレースはナンシーの遺体を見おろしながら、半分ひとりごとのように言った。

「なんですって？」ゾーイーがきいた。

「イヤリングよ」グレースはナンシーの髪を後ろに押しやった。「ナンシーはイヤリングをつけていない」

犯人がつけ忘れたのだろうか？

まさか、そんなはずはない。彼にとってイヤリングは何か大切な意味があるはずだ。誰かを象徴しているのかもしれない。母親？　昔の恋人？　うまくいかなかった片思いの相手？

ナンシーの下唇に少しだけピンク色の汚れがついている。それに気づいたとたん、グレースは戦慄した。吐いてしまいそうだ。両手でそっとナンシーの顔を傾け、口を開けてみる。

腫れあがった青い舌の上で、ダイヤモンドのイヤリングが輝いていた。

グレースのみぞおちがよじれた。一瞬、足元の床がぱっくりと割れて、そこにのみこまれた気がした。

やはり読みどおりだ。けれども、ちっともうれしくない。心のどこかで、読みが外れていればいいのにと願っていた。

今回相手にしているのは厄介きわまりない連続殺人犯だ。しかもグレースの読みが正しければ、彼が焦点を合わせているのは彼女にほかならない。

犯人はこのゲームを楽しみ、それにおいてグレースを敵と見なしている。彼女と直接対決する瞬間を今か今かと待ちわびているのだろう。しかもグレースはここまで犯人のパズルを解くことで、自分の価値を証明しつづけなければならなかった。そして今、犯人はまたしても新たな殺人事件の被害者を送りこんできた。まるで処女のいけにえを差しだすかのように。

でも、なぜグレースに焦点を合わせているのだろう？　それがわからない。ＦＢＩ

のほかのプロファイラーたちに比べて、世間の目にさらされる機会が多いから？　それが一番わかりやすい答えだ。

それでも、背筋が凍りつく薄ら寒さをぬぐえない。今回はそんな単純な答えで解決できる事件ではない。そんないやな予感がする。

「なあ、ゾーイー！」部屋の向こう側から鑑識官が叫んだ。「この壁に汚れみたいなものがついている。最初はペンキの塗り方が下手なせいだと思っていたんだが、近くでよく見てみると、本当にそうなのかわからなくなってきた。詳しく調べてくれないか？」

三人はいっせいに振り向いた。たしかにブルーの壁のうち、彼が指している部分だけ少し色が濃い。塗料がまだ完全には乾いていないふうに見える。

「UVライトで照らしてみて」ゾーイーが命じた。

鑑識官が道具箱の中からUVライトを手に取り、スイッチを入れて壁に照射した。

「うえっ、気味が悪い」壁に照らしだされたふたつの単語を見て、ゾーイーが言った。

小説の見返しに記されていたのと同じ、几帳面なブロック体だ。

手遅れだったな《トゥー・レイト》

グレースはメッセージを見つめた。ブルーの使い捨て手袋の中で、手のひらが汗をかきはじめている。

「大丈夫だ」ギャビンは静かに言うと、グレースの腕に手を置いた。「ゾーイー、シンクレアとちょっと廊下で話してくる。イヤリングを袋に入れておいてほしい。それと、もし異常な証拠がまた見つかったら知らせてくれ」

グレースはギャビンに導かれるまま進み、廊下へ出た。ありがたいことに、先ほどまではSWATと鑑識官たちでごった返していたのに、今は人っ子ひとりおらず、しんと静まり返っている。

グレースはギャビンを見あげた。恐怖のせいで胸が苦しかったのに、目が合った瞬間、少しだけ恐ろしさがやわらいだ。ギャビンは彼女の腕から手を離そうとしない。グレースは彼に手を離してほしくなかった。

「グレース」ギャビンが口を開いた。「三人の被害者には外見上の共通点がある。気づいてたか？」

グレースは息をのんだ。喉がからからに渇いている。ギャビンに対して知らないふりをすることはできるが、自分自身に対してはできない。

「髪の色が似ているだけなら無視できただろう」ギャビンが言葉を継いだ。「だが、グレース、彼女たちは全員、君と同じ髪型だ。髪をあそこまで長く伸ばしている女性はそう多くはいない」

グレースはピンでとめてある編みこんだ髪に指で触れた。鼓動が速くなっている。「気づいていたわ」あの小包に別のメッセージが隠されていると思い至った瞬間から気づいていた。

これは自分を狙った犯罪だと。

では三人の女性の被害者たちは？　ミスター・アンダーソンは？

私のせいで死んだのだ。

「彼はこの事件の犯人役を楽しみながら演じている」とうとうグレースは認めた。「ありとあらゆる種類の殺人を演出して、自分の力を見せつけようとしている」ぎこちない身ぶりで周囲を指し示しながら続けた。「自分の力を見てくれ。これほどさまざまな方法で人を殺せるんだ。捕まえられないおまえは愚か者だ……犯人はそう伝えようとしているんだわ」

ギャビンが唇を引き結んだ。「つまり、どう考えればいい？　犯人は頭がどうかした君のファンか？　君はそういったファンにつきまとわれてないか？　ベストセラーとなった君の小説を読んで、よからぬ妄想を抱く輩が出てきてもおかしくはない」

「わからないの。この犯人は自己中心的で……エゴの塊みたいな人物だわ。彼は認められたがっている。特に私から……でも、そこにはもっと何か大きな根本的原因があるように思えるの」

「もし今までの被害者たちが君の身代わりだとしたら、君自身が危険にさらされてることになる」

グレースはギャビンの言葉がほとんど耳に入っていなかった。心が千々に乱れている。でも謎を解き明かさなければならない。正確な犯人像を見きわめなければならない。この恐ろしい怪物の正体を。

「きっと私が犯人の中にあったなんらかの引き金を引いたんだわ。それか、ああ、なんてこと、引き金を引いたのは私の小説かもしれない」思わず手で口を押さえた。こみあげてくるパニックをどうにかして鎮めたい。今や体じゅうの皮膚が突っ張り、こめかみがずきずきしはじめている。

「なあ」ギャビンはかすれた声で優しく言うと手袋を外し、グレースの首の後ろに手のひらを押しあて、うなじに指をかけた。しばらく経ったあと、グレースはようやく視線をあげ、ギャビンの目を見つめた。今は途方に暮れ、恐れを感じて当然なのに、その瞬間感じたのは、やっと見つけてもらったという思いだ。これまで生きてきた中で、本当の意味で初めて自分を見つけてもらえた気がした。「君のせいじゃない」ギャビンが決然とした口調で言った。「それに君の小説のせいでもない」

「わかっているわ」グレースは言った。本当のことだ。頭ではわかっている。だけど気持ちの面では……。

なかなか割りきれない。彼女は小説の執筆が好きだったし、自分が生みだした道徳的な世界を愛していた。善人が必ず勝利し、最後には悪人が刑務所に入れられる。実に安心できる世界だ。

けれどももし彼女が記した言葉のせいで、誰かがこんな犯罪に駆りたてられたとしたら……。

だめよ。グレースは厳しく自分に言い聞かせた。そんな結論に達するつもりはない。

それではまさに犯人の思うつぼだ。

そのとき、ギャビンの親指がゆっくりとうなじをたどっていった。たちまちグレースの全身にあたたかさが広がっていった。

「こう考えてみるのはどうかな。犯人が求めているのは何か？」

「彼は私に優秀だと認めてもらいたがっている」グレースは即答した。「自分がしたことを尊敬してもらいたがっている。同時に、私を恐怖に震えあがらせたがっている。彼の際立った才能を目のあたりにして、私が絶望し、無力さを感じることを願っている」唇をきつく引き結び、きっぱりとした口調で続けた。「犯人はがっかりするはめになるわ。使い方次第で、恐怖は人のやる気をかきたてるものだから」

「それでこそ僕のグレースだ」ギャビンの言葉には愛情があふれ、まなざしには熱っぽさが感じられる。その言葉を口にしたとたん、ギャビンは自分が何を口走ったかに気づいた様子だ。高い頬骨が赤く染まりはじめている。「いや、つまり――」

「ナンシーの場合、ほかのふたりの被害者よりも、標的として狙うのははるかに難しかったはずよ」グレースはさりげなくギャビンをさえぎった。その先を聞きたくなかったわけではない。どうしてもそうせずにいられなかった。ギャビンの言葉を聞いて、ふいにこみあげた熱い感情についてそれ以上考えないために。今はそのときではない。「犯人はドアマンの前を通り過ぎて、近所の人たちに気づかれずにひそかにナンシーを殺害しなければならなかった。おまけに入念に手入れすることで、遺体に劇的な演出を施した。犯人は着実に手慣れてきている。最初の事件では血を見ることを避けていたし、遺体に触れるのも最小限にとどめた。第二の事件では、遺体にほんの少し手を加えた。でもナンシーの場合、初めて長時間、遺体とふたりきりで過ごしている」

「それに犯行の手口がどんどん過激で異常になっている」

「自分の好みを見つけつつあるんだわ」グレースは吐き気を覚えた。「それを見つけだしたが最後、もはや自分を止められなくなるはずよ」

ギャビンがため息をついた。「この事実をハリソンに報告しなければ」

「ええ、わかっている」

「ハリソンは君を徹底的に保護したがるだろう」ギャビンはつけ加えた。

グレースは目を光らせた。「自分の面倒くらい自分で見られるわ」

「ああ。だがいくら言い争っても、ハリソンが君の意見を聞くとは思えないな」

15

予想どおり、いくらグレースが警備をつける必要はないと熱弁をふるっても、ハリソンは頑として聞き入れようとしなかった。ギャビンの隣に立って腕組みして、警戒するようにブルーの目を光らせている。本部にあるハリソンのオフィスで、グレースは彼に食ってかかった。

「こんなのはばかげているわ！　わずか一時間前、あなたは連続殺人犯がいるという私の話を信じようとしなかった。それなのに今、その連続殺人犯を避けるために私におとなしく隠れていろというの？」

「グレース」ポールが口を開いた。「今は両方の可能性を考えなければならない。連続殺人犯がいて君を標的とし、君の小説を使って暗号を送りつけ、君によく似た女性たちを殺害している可能性がある。一方で、奇妙な類似点はあるものの、すべてが互いに関連のない殺人事件だという可能性もある。僕がこうして冷静に判断できることを、君なら喜んでくれるはずだと思ったんだが」

「あなたが私に子守役をつけようとするなら話は別だわ！」グレースが叫んだ。「私は警備担当よりも射撃がうまいのよ。二級射手《マークスマン》の大会で何度も優勝しているもの」

「本当か？」ギャビンは小声でハリソンに尋ねた。

「ええ、本当よ」グレースがぴしゃりと答える。

「グレースはＦＢＩの半数よりも射撃の腕が立つんだ」ハリソンはいらだった様子で言った。「信じられないほど厄介なことにな」

そう聞いてこれほど興奮すべきではないのだろう。だがギャビンはぞくぞくしていた。いつもそうだ。危険な女性に惹かれてしまう。「シンクレア、だったらこうするのはどうだ？」彼は提案した。「僕と射撃の腕を競いあって、もし君が勝てば警備をつけないというのは？」

行きつ戻りつしていたグレースは一瞬足を止めてギャビンを見つめ、突然きいた。

「それで、もし私が負けたら？」グレースは抜け目がない。条件を出されても、あらゆる角度から検討したあとでなければ返事をしない。それだけ頭のいい女性なのだ。

「このすべてが終わるまで、僕の家で一緒に過ごすんだ。僕が君を守る」

「ばかげている」ハリソンが言った。「完全に規則違反だ」

「あなたの家の間取りなら知っているわ」グレースはハリソンを無視してギャビンに反論した。「正面に並んでいる窓は、攻撃するのにうってつけよ。もし私が負けたら……絶対に負けないけど、あなたが私の家に来て」

「犯人は君の自宅を知っている」ギャビンは言い返した。「すでに爆弾を送りつけてきたじゃないか」

「あなたの家よりも侵入できる場所が少ないわ」グレースが負けじと言い返す。

「よし、わかった。今すぐ射撃場へ行こう」

「おい、ふたりとも――」ハリソンが口を開いたが、グレースはすでにドアの外へ出ていた。

ギャビンはハリソンの背中を叩き、ウインクをした。「ボス、心配しないでくれ。絶対に勝つ」

ギャビンが廊下に出ると、グレースはすでに地下へおりるエレベーターに乗っていた。ギャビンはエレベーターの前まで走り、ドアが閉まる直前に乗りこんだ。

「君のせいで、ハリソンはストレスでまいってる」エレベーターの壁にもたれ、グレースを見つめた。

きっちりと結いあげてピンでとめたはずの編みこんだ髪が緩みはじめている。目の下にはくまができているし、普段は女王のごとくそびやかしているはずの肩も少しすぼんでいた。

グレースは疲労困憊《こんぱい》している。休息が必要だ。

「僕が君を守る。絶対にハリソンを説得してみせる」ギャビンはなだめるように言った。「君の家には客用のベッドルームがあったね。僕は客としては優秀だ。きれい好きだし、朝食まで作れる」

「そうなの？」

「卵にベーコン、パンケーキ。味は保証する。前回あんなふうに置き去りにしなければ、君にも僕の料理の腕前がわかったはずなのに」

グレースは鋭くギャビンを一瞥した。その話はしないでと言いたげな目つきだ。だがグレースの行動がもくろみどおりうまくいったとは言いがたい。どういうわけか、ギャビンはさらに欲望をそそられた。彼女に対してありとあらゆることをしたい。今すぐエレベーターの停止ボタンを押し、グレースの体を壁に押しつけて口づけたい。あの夜、ギャビンを置き去りにしたことをグレースが心から後悔するようになるまで。あの夜、グレースが何を逃したか――僕たちふたりが何を逃したか――を彼女に徹底的に思い知らせるまで。

グレースは僕のいたずら心をかきたてる。今はただ彼女をからかい、編んだ髪を引っ張って、やわらかな肌にそっと歯を立てたい。それから唇でグレースの完璧に引きしまった腹部までたどり、大きく息をあえがせたい。

エレベーターのドアが開くと、グレースは早足で射撃場へ向かい、ギャビンもあとからついていった。ここは捜査官専用の射撃場だ。グレースはまっすぐに真ん中の列へ進むと、グロックを取りだし、正面にあるカウンターに置いた。

グレースが勝てるわけがないと決めつけるほど、ギャビンはうぬぼれ屋ではなかった。たしかに射撃の腕には自信がある。ただし先ほどのハリソンの話どおりグレースも射撃がうまいのなら、最高の状態で勝負に臨まなければならない。

だがグレースがこのささやかなゲームに勝ったとしても、ギャビンは絶対に彼女を自分の目の届かない場所に行かせるつもりはなかった。グレースの家へ一緒に行き、彼女の身の安全を守るつもりでいた。

どこの誰かは知らないが、相手は最低最悪な殺人者だ。さまざまな殺害方法を模索し、それらを完璧に実行している。

ひとたとおり試して満足した暁には、必ずグレースを狙うだろう。

そう考え、ギャビンは歯を食いしばった。グレースは標的紙を数枚セットするとボタンを押し、紙を射撃場の奥へと送りだした。

「勝敗はどうやって決めるの?」グレースがきいた。「三ラウンド撃って、最高のショットを放ったほうが勝ち?」

「いいだろう」ギャビンは答えると彼女の隣の列に立ち、グロック42を取りだした。両手になじみのある重さを感じながら、グレースに向かって言った。「レディファーストだ」

「なんて紳士的なの」グレースが言った。声も顔もこわばっている。ギャビンはそれが気に入らなかった。できるものなら、今すぐグレースの緊張をやわらげてやりたい。とはいえ、そうしないほうがいいことは百も承知だ。グレースは仕事に使命を感じ、正義を求めている。ただ正義にこだわるあまり、疲れ果ててしまうところもある。ギャビン自身もときどきそうなるように。しかし今回はこの事件全体がグレース個人を攻撃するものなのだ。

グレースが銃を掲げて構えると、彼女の体からいっさいの硬さが消えた。狙いをつけた瞬間、グレースの意識は標的だけに絞られた。

四発すばやく連射した。二発が標的の眉間を完璧に射抜き、あとの二発も胸の中心をきれいに貫通している。

「君をアニー・オークレー（映画『アニーよ銃をとれ』のモデルになった射撃の名手）と呼ぶべきかもしれないな」ギャビンは右手で銃を持って水平に構えると、息を吸ってから吐きだし、もう一度息を吸い、さらに吸いこんだ。その呼吸のあいだに指を引き金にかけ、そっと四度引いた。

一発、二発、三発、四発。

グレースは標的紙を回収してギャビンの弾痕を確認しつつ、眉をひそめた。

「その撃ち方、陸軍時代に習ったの？」新しい標的紙に取り替えながら尋ねる。

ギャビンは笑った。「いいや」

「そうなの？」グレースがボタンを押し、標的紙を射撃場の奥へと送りだす。

「ああ、テキサスで習った」

グレースはギャビンを見つめ、形のいい眉をもの問いたげにあげた。

「祖父だ。テキサス・レンジャーだった。十五メートル離れた場所からでも二十五セント硬貨を撃てるほどの射撃の名手で、本当に立派な男だよ」

グレースは頭を傾け、唇に笑みを浮かべた。「亡くなったお祖父《じい》さんが恋しいのね」

祖父が亡くなっていることをなぜ知っているのかと尋ねる必要すらなかった。グレースには話している相手のすべてがわかるのだろう。直感的に察知したり、鋭い頭で相手の表情や言葉の選び方を分析したりして、瞬時に答えを導きだすのだ。今と同じように。「ああ、恋しく思わない日はない」

グレースがギャビンを見つめる。優しさと理解が感じられるまなざしだ。その瞬間、ギャビンの全身に衝撃が走った。初めて出会った夜にダンスを申しこんだとき、グレースから手を重ねられた瞬間に感じたのと同じ衝撃だ。これこそが正しい――あの夜、そんな感覚に襲われた。かつて経験のない感覚で、あれから二年間ずっとギャビンの中で響き渡っていた。ほかの誰に対してもこれほどの衝撃を感じたことはない。今ようやくその理由に気づいた。この感覚こそ、ここ二年恋しく思ってきたものだ。

ずっと探し求めていたものにほかならない。

ギャビンはロマンチストではなかった。もちろん愛は信じているし、その大切さもわかっている。永遠に続く愛などめったにないが、そういう愛情もあることを理解している。ただし、よく耳にする〝地面が揺れるほど衝撃的な出会い〟を経験したこともなければ、〝自分に欠けた部分を補ってくれる相手〟が見つからないと不満をもらしたこともなかった。あの夜までは。

警察官のためのダンスパーティに出かけた十一月のあの夜、グレース・シンクレアは突然、ギャビンの軌道の内側に入ってきた。とたんに引力に引かれるように、彼はなすすべもなくグレースのもとへ引き寄せられた。自分が何をしているかに気づきもしないまま、グレースに手を差しだし、ダンスに誘っていた。グレースは彼の魂に焼き印をつけた。たった一度触れ、たった一度ほほえんだだけで。かつてないほど親密なつながりを紡いだあの夜だけで。

そして今、ふたりはこうして一緒にいる。仕事上の相棒として、チームメイトとして。グレースも感じているはずだ。仕事面での相性はこれ以上ないほどいい。ふたりの考え方は同じではないが、互いの考えに影響を受けている。グレースは心理学の面から、ギャビンは情緒的な面からものごとをとらえる。彼女と犯行現場にいると、そのふたつの考え方が実に見事に共振する。実際、一緒に殺人犯の動機を考えていると、頭や心はローマ花火が打ちあがったみたいに活性化される。グレースとなら歩調を合わせ、うまく協力できる。誰に教えられたわけでもないのに、生まれながらに知っていたダンスを踊っている気分になる。

単に惹かれあっているだけではない。ふたりの心がぴたりと重なっているだけではない。グレースとのあいだには、それ以上の何かがある。そのすべてを手に入れたい。グレースのすべてを。

「FBIアカデミーに入学するまで、銃を手にしたことは一度もなかったわ」グレースが再びグロックを構えて撃った。その瞬間、ギャビンはふと気づいた。先ほどよりも彼女の足のあいだがほんの少しだけ開いている。

案の定、弾は標的紙の真ん中に描かれた黒い円のてっぺんにあたった。いいショットには違いないが、グレース自身はそう思っていないだろう。

グレースはとにかく自分に厳しい。おそらくずっと昔に受けた精神的な傷のせいでそうなったに違いない。詳しい事情は知らないが、そばにいるとわかる。きっとグレースは若い頃、おそらく大学時代に、ある男からさんざんな目に遭わされたのではないだろうか？　その男から何をされたにせよ、それが深い傷となって残っているのだ。そのせいで周囲に防御壁を張り巡らせるようになった。彼女のためならなんでもする覚悟でいる男が、どれほど確固たる決意で崩そうとしても絶対に崩れない壁を。グレースが入れてくれない限り、その内側へ入ることはできないだろう。

くそっ、どうしても内側へ入れてほしい。グレースは僕がこれまで出会った中で最も美しい人だ。銃を手にしても、全身のあらゆる部分から自信としなやかさと余裕が感じられる。その姿はまさに庇護《ひご》者であり、女王戦士そのもの。絶対に敵にしたくない手ごわい女性だ。

グレースは不満げに小さなため息をつくと、足の位置を調整し、完璧な構えになった。それから数秒間呼吸を整えて、完全に自分を取り戻す瞬間を待った。ギャビンがグレースの手元ではなく顔を見つめる中、彼女は三度撃った。三発すべてが標的紙の頭部に命中すると、グレースは勝ち誇った笑みを浮かべた。

「つまり、君には生まれつき才能があったんだな」ギャビンは自分の標的紙に向き直ると、すばやく連射した。銃は古い友人のようなもの。その扱い方は筋肉の記憶《マッスル・メモリー》として刻みこまれている。

「ええ、指導教官にもそう言われたわ」グレースは取り澄ました口調で言うと、再び標的紙を交換した。「さあ、最終ラウンドね」

今回グレースのショットは完璧だった。標的紙のほぼ一箇所に集まっている。見事な腕前だ。

「告白したいことがある」グレースが困惑顔で眉をひそめるのを見て、ギャビンはにやりとせずにいられなかった。銃を左手に持ち替える。「実は右利きじゃない」

グレースから一瞬視線をそらすと、四発連射した。発砲音があたりに反響する。ギャビンがボタンを押して標的紙を回収すると、グレースが自分の列から出て弾痕を確認しに来た。

標的紙に空いた穴はひとつだけだった。標的の頭部のど真ん中だ。銃弾は四発とも一点に命中していた。ピンを刺したように正確に貫通している。

彼の勝ちだ。

グレースが不満げに唇を曲げた。くそっ、あんな表情はすぐにやめさせなければならない。さもないと、このまま彼女に襲いかかって……。

グレースは腰に両手をあて、こちらに向き直った。「やっぱり秘密主義ね」その言葉を聞き、ギャビンは思わず笑みを浮かべた。何しろグレースに認められたのはこれが初めてだ。たとえそれがしぶしぶであったとしても。

「さあな」

「ずるい《ダーティ》手を使ったわね」グレースの声がかすれている。その声を聞くなり、ギャビンはみぞおちがねじれ、指先が燃えるようにちりちりしだした。グレースに触れたい。触れたくてたまらない。

ギャビンは頭の位置を低くしていった。グレースは女性にしては背が高いうえにハイヒールを履いているからなおさら長身に見えるが、それでもギャビンよりは低い。グレースは顔をあげて目を合わせたあと、彼の唇のあたりに視線をさまよわせた。

「君も楽しんでいたはずだ」ギャビンは言った。

今この瞬間、したいことが多すぎて、ギャビンの心は千々に乱れていた。グレースに口づけたい。舌を差し入れ、むさぼるように熱烈なキスをしたい。グレースを自宅に連れ帰り、ウイスキーを飲みながらベッドに横たえて、すべて大丈夫だ、どうにかなると安心させてやりたい。グレースの前にひざまずき、スカートをまくりあげ、彼がどれほどみだら《ダーティ》な男か教えてやりたい。

「ええ、そうかもしれない」グレースはそう言うと、かすかに背筋を伸ばした。弾みで、ふたりの胸が一瞬触れあい、ギャビンは鋭く息をのんだ。グレースは笑みを浮かべて言葉を継いだ。「それで、これからどうするつもり？」

衝撃の瞬間が過ぎると、ギャビンは身を乗りだした。唇にグレースの息がかかるほどの至近距離だ。彼女は目を閉じようとせず、こちらを見つめている。熱いまなざしだ。ふたりともが求めているものを奪ってみせてと挑むかのように。ギャビンは片手を掲げ、グレースの頬にそっとあてると、まだ赤い口紅が残る彼女の下唇の輪郭を親指でたどった。

「家まで送るよ。僕が君を守る。勝ったのは僕だから」

グレースは半ば笑いのような吐息を小さくもらした。「鼻の差だったけどね」ギャビンは思わず体を引いた。彼女とのあいだに距離が空くにつれ、胃がきりきりしはじめる。ここでキスをするわけにはいかない。もし今口づけたら、止められなくなるだろう。射撃場のあらゆる場所に監視カメラが設置されている。おかしな真似《まね》をして、

れない。

「君は左足に重心をかけすぎていた」ギャビンは言った。グレースから反論されるのは覚悟のうえだ。あるいは目をくるりとまわされたり、冷たく否定されたりするかもしれない。

だが意外にも、グレースはうなずいた。「ええ、自分でもわかっている。この仕事に就いて二年目に右の腿を撃たれたせいで、ストレスを感じるとどうしても左足に重心を移してしまうの」

「撃たれた？」ギャビンは自分が思うよりもはるかに心配そうな声を出してしまった。だが誰かがグレースの肌の美しさを損ね、彼女を傷つけ、血を流させたと考えるだけで……。

そいつを殺してやりたい。今ここで。時間をかけて、たっぷりと苦しませてやる。

「昔の話よ」グレースは銃をつかみ、ホルスターにおさめた。「誘拐に近いことをされたの」

「なあ、グレース、〝誘拐に近いこと〟なんて犯罪はありえない」

「ええ、そうね。私は犯人に撃たれたのよ」射撃場を出てすぐにグレースは言った。

「それで意識を失った。でも大量出血で手遅れになる前に、マギーが助けに来てくれ

なのか、そうでないのか、私にはわからない。つまり、私が話すのを許可するかどうかわからない。ギャビンはためらいがちに言った。尋ねても差し支えないことなのかどうかわからない。「以前、PTSDについて話していたね。あれは……」

「その事件のあと、ひどいトラウマに悩まされたの。トラウマを抱えていることを必死に隠して、誰にも話さないようにする？　そんなことをしてもなんの助けにもならないわ。トラウマを抱えていることを負い目に感じる人は多いけど、それは健全な考え方とは言えない。しかも、その人のためにならないわ。それに、保護を必要としている人たちを守り抜くために、私たちは心身ともに健全でいなければならないの」

グレースはなんと勇気ある女性だろう。どんな人もつらい体験をした場合、自分が助けを必要としているのを認めることすら難しいはずなのに。ましてや、実際に周囲に助けを求めたり、自分自身の悲惨な体験を逆手にとって人々の力になろうとしたりするのは、ことのほか難しく勇気がいることに違いない。グレース自身、自分の並々ならぬ勇気に気づいているのだろうか？

「不思議そうな目で私を見るのね」グレースが静かに言う。

「君は美しい」ギャビンはぽつりと言った。グレースの勇気と情熱を目のあたりにした今、正直な気持ちしか口にできない。「今さら言われなくてもわかってると思うが」

「ええ」グレースは言った。ほかのときなら、あっさりと認めた彼女の答えを聞いてギャビンも笑っただろう。グレースは今まで、その褒め言葉を数えきれないほど耳にしてきたに違いない。あまたの男から〝君は美しい〟と言われてきたはずだ。しかも聡明《そうめい》なグレースは、自分の美貌が周囲に与える影響の大きさをよく承知している。彼女はよくも悪くも人の感覚を麻痺《まひ》させる美貌の持ち主だ。

「だが、ここと」ギャビンは手を伸ばし、指先をグレースの鎖骨に置くと、手のひらを彼女の胸骨――胸のあいだ――に押しあてた。そして手をグレースの額へ移動させ、指先で優美な弧を描く眉をたどった。「ここは」彼女のこめかみで指先の動きを止める。「君の顔よりもはるかにすばらしい」

いつもながら、グレースはギャビンを驚かせた。彼女は冷笑もせず、体を離しもせず、笑い飛ばしもしなかった。ただ顔を上向け、ギャビンに口づけた。

16

グレースがギャビンにキスをしたのは、まんまとだまされたり、射撃で負かされたりしたのが久しぶりだったからだ。

それにギャビンの目尻の皺と、からかうような笑みと、たこのできた手がこのうえなく甘やかに柔肌を滑った感覚がよみがえったからでもある。

もっと正直に言うと、胸にわき起こる〝ひょっとしたら〟とか〝そうなるかもしれない〟といったささやきと葛藤するのに疲れてしまったからだ。

彼とのキスが記憶に残っているのと同じくらいすばらしいものなのか、確かめてみたい気持ちもあった。

ギャビンがふいにエレベーターの停止ボタンを押した。グレースは気がつくと肩を壁に押しつけられて、引きしまったあたたかい体の重みを受けとめていた。

ギャビンがきっちりと編みこんだ髪に両手を差し入れ、手のひらで後頭部を覆う。

この時点で彼女はすでに守られていた。

砂漠で何日もさまよったあとに水を飲むようなものだった。永遠に続くかと思われるものうげなキスを交わしながら、グレースはさらに身を寄せた。ギャビンがグレースのヒップに手をおろしていき、彼女の体を持ちあげる。グレースは脚をあげてギャビンの腰に巻きつけながら、細身のスカートの裾につけられたプリーツに感謝した。やわらかい曲線を描く体に硬い胸板が押しつけられて、思わず息をのむ。ギャビンの唇が感じやすい顎のラインをたどり、耳元に寄せられた。息遣いを肌で感じ、グレースは満たされた気持ちになって自然に口元をほころばせた。自分が彼をこんなふうにさせている。

「たまらないよ」ギャビンの吐息が耳をくすぐる。シルクのような肌を唇でかすめられると、グレースは身を震わせた。「でも、ここではだめだ」

ギャビンの言うとおりだ。エレベーターが停止したことで、すぐにもセキュリティチームが不審に思うだろう。

けれども今グレースが最もしたくないのは体を引くことだった。

ギャビンがグレースの体の脇をたどってウエストのくびれをつかみ、ゆっくりと床におろした。額を合わせてつかのま立ちつくし、互いの存在を確かめる。

「君を家まで送り届けないと」ギャビンが切りだした。
「そんな必要は――」
「今さら約束を破ったりしないだろう？」体を離したギャビンが問いかけるように片方の眉をあげる。
「自分の面倒は自分で見られるわ」グレースは譲らなかった。自宅に来られたらどう対処していいかわからない。抗えないに決まっている――抗わなければならないのに。ギャビンは最大級の脅威だ。直球で向かってくる。自分の欲しいものがわかっていて、それを隠そうとしない。からかいはするけれど、ごまかしたりはしない。

それに引き換え、自分はごまかしてばかりだ。ごまかすことが身にしみついてしまっている。ごまかしていれば傷つかずにすむ。

グレースには人の内面を見抜く力がある。一時間も観察しないうちに相手のことがわかる。人の心の奥底に隠された一面も察知してしまう。それが自分という人間を作りあげた。だから今の仕事で力を発揮できる。これは神様からのプレゼントだ。それと同時に呪いでもある。その力のせいで人を信じることができない。自分をさらけだすのにも時間がかかる。愛することも難しい。

けれどもギャビン・ウォーカーは……。

まるで自分がプロファイラーであるかのように彼女を見る。最も深いところに隠してきた部分まで見透かすように。そんなふうに見ても背を向けない。ひるんだりもしない。

ギャビンは前に進みつづける。グレースのほうへ。いつもまっすぐに。彼女の中のすべてが逃げろと告げている。かつてと同じように。

それでも隠してきた部分——確実に見透かされている部分——が懸命に押しとどめる。

「わかったわ」グレースはため息をついた。「家まで送って」

意外にも自宅までの道のりは気まずいものではなかった。グレースはふたりのあいだの緊張が高まってなかなか着かない気がするのではないかと心配していた。ところがギャビンがモダンジャズとスイングのどちらが優れているかという会話に引きこんでくれたおかげで、気がつくとブラウンストーンの建物の前に車が横づけされていた。触れられた箇所がいまだにほてっている。思いもしなかった相手のさまざまな面に驚き……今ではもっと知りたいと思っていた。

銃を手にふたりで階段をのぼって家に入った。入念に一階と二階を確認してからリビングルームで落ちあう。

日が陰るとともに部屋の中が刻々と薄暗くなっていき、グレースは明かりをつけた。金色の光が注ぐ室内をギャビンが見まわした。

「この前は中の様子もよく見なかったな」ギャビンがにやりとした。それから中央の壁にかかった、部屋を占拠するほどの巨大なジャクソン・ポロックの絵画を指さした。「コレクションのひとつかい？」

グレースはうなずいた。

「ポロックかな？」ギャビンがブルーとグリーンが混在する作品を見あげて眉根を寄せる。「ということは、所有するコレクションに相当な価値があると言ったのは……」

「文字どおり、〝相当〟の価値があるの」グレースはこのことがギャビンの自尊心を揺るがすだろうかと考えた。男性の中にはグレースの裕福さに惹かれる人もいれば、そのせいで逃げだす人もいる――怖《お》じ気《け》づいてしまうのだ。十八歳を迎えて祖母の美術コレクションを受け継いだ日から、グレースは何千万ドルもの価値がある人間になった。そのおかげで信託基金を取りあげると言って娘に言うことを聞かせようとしていた父のもとを去ることができた。けれどもグレースが莫大《ばくだい》な富を手にしたことを知ると、人々の態度も変わった。

「つまり芸術の相続人というわけだ」

「そうとも言えるわね」グレースはギャビンが戸惑いや居心地の悪さを感じている気配がないかどうか目を凝らした。彼は暖炉に飾られたブロンズ像を片手で持って重さを確認しては、別の作品に手を伸ばしている。

「これが気に入ったな」ギャビンが言った。それからポロックの絵画を顎で示す。

「あれは姪《めい》っ子が指に絵の具をつけて描いた絵に似てる」にやりとして、からかっているのだと伝えてくる。グレースは口元がほころぶのをこらえようとした。

「ポロックの作品に目をつけたのは私の手柄じゃないわ」グレースは説明した。「祖母は美術収集家のペギー・グッゲンハイムと親しくしていて、美術に対する鑑識眼があったの。それでポロックが無名のときから作品を集めだした。でもこっちは……」ギャビンの手から彫刻を取りあげる。ひんやりとした、たしかな重みが手になじむ。

「ジョナサン・ワイルダーの初期の作品よ。六年前にバースを旅行中に小さなギャラリーで手に入れたの。そのあと人気が急上昇したから、今ではちょっとした財産ね」

彫刻を炉棚に戻すとギャビンが口笛を吹いた。「芸術を見る目があるのはお祖母さんだけじゃなかったんだな」

グレースはその褒め言葉に顔を赤らめた。自身に美術の才能はないものの――棒線画を描くのがやっとだ――祖母のコレクションは誇りであり、喜びだ。その美しさだけではなく、歳月を重ねて人々に与えてきた影響も含めて。思い入れのある作品はいくつか自宅に置いていて、ポロックもそのひとつだが、大部分はさまざまな美術館に貸しだし、その収益を全額チャリティに寄付している。昨年はカウンセリング・センターの新翼棟の建設費を提供できたし、小児癌《がん》の研究にもかなりの額をまわせた。

「古い本もたくさんあるんだな」ギャビンがガラスの戸棚にしまわれた貴重な本のコレクションを見つめた。「古い本は好きなんだ」

「そうなの？」

「『ハーディー・ボーイズ』の初版のセットを持っている」ギャビンが寂しげな笑みを浮かべた。「子どもの頃は夢中だった」

幼いギャビンが夜が更けるまで懐中電灯を手にシーツをかぶって、兄弟探偵が活躍する小説に熱中している様子を思い浮かべ、グレースは思わず心をくすぐられた。その少年が大人になって、幼い頃に大好きだった本の初版を手間暇かけて集めているということは、もしかするとその物語に刺激を受けて刑事になろうと思ったのかもしれない……。

そう思うとなんともほほえましくて、心があたたかくなる。

本当に彼らしい。

「私は古い本に歴史があるところが好きなの。昔、ロンドンで手に取った『高慢と偏見』のページのあいだに、一九四〇年代のラブレターを見つけたのよ。映画のワンシーンみたいだった」

グレースは自分の生活空間を観察するギャビンを見て、ちょっとした特徴を分析しているのかと考えた。ギャビンの部屋で過ごすことが彼を理解するのに役立ったのと同様に、彼女を理解する助けになるのだろうか。

「慎重に管理された生活を送っているんだな」ギャビンがようやくグレースに向き直った。「すべてが決められた場所におさまっている。どれもきちんと整っていて美しい。部屋の持ち主と同じだ」

「管理されているとは言えるかもしれない」グレースは相槌《あいづち》を打った。

「だけどここは」ギャビンがコーヒーテーブルに広げられたファイルと書類をつつく。

「少々散らかってる」

グレースはファイルを見おろした。自分が救えなかった人たちを思いださせるものがここにもある。「この手の仕事はいつも混沌《こんとん》としているの。人間だってそう」

「そうなのか。人間なんて単純だと思うけれどね」ギャビンが言った。「いい人、悪い人、それに本物の悪党だ。君は本物の悪党の頭の中で多くの時間を過ごしてる。しばらくは自分自身に戻る必要がある」

ギャビンが解きたいパズルでも見るかのように見つめてくる。グレースは花が開くように心を開きたくなった。すべてをさらけだしたい。踏みだしてもう一度キスをしたい。

けれども、そうするわけにはいかなかった。集中しなければ。ふたりとも集中しなければならない。

「長い一日だったわ」グレースは切りだした。「何か食べるものを注文してくれない？　私はシャワーを浴びてくるわ。階段の上のグリーンのドアが来客用のベッドルームよ。くつろいで」

グレースはギャビンが口を開く前にそそくさとリビングルームをあとにして階段をのぼった。安全なベッドルームに入るとドアに寄りかかり、大きく息をつく。キスなんてすべきじゃなかった。軽率だった。あのときは衝動に駆られて自分を抑えられなかった。

頭をすっきりさせるにはシャワーが必要だ。グレースは目を閉じた。頭に浮かぶのは重ねられた唇のことだけだった。

冷たいシャワーのほうがいいかもしれない。

バスルームはマスターベッドルームとつながっている。鋳鉄製のゆったりとした浴槽があり、一九二〇年代のアールデコの落ち着いたグリーンのタイルが優雅な雰囲気を醸しだしている。蒸気が立ちこめる中、グレースは服を脱いだ。縁に繊細な花のエッチングが施された大きな楕円《だえん》形の鏡の前で髪から次々とピンを抜く。編み込みをほどいて長い髪を指で梳《す》く頃には、バスルームがあたたまってきた。浴槽に入って目をつぶり、頭を後ろに倒して髪が濡《ぬ》れるに任せる。自分の問題も湯と同じくらい簡単に流してしまえればいいのに。

事件のことを考えだすと自分が壊れてしまうのはわかっていた。ひと息入れる必要がある。ほんのいっときでも。

だから別のことを考えた。迷わずギャビン・ウォーカーのことを。

ギャビンは廊下のすぐ先にいる。そのことを考えずにはいられない。彼のことを考えずにはいられなかった。

二年前のあの夜のことを。

あの夜、ギャビンはとても魅力的だった。会場にいた女性はみんな、彼に惹きつけられた。けれどもグレースはギャビンと目が合った瞬間に、この人と一緒にここを出るのだと直感した。

彼女がダンス会場を横切ってまっすぐに近づいていったとき、ギャビンのほほえみが、こちらの大胆な行動をあたたかく受けとめてくれる態度が、その直感は正しいと告げていた。

グレースはギャビンのそんなところが一番好きだった。ギャビンは彼女に対して一ミリもひるまない。あのときも、そして今も。グレースに敬意を払い、好意を抱き、称賛のまなざしを向けてくれる。おまけに間髪を容《い》れずに意見を交わして見解が一致したときには、何かの兆候だとばかりに目をきらめかせる。

ダンスパーティで一緒に踊ったあの夜、曲に合わせて体を揺らしながら、グレースはふたりのあいだに続く道の行き着く先を予感した。

のちにギャビンのベッドに横たえられ、このうえなく巧みで狂おしいほど情熱的な唇を受けとめたとき、相手を完全に見誤っていたことに気づいた。

ギャビンは話好きで、これには驚かされた。というのも、ベッドに倒れこむまではそんなふうには見えなかったからだ。しかも男性の多くがセクシーだと勘違いしている、よくあるような下品な内容ではなかった。ギャビンは大切にされていると女性に感じさせてくれる人だ。短いささやきと崇《あが》めるような声、炎をかきたてる愛撫がすべて自分だけに対するものだと感じさせてくれる。

そのギャビンがグレースの人生に舞い戻ってきた。それは恐ろしいことでもある。自分が堕《お》ちていく気がするから。捧げられる言葉を愛し、その言葉とうやうやしく触れてくる手を信じてしまうのがわかるから。

シャワーを終えたグレースはタオルで髪を拭き、竹繊維のヨガパンツと片方の肩がのぞくやわらかいブルーのセーターを身につけた。湿り気の残る髪はまとめずにおろした。一時間ドライヤーをかける忍耐力はない。みぞおちにかすかな神経の高ぶりを感じながら一階におりると、ギャビンがソファに座っていた。大柄であたたかい雰囲気が最高にすてきだ。

「宅配用のちらしが入っている引き出しを見つけたから、タイ料理を頼んでおいた」ギャビンが言った。

「いいわね」グレースはソファのギャビンとは反対側の隅に腰かけた。ギャビンがそれに気づき、おもしろがるように目尻に皺を寄せた。

「ハリソンにも連絡しておいた。明日、似顔絵捜査官を宝石店に派遣するそうだ。うまくいけば顔認証システムでヒットするかもしれない」

「いい考えだわ」グレースは賛成した。「私たちはそれ以外の証拠に目を通さないと。

被害者はたまたま選ばれたわけじゃない」

「君に外見が似ている女性が選ばれただけでなく、ほかにも共通点があると思うのか?」

「犯人は多くの人と接する職業に就いている可能性があるわ」グレースは指摘した。

「あるいは個人情報にアクセスできる仕事かもしれない。たとえば役所の職員とか」

「犯人は被害者たちを尾行したはずだ」ギャビンが考えこみながら口にする。「日課を調べあげて、ジャニスが走る時間、アンダーソン夫妻がそろって自宅にいる時間、ナンシーが自宅にいる時間を把握していた。ゾーイーが送ってきたナンシーの仕事のスケジュールを見たか? ナンシーは弁護士事務所で暮らしているようなものだった。その点ではどこにいるのか予測しやすいが、犯行に及べる機会は非常に限られている」

「もっと手頃な標的がいたはずよね」グレースは考えを巡らせながらノートパソコンを立ちあげ、ゾーイーがふたりに送ってきたファイルを呼びだした。

「だが犯人の最優先事項は、明らかに君に外見が似た女性を見つけることだ」

グレースはそこまで確証が持てなかった。何かを見落としているような、見えていない接点がある気がする。けれども、それがなんなのかわからない。グレースはサイドテーブルに手を伸ばして読書用の眼鏡を手に取った。コンタクトレンズはシャワーを浴びる際に外していて、つけ直す気にはなれない。彼女は眼鏡をかけ、ゾーイーがまとめてくれた各被害者のこの数週間の行動のファイルをクリックしていった。

「君の考えは違うみたいだな」ギャビンに言われて、グレースは黙って考えこんでいたことに気づき、申し訳なく思いながら顔をあげた。

「ごめんなさい」彼女は頬を赤らめた。

「考えに没頭していたことを謝る必要なんてない」ギャビンが言った。「誰だってそうだ。違う事件を担当している兄弟が日曜の夕食で僕の両親の家に集まったところを君に見せてやりたいよ。あんまり静かだから、貨物列車でも走らせて静寂を破りたくなるっていうのが母の口癖だ。それで、何を考えていたんだ?」

「外見が私に似ている女性という点だけど……そこははっきりしているわよね。もしそれが犯人を突き動かしているのだとすれば理解はできる。被害者の特徴にこだわる連続殺人犯はいるから。でもそれが衝動強迫になっているなら、徹底的にこだわるはずだわ。そこから外れた行動は取らない……絶対に。だからミスター・アンダーソンは殺さないはずなの。ミスター・アンダーソンが家を空けるのを待つくらい、犯人にとってはなんでもないことでしょう。被害者たちをつけまわしていたんだから。犯人が私に似た女性を殺すことに執着するなら、なぜミセス・アンダーソンがひとりきりになるまで待たなかったの？」

「それもまた別の目くらましだというのか？」

「掘りさげた捜査をさせないため。被害者たちを選んだのには別の理由があるのよ。それを見つけないと」

玄関のドアベルが鳴った。

「夕食が届いた」ギャビンが言った。「受け取ってくるよ。まずは食べて、それから考えよう」

17

グレースの自宅で、見た目よりもずっと快適な淡いグレーのリネン張りの大きなソファに並んで食事をするのは、何かたまらなく親密なものだ。

彼女は濡れた髪をおろしたまま階下に来た。前かがみになってノートパソコンに向かっているので、湿った髪が目にかかっている。髪をおろしてメイクもせず、かわいらしい司書のように眼鏡を鼻にちょこんとのせていると、普段と違って見えた。幼くて、無垢《むく》で、はかなげだ。

こんなグレースは初めてだ。ＦＢＩ捜査官にして射撃の名手。完璧に仕立てられた服を着て、色鮮やかな口紅を武器のごとく巧みに使う。そんな姿しか知らなかった。

これが素の彼女だ――自宅で肩の力を抜いてくつろいでいる彼女が。

今まで見た中で一番美しい。

けれどもそう思っていたのも最後のチキンサテを取られるまでで、ギャビンが天敵だと非難すると、グレースは笑って串を折り、半分分けてくれた。

とうとうおいしい最後のひと口が終わり、仕事に戻るときが来た。ギャビンはアンダーソン夫妻のファイルの束を手に取り、グレースはジャニスとナンシーの生活記録にくまなく目を通した。彼女は床に座るのを好み、脚を組んで本人にしかわからないやり方で目の前に書類を広げている。

「メーガン・アンダーソンの出身校は？」グレースが尋ねた。

「リード大学だ、オレゴン州の」ギャビンは答えた。

「残念、アイビーリーグ出身者を選んでいるのかと思ったのに。ナンシーはイェール大学の卒業生だし、ジャニスはハーバード大学を出ているから……」グレースが目の前の書類に視線を落とした。「ジャニスは女子学生社交クラブに所属していた」

「ところで、僕たちが今しているのは……」

「被害者学ね」グレースが代わりに言った。

「そうだ」もちろん彼女は適切な言葉を知っている。「これで犯人について知らないことがわかると本当に思ってるのか？　間抜けな相手ならともかく」

「間抜けでないからこそ、被害者に答えが隠されていると確信しているの」グレースが説明を加えた。「犯人がしていることを考えてみて。殺害方法を変えて、ダイヤモンドのイヤリングを残し、自分の思う場所に遺体を置くことで女性嫌悪のメッセージを送りつけている。どれも考え抜かれているわ。それは私たちに伝えようとしている物語よ。主導権は向こうが握っている。犯人にとって一番大事なのはメッセージなの。だから被害者には接点があるはずだわ。それを私に見つけてほしいと思っている」

「また別のパズルのピースってわけか」ギャビンは書類を見つめた。

「それだけじゃないわ」グレースが言った。「向こうは自分が完全に状況を掌握していると思っている。でも、そんなことはありえない。世界一冷徹で殺しに慣れた犯人は行動パターンにあてはまらないと思われる選択をしてくるけど、パターンにあてはまらないでいるなんて不可能なの。必要なのはそれを見抜く真のプロファイラーよ。本物のプロファイラーならすべてを見通せる」一面に並べた書類を示した。「私はすべてを見通さなければならないの」

ギャビンはグレースの言葉の裏に切迫したものを感じた。それはギャビン自身の焦りをも反映していた。「アンダーソン夫妻のスケジュールを絞りこんでみた。ふたりは環境に配慮したクルージング《グリーン・クルーズ》の最中だった。風力だけを使う海賊船みたいな大型船でこのひと月、各地をまわっていたんだ。だから自宅にはたった二週間しかいなかったのに殺された」

「それは突破口になるわね」グレースが即座に反応した。「被害者全員のスケジュールと、携帯電話のGPS座標を相互参照させてみるわ」ノートパソコンをつかみ、しばし猛烈な勢いで入力していった。「犯人はその二週間で標的を選んであとをつけたのよ。おそらくナンシーの尾行が一番簡単だったでしょうね。弁護士事務所からあとをつければいいだけだから」

「彼女はほとんど事務所と自宅の往復しかしてない」ギャビンはナンシーの携帯電話のGPS座標を示したプリントアウトに目を通した。同じ二点が繰り返し表示されている。「この場所以外は」二週間のうち、ルートから逸脱したある日付を軽く叩いた。「ここはどこだ?」自分の携帯電話を取りだして座標を打ちこむ。「洗車場だ」

グレースがはっと顔をあげてギャビンを見た。「洗車場? ジャニスのポケットに洗車場のレシートが入っていたわ」

「〈レッキーズ・モーターズ〉のか?」ギャビンはきいた。

「そう」グレースが目を輝かせる。GPS座標を分析していたアプリケーションに洗車場の座標を入力し、勝ち誇った顔で笑った。「見つけたわよ!」コンピュータに向かってあざけるように言ってから、ひそかな歓喜の瞬間を見られていたことに気づいて赤面した。

「あててみせようか。アンダーソン夫妻も〈レッキーズ〉で洗車していたんだな」

「殺される一週間前に」グレースが画面を指さした。「犯人はこの洗車場で犠牲者を物色しているのよ」

理にかなっている。ギャビンは同意した。

「客はかなりの確率で、洗車が終わるまで周辺で待っている。そこに紛れこむの」グレースが続けた。

「客を装ってか?」

グレースが首を振る。「犯人は従業員のはずだわ。そのほうが簡単に人目をごまかせる。おまけに車に近づく口実ができる。助手席に掃除機をかけているあいだに、グローブボックスの登録証を見れば住所がわかるから」

まったくグレースの言うとおりだ。被害者が犯人の仕事をやりやすくしたのだ。

「そうやって被害者のあとをつけて、日課を調べていったのか」

グレースが炉棚に飾ったジョージ王朝時代の時計を見あげた。そろそろ真夜中になろうとしている。「ポールにメッセージを残しておくわ。こんなに遅い時間じゃ、誰も洗車場にいないでしょう。今、行ってもしかたがないし……犯人に勘づかれる可能性もある」

「明日は出勤してるかもしれないな」ギャビンは同意した。頭がフル回転している。「いきなり訪ねるのがいいだろう。ショックを与えてその効果を利用するんだ。もし出勤していれば、われわれが上司に話しかけて従業員記録に目を通しはじめたら、かなり神経質になるだろう。そうすれば簡単に容疑者の目星をつけられる」

「じゃあ、明日ね」グレースがカーペットから立ちあがり、両手をあげて伸びをした。ゆったりとしたニットのセーターが持ちあがり、曲線を描くウエストがちらりとのぞく。「犯人が四つ目のイヤリングを使う前に逮捕したいわ」

「逮捕してみせる」そんな約束をするのはばかげていると知りつつも、ギャビンは言わずにいられなかった。グレースのために。罪悪感と不安が入りまじった、あんな目をされたときには。

グレースは被害者ひとりひとりを責任を負うべき存在として受けとめている。各事件を解くべきパズルとしてではなく、自分が正義をもたらさなければならない個人的な使命ととらえている。被害者たちの人生を歩み、ある意味その心に寄り添って生きている。そうすることで殺人犯に裁きを受けさせるのだ。それと同時に殺人犯の頭の中にも入りこみ、それぞれの事件における残忍でゆがんだ衝動や、次の殺人へと駆りたてるあらゆる動きを解明しようとしている。

背負うには重すぎる。それでもこれほどの、そう、思いやり《グレース》を持ちながら背負っている彼女をギャビンは心から尊敬した。

まったく、それを思うと僕は愚か者だ。思いやりに欠けている。グレースと同じくここにいるというのに。

その瞬間、グレースと目が合った。数メートル離れて立っているにもかかわらず、本能的に互いの体が向きあう。その時間が少し長すぎて、室内の緊張感が十倍にも跳ねあがった。ギャビンは足を踏み替えて次の瞬間を待った。

今回はグレースから行動を起こす番だ。彼女も同じくらい望んでいるのかどうか確かめなければならない。

「ふたりともそろそろ眠らないと」グレースが彼を見つめたまま、静かな声で告げた。

「そうだな」眠るなどもってのほかだが、ギャビンはそう言った。

ひと晩じゅう寝かせたくない。グレースのベッドで、彼女の脚のあいだで、何時間でも過ごしたい。〝お願い〟という言葉と彼の名前のほかは忘れてしまうまで。グレースのそばで丸くなって眠りに就き、朝にはおとぎ話のプリンセスのように寝乱れた髪を顔に感じて目を覚ましたい。

グレースが唇を湿らせた。官能的なはずもないたわいないしぐさにどういうわけかそそられて、ギャビンはまたもや足を踏み替えた——今度は別の理由で。

「何か足りないものがあったら知らせて」グレースが背を向けて階段へと向かった。

「もう一度ドアと窓の確認をしておくよ」一時間前に確かめたばかりだが、ギャビンはそう声をかけた。

グレースの足音が上階に消えると、ギャビンは一階をまわってすべての窓と正面玄関、ちょっとした緑地帯につながる裏口を見てまわった。この時間をありがたく使わせてもらって気持ちを立て直し、わきあがる欲望を鎮めようとした。

階段をあがって来客用のベッドルームに向かいかけたとき、廊下の先の何かが目にとまった。

グレースが自分のベッドルームのドアとおぼしきところに寄りかかり、手のひらを木の扉に押しつけて待っている。

興奮がギャビンの体を駆け巡って血がたぎり、廊下を挟んで見つめあうだけで下腹部がこわばった。

沈黙に気持ちをかきたてられる。グレースは自分が何をしているのかはっきりとわかっている。

けれどもギャビンはいいかげんな気持ちで戯れるつもりはなかった。

ただグレースが欲しかった――グレースのすべてが。包み隠さず、繕うこともなく。それに彼女なしで朝を迎えるのはごめんだ。

「グレース」ギャビンは呼びかけた。

グレースは何も言わなかった。おそらくそれが彼女なりの進め方なのだろう。渇望にのまれて身を任せ、あえぎとうめき声しか聞こえないような状態にしたいのだ。言葉はものごとを複雑にする。

感情も同じだ。

ギャビンはふたりの距離を詰めた。グレースの顎のラインを両手でたどり、唇をかすめるように合わせる。

「これを望んでいるのか?」ギャビンは腰を押しつけて、グレースの影響力を伝えた。シャツをつかまれて彼女の息を唇に感じると、下腹部はますますこわばった。「部屋に入れてくれ、グレース」低い声で頬にささやく。無精ひげがこすれて彼女が身を震わせた。「それで欲しいものはすべて手に入る」

ギャビンにはグレースが断れないとわかっていた。

18

グレースは飢えたようにベッドルームの壁に押しつけられて体を奪われるのではないかと思っていた。いい意味でどこか切迫した、少し荒々しい行為を頭に思い描いていた。

けれども実際には、ギャビンは後ろ手に閉めたドアにそのまま寄りかかり、ブラウンの目でこちらを見つめている。

「おいで」ギャビンが誘った。

普通ならそんなことを言われたら反抗するところだ。目をくるりとまわして、相手に来させるだろう。

けれどもギャビンとの関係に普通のことなど何もない。あのときも、そして今も。ギャビンは例外だ。彼にもそれがわかっている。グレースがわかっているように。

彼女は歩み寄った。抗えなかったからではなく、抗うのに疲れたからだ。そのことを、ギャビンに対する思いを否定するのはうんざりだった。

　グレースが手の届く距離まで行くと、ギャビンが彼女の腰に両手をまわし、あっというまに抱きしめられて唇を奪われた。グレースは彼の腕に身をゆだねながら、めまいを感じていた。触れられたあらゆる箇所が熱を発している。ギャビンの指がセーターの下に滑りこみ、片方の胸を包んだ。指の腹でからかうように頂をかすめられ、グレースはのけぞった。あらわになった首筋を唇でたどられて、悩ましい声がもれる。ギャビンに導かれてあとずさりし、膝の裏がベッドにあたったところで足を止めた。

「たまらないよ、グレース」ギャビンがかすれた声で言った。聞いたことのないような低い声だ。

「そうでしょうね」その言葉にギャビンがほほえんだのが暗闇でも頬に伝わってきた。

「つまらない冗談は僕の担当だぞ」慣れた手つきでマットレスに横たえられる。グレースの頭の後ろに手を添えて一緒に巨大なベッドに倒れこんだギャビンが身をかがめた。

　ギャビンのキスはドラッグのようだ——決してやめたくない。グレースが欲望で自由がきかない指を動かし、ギャビンのシャツのボタンを外すと、広い胸板がはだけた。美しく割れた筋肉に薄く広がる金色の毛が引きしまった腹部へと続いている。グレースはそれを指でたどり、ズボンのウエストバンドをもてあそんだ。

ギャビンが顔を寄せてもう一度キスをした。腰にあった手が前にまわってグレースのセーターの裾をつかみ、引きあげてそのままセーターを取り去る。

グレースは頭をマットレスの上に戻した。下腹部に欲望がわき起こる。体を引いたギャビンに熱い目で見つめられると、胸の先端が硬くなってブラジャーのレースを押しあげた。ギャビンの指がランジェリーの繊細な縁を耐えがたいほどゆっくりとたどっていく。

「君に必要なものはなんだ、グレース?」ギャビンが尋ねた。「これかな?」ハーフカップのブラジャーからこぼれる胸のふくらみに舌を這《は》わせた。

グレースの口から声がもれた。ギャビンの体に沿わせるように腰を突きあげる。触れていたかった。触れる以上の行為を、すべてを求めていた。

「頼むだけでいいんだ」ギャビンの声にからかいの響きが戻る。不敵な笑みを浮かべたギャビンにレース越しに頂を撫でられたグレースは、彼の肩をきつくつかんだ。

「お願い」

「なんだって?」ギャビンがグレースの首筋にキスをしながら、両手で胸から腹部へ、さらには腿をたどってヒップをつかんだ。グレースがヨガパンツの下に何もつけていないことに気づくとギャビンは声をもらし、甘やかに腰を押しつけてうめいた。

そう、もうすぐだ。

「何が必要なのか教えてくれ」ささやく声は先ほどよりもかすれている。腿の内側を指でたどられ、グレースは身もだえした。

どういうわけか、何が〝欲しいのか〟ではなく何が〝必要なのか〟ときかれたことで、いっそう頭がどうにかなりそうだった。ギャビンの言うとおりだ。これはただの欲望ではない。劣情でもない。

自分にはこれが必要だ。彼が必要なのだ。

ほかの人ならこれほど求めたりしない。

やわらかくて薄いヨガパンツの生地の上から手のひらをあてられて、グレースは声をあげた。優しく押されると体に歓喜の波が広がる。思わずギャビンの頭に手をまわして引き寄せ、たまらずにむさぼるようなキスをした。何もかもが必要だった。彼の愛撫も、心も、体も。ギャビンを求める気持ちがあふれだし、肌を合わせたくてたまらない。

「必要なのはあなたよ」グレースは息を弾ませてギャビンのズボンのボタンを探った。感じるのは彼の体の熱だけだ。唇を重ねるたびに電気が走る気がする。もっと欲しい。

グレースはヨガパンツのウエスト部分をつかまれると、脱がせやすいように腰を浮かせた。

ギャビンがいっときだけ離れて避妊具を装着した。彼の下腹部が押しあてられるのを感じて、グレースは息をのんだ。ふいに自分がどれほど潤っているかを強烈に意識した。

「これが必要なんだろう、グレース？」ギャビンが見つめてくる。狂おしいほど親密な瞬間だ。なぜならそのとおりだったから。何よりも彼が必要だった。

グレースはギャビンに両脚をまわして彼を受け入れた。

「ああ」悩ましい声がこぼれる。すぐあとに優しくキスをされた。唇を重ねたまま、ギャビンが動いた。キスでくらくらしているグレースの肌に両手をさまよわせる。

グレースはあっというまにのぼりつめそうになった。ふたりの感情は何時間も、何日もかけて高まっていた。

いや、何年もかもしれない。

グレースはギャビンの髪に指を差し入れて顔を引き寄せた。彼をもっと近くに感じたかった。

「ああ、すてきだ」ギャビンがグレースの肌にささやいた。「完璧だよ」

ギャビンの手がグレースのすらりと伸びた腿のラインをたどって脚のあいだをのぼっていき、親指で体の芯にゆっくりと円を描く。

グレースがギャビンの髪に絡めた手を握りしめると、彼は中心部に指を押しあてたまま角度をつけて奥まで鋭く貫いた。グレースの口から声がほとばしる。たまらなく心地よい。もっと欲しい。

でも、これがすべてだ。

彼がすべてだ。頭の中が真っ白になる。考えられるのは円を描く指の狂おしいほどの刺激と、最も敏感な部分を突かれる感覚だけだ。グレースはクライマックスへの階段を駆けあがった。

耳元でギャビンの息遣いが荒くなる。興奮のきわみにそれ以上耐えられなくなったとき、グレースの体が痙攣《けいれん》した。クライマックスはいきなり訪れた。ギャビンを包みこんだまま体が脈打ち、喜悦の高波にのまれてあえぐ。ギャビンがうめき声をもらし、最後にもう一度貫いてから快感に身をゆだねた。

それからしばらく互いを抱いていた。離れたくなかった。この瞬間を終わりにしたくなかった。

グレースはギャビンの肩に頭を預けた。体がいまだに至福と興奮の歌を奏でている。

彼女はまぶたを閉じた。これほどの安心感を覚えたことはなかった。

翌朝、グレースは気がつくとキッチンで男性のために朝食を作っていた。

こんなことをするのは初めてだ。そう思いながら卵を焼き終えた頃、階段がきしる音がした。自身の突然の変化にひるんでいる暇はない。

「また置き去りにされたかと思ったよ」ギャビンがアイランドキッチンの一角に並んだスツールに腰かけた。

グレースは目をくるりとまわして笑みを隠した。「だけど、ここにいるでしょう。置き去りにする代わりにあなたに朝食を作っている」なんでもないことのように言った。ギャビンの前のカウンターに皿を置き、コーヒーを注《つ》いだマグカップを添える。

それから自分の皿を持って向かい合わせに座り、こうしているのがどれほど心地よいかは考えないようにしながら卵をつついた。

ギャビンがベーコンを口に運んだ。官能的な魅力すら感じさせる面持ちでまぶたを震わせながら目を閉じて、悩ましい声をもらす。「君には苦手なことがあるのかい？」

「料理は作れるけど、オーブンを使おうとすると、たいがい爆発させてしまうわ」

「それならよかった。僕は一流のパン職人なんだ」ギャビンが自家製のサワー種のパンにアイリッシュバターをたっぷり塗って頬張る。「こうしてずっと料理を作ってくれるとしたら、僕を追い払えないぞ」

「パン職人ですって?」グレースは少し寝乱れた格好のギャビンが、眠そうな優しい顔をして毎朝このキッチンに立っている様子は想像しないようにした。たまらなく心を惹かれてしまうから。

「母は僕たちがキッチンを使いこなすのが好きだった」ギャビンが言った。「妹が生まれたのは僕も含めて兄弟たちが家を出てからだ。母は二十年も息子たちに囲まれていて、そのあと小さなサプライズが訪れたってわけだ。サラという子がね」

「つまり、妹さんには四人のお兄さんがいるということ?」

「しかも全員が法執行機関の関係者だ」ギャビンが答えた。

「まあ、かわいそう」

ギャビンが笑った。「でも妹には僕たちの助けは必要ない。父が何年も狩りに連れていってるから、妹が警察官になったとしても驚かないね」

「そう、血筋ってやつね」グレースは席を立って皿を片づけだした。ギャビンが皿をさげられる前にベーコンの最後のひと切れを口に入れたので、グレースはその皿も一緒にシンクに置いた。ギャビンが立ちあがり、グレースの背中に体を押しつけて両手で肩を包んだ。グレースは思わずがっしりとした体にもたれかかった。ギャビンの体が熱を発していて、火のそばにいるかのようだ。向き直ってキスをしたい。シンクの縁に腰かけて、脚のあいだに迎え入れたい。そこは彼の居場所だ。

「ごちそうさま」ギャビンが言った。距離が近すぎて、背中に触れる胸板から言葉が伝わってくる。「本当ならもっとましな、もっとあらわな方法で感謝の気持ちを伝えるんだが、洗車場でポールと合流しなければならない」

グレースは唾をのみこんで腿をきつく閉じた。「着替えてくるわ」彼女がそう言ったが、ギャビンは離れようとしない。「ギャビン」グレースは警告しようとしたものの、口からこぼれた声は懇願に近かった。

振り向かなくてもギャビンの顔がほころんでいるのがわかる。

ギャビンがグレースの肩から首へと右手を滑らせ、うなじの髪をそっと払った。唇が敏感な肌をかすめる。かすかに触れられてグレースは身を震わせた。昨夜の巧みな唇の動きを思いだす。

「そんなことをするなんてずるいわ」グレースは息を弾ませてギャビンの手首を返し、笑いながら腕の下をすり抜けた。「追いかけてこないでね！」

ギャビンの目が陰ったのを見て、当人すら気づいていなかった欲望を引きだしてしまったことを察し、胃がひっくり返りそうになった。ふいにギャビンがふざけて家の中を追いかけてくる場面で頭がいっぱいになった。それをかわしながら、笑い声を響かせて逃げ惑う自分の姿も見える。

ギャビンが足を踏みだし、グレースに逃げる間も与えずにキスで口をふさぐ。下唇を軽く噛まれて、グレースは全身を喜びに震わせた。

「ずるいなんて言うからだ」ギャビンが体を離した。

〈レッキーズ・モーターズ〉は広い店で、洗車用の区画のほかにオイル交換などを行う屋内駐車場も備えていた。すでに活気にあふれ、明け方の陽光が車の窓に反射してきらめいている。

赤いポロシャツと黒いズボン姿の男女がタオルを肩にかけ、洗車区画でせっせと車を洗っている。事務所は駐車場の一番奥にあった。

グレースは車を降りて赤いトレンチコートを肩にはおり、ギャビンとともに駐車場を横切った。ポールが到着して捜査官たちがＳＵＶから降りるのを目にして、そちらに手を振る。

「いい夜だったかい？」ポールに声をかけられた。

「なんですって？」グレースは頬を染めた。

ポールがけげんな顔をする。「何ごともなかったか？　ほかに不審物が届くことは？」

「ああ、そうね、すべて順調だったわ」

「君がグレースを説得して、ひと晩そばにいてくれてよかった」ポールがギャビンをねぎらった。

「ああ、よかったよ」ギャビンが相槌を打った。

ギャビンの返事から二重の意味をくみ取り、グレースはさらに赤くなった。ポールに同乗してきた捜査官たちはすでに散らばって従業員に声をかけ、車から離れるよう指示している。

「問題がなければ、従業員からの最初の事情聴取は僕が担当しよう」ポールが提案した。「ふたりはマネージャーと話をしてくれ」

「いいわ」グレースは言った。「始めましょう」

洗車区画に向かうポールと別れ、グレースが駐車場の奥にある事務所へと歩きだしたところで、ギャビンが彼女の腕に手を置いた。グレースは彼の手を見おろした。ブルーのシルクの薄い生地を通して熱が伝わってくる。その熱は体をあたためるというより震えを呼び起こした。

「僕に仕切らせてくれないか？」ギャビンがそっと腕を握ってから手を離した。「整備士といった車を扱うやつは……男くさいのが多い。君が相手をするより、僕のほうがいろいろ話してくれるだろう。くだらない男同士の絆《きずな》ってやつだ」

「男同士の絆はくだらないと思っているの？」

口元をゆがめるあの笑みが戻った。ギャビンがいたずらっぽく愉快そうな顔をしたのでグレースは驚いた。「君みたいな女性を軽く見る輩が多いからな」

「男の人はどんな女性も軽く見るくせに」グレースは皮肉っぽく言い返した。

ギャビンが声をあげて笑う。「まあ、そう思われてもしかたがない。ただ、君の頭は空っぽだと思ってる相手から情報を引きだすのは時間がかかると思うんだ」

「状況次第ね。気をそらされた犯罪者は口を滑らせがちだもの」

「それも一理ある」ギャビンが認めた。「でも、ここは任せてくれ。これまでずっと君にリードしてもらっていたから。まあ、ゆうべは別だが」

グレースがにらむと、ギャビンの笑みがますます大きくなった。

「そんなことを言うなんて信じられない」彼女は非難するように言った。心の奥で喜んでいる自分が気に入らない。

ギャビンが楽しそうに肩を軽くぶつけてくる。グレースの脳裏に家の中を追いまわされるという、そそられる場面がよみがえった。長いあいだ誰ともふざけあっていない。男性にそこまで気を許せなかったからだ。体を交えること自体はすてきだし、すばらしい。グレースは男性とベッドをともにすることが好きだった。

けれどもここ数年は、恐ろしいほど同じことの繰り返しだった。見た目のいい、成功した男性たちが熱く激しい体の関係を求めてグレースをベッドに連れこんだが、誰もが真剣になりすぎていて、好印象を与えたいという思いが見え見えだった。

ギャビンはグレースに好印象を与える必要がない。そもそもわかっているからだ。彼女の体だけなく、考え方も心の内も。

グレースが求めているものも。ギャビンは相手の心に入りこむ。グレースが殺人者の頭に入りこむように。その共通点は怖くもあり、うれしくもあった。

「いいわ」事務所に着くと、グレースは言った。「ここは任せる。でも必要なときは口を挟ませてもらうわ。主導権を握っているのは私だから」

「こっちに主導権があるなんて思うわけがないだろう」

ふたりは一緒に事務所へ入った。デスクの向こうに立つバーコード頭の背の低い男性が、いらだった様子で眉根を寄せている。

「やあ、どうも」ギャビンがＦＢＩの身分証を開いてカウンター越しに突きだした。

マネージャーはそれが偽物だと言わんばかりにじっくりと観察した。

「あんたたちは作業の邪魔をしてる」マネージャーは全従業員に洗車区画から離れるよう指示しているポールと捜査官たちを指さした。「捜索令状はあるのか？　こっちは分単位で損を出してるんだ」

「邪魔をして本当に悪いな」ギャビンが相手の不満などどこ吹く風でカウンターに寄りかかった。「すぐに出ていくよ。仕事熱心な従業員たちが仕事に戻れるように。僕はウォーカー捜査官」グレースのほうに頭を傾ける。「彼女はシンクレア捜査官、僕の相棒だ。彼女はいくつか質問があるんだが、あんたなら答えられるんじゃないかな。この全部を仕切ってるんだろう？」腕を広げて事務所の中と窓の外の駐車場を示す。

自分の力をさりげなく認められ、マネージャーの目の奥で何かが揺らめいた。「ああ、そうだ」男が肩の力を抜いた。

「それならシンクレア捜査官が必要としてるのはあんただ」ギャビンが言った。「彼女は極悪人を追ってる。恐ろしい男だよ。シンクレア捜査官はプロファイリングってのをやるんだ。ほら、人物像を割りだしたりするやつ」

「プロファイリングなら知ってる。テレビで見るからな」

「そうだった」ギャビンが言った。「彼女みたいな人を取りあげた番組がいくつもあるのをしょっちゅう忘れてしまってね。でもシンクレア捜査官は本物だ。わかるだろう？　質問に答えてやってくれないか？」

マネージャーはグレースに視線を投げて値踏みしているようだ。「かまわないが」

グレースはほほえんだ。彼女から魅力的でうれしそうな笑みを向けられると、男性はひざまずき、こちらが巧みに用意した役割をすんなり果たす。「本当に助かります」グレースは声をかけた。「では、従業員のことを頭に思い浮かべてください」優しく穏やかに話す。「私はある男を探しています。年はおそらく四十代前半。あるいは三十代後半かもしれません。十中八九、白人です。体は引きしまっています。といっても、過剰に筋肉質だとか鍛えすぎていることはありません。ひとりでいるのを好みますが、変人というわけではない。礼儀正しくて、遅刻はせず、仕事をきちんとこなし、誰からも文句を言われない。人づきあいを避けていて、長時間勤務のあとにビールを飲みに行くタイプではないものの、頼まれれば追加でシフトに入ります。それから、六月後半の二週間は出勤していたと思われます」

「レイモンドのことみたいだな」マネージャーが口を開いた。「でも四十代じゃない」

「年齢を言いあてるのが一番難しいんです」グレースはマネージャーを安心させよう

とした。「レイモンドという人について教えてください」

「よく働く男だが、本当におとなしい。最初の数カ月は吃音《きつおん》か何かかと勘ぐってたくらいだ。でも話をするのが好きじゃないだけだとわかった」

「今日は来ていますか？」グレースは首を巡らせて、ポールや捜査官たちが事情聴取を始めたあたりに視線をやった。

「いや、実はここ二、三日、姿を見せてない」マネージャーが答えた。「病欠するっていう電話もよこしてない。やつにしてはちょっと妙なんだが」

「レイモンドの写真はありますか？」グレースはきいた。

マネージャーが首を振った。

「ロッカーは？」ギャビンがたたみかける。

「ああ、休憩室にある。見たいんだろうな」

「ええ、ぜひ」グレースは言った。

「あんたはさがってたほうがいい。安全のためだ」ギャビンがマネージャーにそう指示しているあいだに、グレースは手袋をはめた。

ギャビンが先端に小さな鏡がついた銀色の棒をグレースに渡すと、マネージャーが口笛を吹いた。「いったい何が入っていると思ってるんだ？」

「用心するに越したことはない」ギャビンが答えた。

グレースはマネージャーの鍵を使って南京錠《なんきん》を外し、鏡が入る幅だけロッカーを開けた。角度をつけて内部を調べる。金属の壁しか映らない。グレースはドアをつかんで全開にした。

「何もないわ。中は空よ」

「片づけたんだろうな」ギャビンが言った。「そいつが犯人だと思うか？」

「可能性はあるわ」グレースは答えた。「レイモンドの住所はわかりますか？」今度はマネージャーに問いかける。

マネージャーが首を振った。額に汗が伝っている。

「書類に記入されていないんですか？　提出してきた履歴書とか？」

マネージャーが救いを求めるようにギャビンを見た。

「不法就労か？」ギャビンが言う。

「その、状況が厳しくて……」マネージャーが不安そうに答えた。

「心配するな」ギャビンがたいしたことではないとばかりに肩を叩いた。「脱税でしょっぴこうなんて考えちゃいない。ちょっとした不正より、もっと心配しなきゃならないことがある。安心してくれ」

「やつにはいつも現金で給料を払ってた」マネージャーが白状した。「どこに住んでいるかは知らないが、ときどき三十六番バスを使うのは知ってる。だからその経路のどこかに住んでるんじゃないかと思う」

「助かる」ギャビンが言った。「ここで指紋を採らせてもらうが、かまわないか？それでたぶん仕事に戻ってもらえるだろう」

「ポールに知らせないと」グレースは口を挟んだ。「ご協力ありがとうございました」マネージャーに言う。

グレースはギャビンがついてくる足音が聞こえていたが、追いついてドアを開けてくれるまで彼を見なかった。

「さすがの腕前ね」涼しい屋外へ足を踏みだしながら言った。

「僕は顔がいいだけじゃない」ギャビンがウインクする。

グレースは口角をあげた。「なんでも冗談にするんだから」

ギャビンが肩をすくめる。「防衛機制ってやつだ。君の前だと緊張するからかな」

「あなたが？　緊張？」グレースは鼻で笑った。

「今だって落ち着かないんだ」ギャビンが真面目な顔で返した。

この人はどうしてこんなに魅力的なのだろう。しかも自分が慣れ親しんできた、そつがなくて品がいいたぐいの魅力とは違う。グレースはこれまであらゆるタイプの男性とつきあってきた――博士、神経外科医、政治家。それこそ軍のエリートタイプとも。けれどもギャビン・ウォーカーの気配り、ユーモア、気負いのない心地よさには何かがある。彼自身に備わっている何か、グレースが抗おうとしても引きこまれてしまう何かが。

「疲れてるみたいだな、グレース」ギャビンの目の輝きが薄れた。

「まあ、それって女性なら誰もが聞きたい言葉ね」今度はグレースが防衛機制を使う番だ。「寝かせてくれなかったのはそっちよ」

ギャビンが力なくほほえみ、それから唇を引き結んで真剣な顔をした。「この件で神経をすり減らしてるんだろう」

「平気よ」グレースは語気強く言い返したが、ギャビンの表情から信じていないのがわかった。

「いいや、平気じゃない」どういうわけか優しいそのひと言で、グレースが抑えつけていたあらゆる感情がこみあげてきた――呼吸をするごとに押し寄せる、解ける見込みのないパズルに対する恐怖と後悔と罪悪感が。それは圧倒されるほどだった。感情にのまれてくずおれそうになる。それでも踏みとどまった。そうするよりほかになかった。

「平気なの」グレースはギャビンを納得させようとして率直に言った。心の中では手遅れではないかと恐れていた。殺人犯が最後のイヤリングを〝贈る〟女性をすでに見つけているのではないかと。けれどもこれが終着点になるのかもしれない。すべての道がレイモンドへとつながり、レイモンドが逮捕されてきれいに片がつくかもしれない。

とはいえ、人生――そして死――がきれいに片がつくことはめったにない。

「僕なら力になれる」ギャビンが言った。彼は真摯な目をしている。本気で言っている。グレースはギャビンを信じた。

それでも、そこまで心を開ける自信がなかった。もう二度と。

グレースは大きく息を吸った。

だけど、できるかどうか試してみるときかもしれない。

19

愛しい君よ

こうするのが次第にたやすくなってきた。

難しいだろうと最初は思っていた。ところがどうだ。体じゅうが目覚め、アドレナリンとドーパミンが体内を駆け巡る。殺しは考えうる限り最も強力なドラッグだ。病みつきになり、めまいに襲われるほどの抗えないスリルがある。抗いたい者などいるだろうか？

君が初めて殺したのは誰だ？　犯した罪に悩まされるか？　涙は出たか？

ひょっとすると、これは想像だが、君の中の一部はその行為を気に入ったのではないか。

相手が最期だと悟った瞬間に、その目をのぞきこむ力を手に入れてしまったら……。しかも自分のせいで相手はなし遂げられなかったあらゆることを悟り、もう終わりだと気づくのだ。

そう、そんな気分はほかでは味わえない。

己の力に屈服させることは美しい。すべてが明快な地点に到着し、ナイフの刃先のように研ぎ澄まされて、ガラスのごとく澄み渡る。

そして女の命は尽きる。もはやいなくなっても誰も悲しまない、哀れなあばずれの抜け殻と化す。

私は世の中に恩恵を施している。ほかのやつらのときと同じく、地球のごみを排除しているのだ。

私は実践を積んでいる。完璧に近づいている。

君のために。

もうすぐ君のそばに戻る。

君のことを考えるだけで心が満たされる。涼やかな風が肌を撫でるかのようだ。すぐに君はいやおうなく目のあたりにする……私がどんな人間になったかを。君が私をどう変えたかを。

結局、これはすべてを終わらせる手段にすぎない。

私は君をゲームに引きずりこんだ。利口な君はいくつかの謎は解いた。だがパズル全体を解くにはほど遠い。私は非常にすばやく動き、君が私の選んだ死の迷宮のスタート地点に着く頃には、はるか先を行っている。

見せつけてやろう。出し抜いてやろう。そしてそのかわいい目をのぞきこみ──ついに痛みを与えるのだ。君が私にしたように。

君が次の段階に進むのが待ちきれない。君は常に自分の価値に揺るぎない自信を持っていた。学生時代においてさえも。それを利用させてもらおう。

私はいつも君の五歩先を行く。君を理解しているからだ。誰よりも理解している。

誰よりも愛している。

だが、君は私の愛を受けるに値しない。君は私のもとを去った。くだらない本を書いた。人の手など借りずに実力でのぼりつめたのだとばかりに、売女《ばいた》のように振る舞っている。

君は私から逃れようとした。うまくいったと思っただろう。だがそうではないと、すぐにわかる。決して逃れられないと。

君は私のものだ。その事実は決して揺るがない。

それを思いださせてやらなければ。次のプレゼントを手始めに。すべきことはまだまだあるが、やるだけの価値はある。

もうすぐ、ふたりだけになれる。私たちだけに。そしてその大きな目に涙と恐怖を浮かべ、君は敗北を悟る。

そして私は勝利する。

20

鑑識班がロッカーから採取した指紋の分析をするには三十分かかる。結果が届くまで、グレースは駐車場付近で小さな円を描くように歩きつづけた。ギャビンがほかの人たちを遠ざけて、自らも距離を置いた。ありがたかった。誰とも口をききたくない。考える時間が欲しい。

けれども考えることすらままならなかった。日中の熱気がこたえだし、湿気でシャツが不快なほど背中に張りつく。

〝この犯人に洗車の仕事は単調すぎる〟と頭の中でささやく声がする。グレースは足を止め、洗車場を見ながら考えこんだ。

単純作業はまやかしかもしれない。自分が受けた相応の教育を否定されたと感じたとき、ふたつのことが起こりうる。ひとつは長年かけて恨みを積もらせること。もうひとつは自尊心を高めることだ。自分がその場所で最も聡明であるにもかかわらず将来性のない仕事から何年も抜けだせないのは、受けた教育に見あう機会が与えられなかったせいだと思っているのなら、自己中心的な人物になりかねない。

グレースは最高に自己愛の強い人物を相手にしているという確信があった。優越感が異常なレベルに達し、もはや〝劣った〟人たちから奪ってきた権力だけでは満足できなくなっている。

グレースは額に浮かんだ汗をぬぐい、シャツの前を引っ張って肌とのあいだに空気を取りこもうとした。昨年のクリスマスを過ごしたスイスの別荘が恋しい。真っ白な綿雪をかぶった丘。すがすがしいひんやりとした空気。

「グレース、ゾーイーから電話がかかってきてる」

振り向くとギャビンが自分の携帯電話を差しだしていた。すでにスピーカーモードに切り替わっている。

「私もいるわよ、ゾーイー」声が届くようにギャビンに近寄った。「ここは地獄並みに暑いわ。あなたは冷房のきいたオフィスにいられてラッキーよ」

「私はラッキーガールだから」ゾーイーの元気な声が電話越しに響く。「ところでギャビンには話したんだけど、ロッカーの指紋はレイモンド・ニュージェントという男のものだった。白人で三十歳。バージニアの出身だけど、ここ十年はメリーランドに住んでる」

「前科は？」ポールがきいた。

「いくつかあるわ」ゾーイーが確認する。「でも未成年のときのささいな犯罪で、開示されてはいない。風紀紊乱《びんらん》、万引き、公然猥褻《わいせつ》。十八歳になってからは交通違反の切符を切られたくらいで、あとはまっとうな生活を送ってる」

「結婚しているの？」グレースは尋ねた。

「いいえ、結婚歴はない」

「母親はシングルマザー？」

「ええっと……調べてみる。ちょっと待って」キーボードを打つかすかな音が聞こえる。

「女性に対する問題が原因か？」ギャビンがグレースの思考を中断させることなくヒントを与えてくる。

グレースはうなずいた。

「グレースに賞をあげて」ゾーイーが会話に戻った。「レイモンド・ニュージェントの父親の親権は、レイモンドが生まれる前に剝奪《はくだつ》されてる。虐待が原因よ。レイモンドの母親が妊娠四カ月のときに階段から突き落としてる」

「なんてことだ」ギャビンが嫌悪に顔をゆがめる。

グレースは唇を噛んで事実を頭の中でつなぎあわせた。「ゾーイー、母親はまだ生きているの？」

「今、確認してる」ゾーイーの声がする。

「母親の死がすべての引き金だと？」ギャビンがきいた。

「その可能性はあるわ」グレースは答えた。

「シーラ・ニュージェントは生きてる」ゾーイーが伝えた。「でも……ああ、去年、老人ホームに入所した。認知症を患ってるわ」

見つかった。きっかけとなる出来事が。それが引き金となって、瀬戸際で踏みとどまっていた精神病質者《サイコパス》が一線を越えた可能性もある。

「了解」グレースは言った。「ゾーイー、レイモンドの住所をギャビンの携帯電話に送って。これから行って本人と話してみるわ」

「未成年のときの犯罪歴は、十八歳の誕生日を境に全部非公開になっている」グレースはゾーイーがタブレットに送ってくれたファイルをスクロールした。「この十年ではスピード違反の切符を一度切られただけ。これが私たちの捜している人物なら、十代の万引きから連続殺人に手を染めるまでの変化が速すぎる」

「ゾーイーはほかにも何か見つけたのか？」ギャビンがワシントンDCの南西へと幹線道路を運転しながらきいた。

「ウェブサイトの記録によれば、片手間に素人のポルノサイトを運営している」グレースは答えた。「ああ、気持ち悪い」顔をしかめる。「〝一夜限りの火遊びを求める情熱的な人妻向け〟ですって」

「なるほど、それは間違いなく女性嫌悪の側面に合致するんじゃないか」ギャビンが車線変更の合図を出して、ステーションワゴンの後ろについた。「それに直近の殺害現場には写真を残してる。それも別の形の視覚的記録だ」

「たしかに」

「犯人が性的不能者だという説は生かしておくべきかな？」ギャビンがきいた。「でもこれがセックス絡みなら、どうして性的暴行の痕跡がないんだろう？　ナンシー・バンタムのときなんて、一番長く一緒にいて、風呂にまで入れ、体に触れて、儀式的な行為までしたのに」

「性的不能者だったら、ここまでの殺人方法に刺殺が含まれていると思う」グレースは言った。「貫くという行為を表すから。実際に……」視界の隅にギャビンの不快な顔をとらえて、言葉が尻すぼみになった。「おぞましいことはわかっているわ」

「まったくだな。だが、それがわれわれの仕事だ。僕はその……こんな連続殺人事件は初めてなんだ。正直言って、これが最後であってほしい」

「そうはならないでしょうね」グレースは静かに言った。

ギャビンが五番街の方向へ曲がり、そこから数キロ走らせた。住宅や建物が次第にみすぼらしくなり、ようやく〈スリーピー・レスト・トレーラー・パーク〉の故障したネオンサインがある場所に到着した。

「レイモンドが私たちの捜している男かどうか確かめましょう」グレースはギャビンが当惑していることを強く意識しながら声をかけた。

ギャビンが車を停めたのは、かつては色も明るくてきれいだったのだろうと思われる、壊れそうなキャンピングトレーラーの隣だった。黒く塗られているが明らかにスチール用ではない塗料が使われ、窓のあたりが大きくはがれている。

グレースは銃を抜いた。言われるまでもなくギャビンがリボルバーを手にしているのを確認し、ふたりでトレーラーに近づく。ギャビンがドアをすばやく叩いた。「レイモンド・ニュージェント、いるのか？　FBIだ！　ドアを開けろ！」

緊張の瞬間だ。このときばかりはいつもひやりとする。失敗するのではないか、犯人が銃を連射しながら出てくるのではないかと考えるからだ。どれほど長くこの仕事をしていてもそれは変わらない。毎回そうだ。計れないほど短く、信じがたいほど長い時間。グレースは身を引きしめて備えた。

何が起きても対処できる。

しかし今回は硝煙の代わりに静寂に出迎えられた。ギャビンは再度ドアを叩き、グレースに裏へまわるよう頭を傾けた。

グレースは中腰で銃を掲げ、俊敏かつ滑るようにトレーラーの不安定な階段をおり、周囲を巡って再び窓際に寄った。中をのぞいたが、なんの動きも認められない。

「異状なし」彼女は声を張りあげて、足早にトレーラーの正面に戻った。

「突入するぞ」ギャビンが合図した。

ドアの鍵は開いていた。まずい兆候だ。トレーラー・パークの住人が鍵をかけずにいるはずがない。これでは盗みに入ってくれと言わんばかりだ。ギャビンが先に入り、グレースはすぐあとに続いた。けれども黴《かび》と煙草《たばこ》のにおいがしみついた車内に足を踏み入れたとたん、グレースは銃をおろした。

「くそっ」ギャビンが目の前の床を見おろして悪態をついた。

首まわりに青黒い痣《あざ》がついた男――死因は絞殺だとグレースはぼんやり考えた――

が狭いリビングルームスペースの中央であおむけに倒れている。服をすべてはぎ取られ、腰にはベルベットの大きなクリスマスのリボンが巻かれていた。うつろな目はトレーラーの天井を見あげ、両手は広げられて磔《はりつけ》の形を取っている。

グレースの胃がずしりと重くなった。これもまた目くらましだった。犯人はレイモンドを入念に選び、彼の過去を利用してグレースを〝ひょっとして〟という幻想の世界へ導いた。今回も踊らされたのだ。

今回も一連の事件の犯人に数歩先を越されている。

グレースはいかなる証拠も損なわないよう慎重に近づいた。しゃがんでポケットから懐中電灯を取りだし、リボンを照らす。

リボンの結び目でダイヤモンドのイヤリングがきらめいた。


三十分後、トレーラー・パークはFBIの捜査官でごった返していた。グレースは検死官が到着した時点でトレーラーの外に出た。トレーラー内がこみあってきたからだ。気を紛らわせようと携帯電話を確認したり、事実を見直したりしたものの、見られているという不気味な感覚と圧倒的な罪悪感が肌の下を這うのは止められなかった。

周囲では捜査官たちが近くのトレーラーをまわって聞き込みをしている。けれどもなんの収穫もないだろうとグレースにはわかっていた。

注意深い犯人が誰かに目撃されるようなへまをするはずがない。

「ねえ、大丈夫？」

グレースが振り向くと、ぼんやりとしたブルーのものが目に入り、ゾーイーの髪だと気づいた。知らぬ間に、慰めが必要だと言わんばかりにわが身に強く腕をまわしていた。グレースは力を抜いて伸びをすると、ゾーイーに笑顔を向けた。「考えごとをしていただけよ」

「検死官が作業をしやすいように私も出てきたの」ゾーイーが朽ちかけた庭用の木の椅子が積まれた場所をまわってグレースの隣に立った。

「何か見つかった？」グレースは尋ねた。

ゾーイーがいらだった様子で勢いよく息を吐き、唇を引き結んだ。「指紋なし。毛髪なし。飛び散った血痕なし。足跡なし。ＤＮＡもまったくなし。手ごわい相手だわ」

「本当にそうね」グレースは同意した。そして犯人は彼女にそれを知らしめようとしている。自分が優位な立場に立っていることを思い知らせようとしている。

「ねえ、ちょっときいてもいい？」

グレースはうなずいた。

「前に現場で、この犯行は女性嫌悪と女性の成功が許せない気持ちから来てるっていう話をあなたとギャビンはしたけど、今回は……男性が被害者だわ」

「わかっている」グレースは抑えきれない不安を声ににじませた。遺体を発見してからそれが引っかかっていた。ミスター・アンダーソンは巻き添えを食って殺されたとも考えられる。でも今回は？　犯人はなんらかの理由でレイモンドを選んでいる。

自分は何を見落としているのだろう？　被害者たちには自分が気づいていない、ほかの共通点があるのだろうか？

これまでの殺害に見られた女性嫌悪という傾向も目くらましだったのだろうか？　私の注意をそらすための策略？

この男に関して何かひとつでもたしかなことがあるだろうか？　犯人は注意欠陥障害の患者のように、被害者探しと殺害のシナリオを繰り返している。そのすべてがゲームなのだろうか？

標的や殺害方法よりも、ゲームの要素が強い？

グレースは背筋を伸ばし、肩をこわばらせた。

もしゲームそのものだとしたら？　もともと殺しの衝動すらないのかもしれない。

グレースの注意を引く確実な手段として、彼女をゲームに参加させるために手あたり次第殺している？

それが唯一の動機なら——考えただけで恐ろしい。そんな超然とした悪の領域に到達できるのは、本物のサイコパスだけだ。その強迫観念の強さにグレースはぞっとした。いったいいつから彼女を観察し、これを計画していたのだろう。

何カ月も前から？

何年も？

最初の本が出版されたのは二十四歳のときだ。小説がきっかけで目をつけられたのなら、犯人は四年かけて妄想をふくらませ、現実的で複雑な計画を練りあげたことになる。

「グレース？」

グレースはぎくりとした。恥ずかしいことに、考えこんでいるあいだゾーイーの存在をすっかり忘れていた。「ごめんなさい。長い一日だったから」

「グレース」ギャビンが身をかがめてトレーラーのドアから顔を出した。重苦しい表情だ。「見せたいものがある」

グレースは新しい手袋をつけ、トレーラーのぐらつく階段をのぼった。車内ではギャビンが見つめる中、鑑識班が仕事に没頭している。遺体はまだ袋に入れられていない。グレースはそのことに影響を受けまいとしたが、ボートに乗っているかのように胃がむかついた。この人は――すべての犠牲者は――おそらくグレースのせいで死んだのだ。

そんなふうに考えてはだめ。グレースは自分に命じた。

犯人の思うつぼだ。

「何を見つけたの？」グレースはレイモンドの脇にかがみこんでいる検死官のレベッカに声をかけた。

「遺体を運ぶ準備をしようと思ってリボンをほどいたの。そうしたらこれが出てきた。あなた宛になってる」レベッカが長いピンセットでつまんだ皺の寄った紙切れを差しだした。グレースは受け取った紙を引き寄せ、途切れがちに読みあげた。

愛しい君よ

君がどれほどプレゼントを好むか知っている。私がパズルを楽しむのと同じくらいだろう。

もう解けたかな？　それとも、そのもろい頭脳は私がしたことをいまだ解明中なのか？　私が計画していることを？

心配するな。すべてを説明してやろう。

もうすぐ。

その言葉の重みでトレーラーの車内は息苦しいほど静まり返った。グレースは手が震えないように腕の筋肉を緊張させなければならなかった。喉がからからだ。しゃべるのが怖い。早口になったり咳きこんだりして、怯えている姿をさらけだしてしまいそうだ。

ゆっくりと呼吸をして、感情を制御しようとする。今、自分に必要なのは……。

ああ、何が必要かもわからない。突然、トレーラーの壁がありえないほど小さく感じられた。ここから出たい。新鮮な空気を吸いたい。

けれどもそんなことをすれば犯人の企《たくら》みどおりになってしまう。彼はグレースが打ちのめされることを望んでいるのだから。思いどおりにはさせない。させてはならない。

そもそも犯人が嫌悪しているのは成功した女性ではないのかもしれない。特定の成功した女を憎んでいるのだ。グレースを。

痛めつけ、感情を支配したがっている。これが真の目的なのではないかと思えてきた。彼女の心をとらえ、いかようにも操ることが。

犯人はおののく無力な女を求めている——そんなふうにはなってたまるものですか。

「見てもいい？」ゾーイーが後ろから声をかけた。

グレースは紙切れを見せた。

「なるほど、とんでもなく不気味ね」ゾーイーが言う。

「まったくだわ」検死官のレベッカが同意した。「倒錯した男のラブレターって感じ」

「君を引きずりおろしたくてしかたがないんだ」ギャビンが怒りでこわばった声を出した。「もろい頭脳？　冗談じゃない。君の頭脳は完璧だ」

いつもならギャビンの怒りに笑みをこぼすところだが、今はにこりともできない。

「これを証拠袋にしまってもらえる？」グレースはゾーイーに紙切れをつまんだピンセットを注意深く渡した。「ギャビン、ちょっといい？」

ギャビンが外までついてきた。「大丈夫か？」ブラウンの目に気遣いがにじむ。

「ここでは被害者学がまったく通用しないわ」グレースは切りだした。

「それが関係あるのか？　犯人が直接意志を伝えてきてるのに」ギャビンがきいた。

「こちらに接触してきている。爆弾の小包に仕込んであったのもパズルだったが……ここにあるのは別のパズルだ」

「でも、これは脅しだわ」グレースは小声で言った。

「かなりあからさまな脅しだな」ギャビンが険しい顔になる。

遠くで車のクラクションが鳴った。グレースが振り向くと、道をふさいで駐車中のSUVの列の最後部にテレビ局のワゴン車が数台停まろうとしている。

「誰がマスコミを呼んだんだ？」ギャビンが顔をしかめる。

グレースは目を見開いた。「ああ、そういうこと」ある考えが頭に浮かび、きびすを返してトレーラーの中に駆け戻った。

「グレース、いったい何を――」ゾーイーが驚いて言いかけた。

グレースはそれには答えず、天井と四隅を見あげた。どこにあるのだろう？　どこかに仕掛けられているはずだ。

「マスコミに電話をかけたのは犯人よ」グレースはへこんだマットレスにのって、天井の縁を指でなぞっていった。「これは犯人なりの見せしめなの。観客が欲しいんだわ。私よりも頭が切れると自負しているだけではもの足りなくて、みんなからそう思われたいのよ」ベッドルームスペースでは何も見つからなかった。ベッドからおりて足早にトレーラーのリビングルームスペースに戻り、煙探知器を見つめて目を細める。

探知器を壁からもぎ取り、ひねって開けた。中には電池と導線に埋もれた小型カメラが入っていた。

「あったわ」グレースはゾーイーにカメラを差しだした。

「ウェブカメラね」ゾーイーが声をあげた。「伝送距離は短い。つまり……」

「犯人は近くにいる」ギャビンが言葉を継いだ。

グレースは煙探知器を掲げ、カメラの中心を見据えた。怖がったりするものか。体の中を這いのぼる恐怖ははねつけた。恐怖を感じたりしても、いいことなどひとつもない。なんの助けにもならない。相手をつけあがらせるだけだ。

捜査官が散開して近隣の確認を始める前には、犯人は姿をくらましているだろう。けれどもこの瞬間はこちらを見ているという確信があった。

「すぐに追いついてやるわ」グレースの声には揺るぎない決意がにじんでいた。「覚悟しなさい」

21

トレーラー・パークで現場検証を終えて証拠を残らず回収した頃には日が陰りはじめていた。

「家に帰るんだ」ポールが会議室にいるグレースとギャビンとゾーイーを見かけて声をかけた。三人はなんとか被害者たちの接点を見いだそうと、五度目となる全スケジュールの見直しを行っていた。「少しやすんで、明日すっきりした頭で来てくれ。向こうがまた行動を起こすまで、こっちは身動きが取れない」

グレースは反論したかったが、ポールの言うとおりだとわかっていた。犯人は実に慎重で、追跡できる証拠は残さない。向こうが接触を試みるか、再び殺しを行うまで、打つ手はなかった。

グレースは待つのが一番嫌いだった。とはいえ、この件に関して長く待つことはないはずだ。殺人犯は己の邪悪な欲望を解き放ち、もはや抑えがきいていない。また動きだすだろう。あいだを置かずに。

しかし、それはさらなる被害者が出ることを意味する。さらなる死を。

「その頭の中では何が起きているんだ？」ギャビンが問いかけながら、グレースのタウンハウスに車を寄せた。

「行きづまっているのが我慢ならないと思っているだけ」グレースはSUVを降りた。ギャビンが続いて家に入り、ふたりは内部を確認してからキッチンで合流した。

グレースは焦りを覚えていた。ストレスと罪悪感でいらだち、肌がぴりぴりする。自身の一部が、何かを見落としている、それは目の前にあると告げている。でも見えない。その感覚に頭がどうにかなりそうだった。

何かしなければ。なんでもかまわない。

冷蔵庫を少々乱暴に開けた。ドアに入れてあるボトルががたがたと音を立てる。

「何か食べる？」

「僕のために作らなくていい」ギャビンが言った。

「あなたのためじゃないわ。ふたりのためよ」グレースはうわの空で言いながら、クリームとパルメザンチーズとスティックバターを取りだした。「フェットチーネ・アルフレードでいい？」

「完璧だ」ギャビンが言った。「何か手伝うよ」

「いいからそこに座って、すてきな顔をしていて」

ギャビンが笑った。「見かけだけが理由で僕をそばに置いているのはわかっていたけれどね」

「もちろんそれだけよ」グレースは振り向きざまにウインクした。ギャビンが椅子の上で体の位置を変えたとき、彼の目に激しい炎がよぎったのを、彼女は見逃さなかった。グレースはパスタを茹《ゆ》でる湯を沸かし、ガーリックを切ってからアルフレードソースの材料を量った。

「料理は誰に教わったんだい？」ギャビンが声をかける。

「あちこちでちょっとずつね」グレースは言った。「この街で暮らしているとテイクアウトの料理で生きていけるけど、家で作る食事には特別なものがあるから」

「最も純粋な愛の形だな」ギャビンがくつろいだ口調で言った。

アイランドキッチンを挟んでふたりの視線が絡みあった。とてもくつろぐどころではない。

相手が何を望んでいるかがわかるので、いつものグレースなら尻ごみするところだ。プロファイラーであるがゆえに、人々の望みを本人たちよりも先に察知してしまうことが多い。でもギャビンは？　彼は自分から望みを口にする人だ。

ギャビンは過去に恋に落ちたことがあるのだろうか。そうは思えない。一度愛すると、一途に思いつづける気がする。

彼は永遠の関係を好むタイプで、グレースはひとりの男性には縛られないタイプだ。まさに不幸のもと。一緒にいようなどと考えるのは最悪だ。

それなのに、そんなことを気にしてはいられない。ギャビンはもっと多くを求めたい気分にさせる人だから。

パスタが茹であがり、グレースは絶妙なタイミングで仕上がったソースと絡めた。バゲットを半分に切ってハーブバターを薄く塗り、グリルで数分焼く。キッチンで立ち働く様子にギャビンから称賛のまなざしを向けられているのはわかっていたが、気づかないふりをした。それでも火がついたように、そこにいるのに触れてもらえないことが苦痛に思え、肌が熱くなった。

「リビングルームで食べましょう」グレースは提案した。ギャビンのように気の置けない人に、ダイニングルームはかしこまりすぎて合わない気がした。

ギャビンが家にいるのはいいものだ。グレースはパスタの皿をソファのほうへ運び、コーヒーテーブルを引き寄せてそこに置いた。先に注いでおいた白ワインのふたつのグラスをギャビンが運んでくる。グレースが脚を折って座り、パスタをフォークに巻きつけていると、隣に座ったギャビンのあたたかい腿が腰に触れた。グレースは思わず彼の膝にのりたくなったが、どうにかこらえた。

「君にできないことはないんだと本気で思えてきたよ」ギャビンがしばし目を閉じて濃厚なソースを味わった。

「だけど、この殺人犯を捕まえられる気がしない」グレースはそう言ってからため息をついた。「ごめんなさい」

「謝る必要はない」ギャビンがなだめた。「これはひと筋縄ではいかない事件だ。それにどんどんエスカレートしている。捕まえたいのは僕も同じだ」

「連続殺人事件の難しいところよね」グレースは気持ちを引きたてようとワインを口に運んだ。「科学捜査の証拠で犯人を逮捕できなければ、あるいはプロファイリングで犯人を絞りこめなければ、また殺人が起きるまで手をこまねいているしかない。次の犠牲者が出るのをただ待つなんて耐えられない」

「宝石店では四組のイヤリングしか売ってないという話だったじゃないか」ギャビンが思いださせた。「これまでの殺人にはひとつだけ共通点がある。イヤリングを現場に残すことだ。イヤリングはすべて使いきった」

「ほかの店でもっと買ったかもしれないわ」グレースは力なく言った。

「次の段階に向かっているのかもしれないぞ」ギャビンが言った。

グレースには次の段階に何が含まれているのかわかっていた。自分だ。グレースの痛み。グレースの苦しみ。

彼女を殺すこと。

突如として疲労と絶望感に襲われ、ソファに沈みこんだ。それが顔に出ていたらしく、ギャビンが腕をまわして引き寄せてくれた。グレースは進んで体をゆだねた。

「よし」ギャビンがきっぱり言った。「ここまでだ。息抜きしよう。四六時中考えてたっていいことはない。これは預かるぞ」グレースのワイングラスを引き取ってファイルの横に置いた。「食器をさげてくる」ギャビンが皿を手にしばしキッチンに姿を消した。水を流す音がして、皿の汚れをざっと落として水に浸したギャビンがリビングルームに戻ってきた。「さあ、行こう」ギャビンが手を引いてグレースを立たせ、両手で腰を支えた。「事件のことは忘れるんだ。映画でも見ようか？」

グレースはほほえんでギャビンの頬を指でなぞった。あたたかくて少しちくちくする。今日はひげを剃《そ》っていないのだ。

「いいえ、映画は見たくない」グレースは答えた。「二階のベッドに連れていって。

私が事件のことを忘れるまで愛を交わしてほしい」

ヒップにあてていたギャビンの手に力が入った。グレースの言葉に対する反射的で無意識に近い反応だった。「愛は交わさないんじゃなかったのか?」ギャビンの声はグレースにも特定できない感情でかすれていた。

グレースはキスをしてギャビンに身を預けた。両腕できつく抱きしめられ、安心感と充足感で頭がくらくらした。

「気が変わったのかもしれない」グレースは言った。

たぶんギャビンが変えたのだ。

グレースが目を覚ましたとき、外はまだ暗かった。ギャビンは熟睡しているが、彼女はいつのまにか抱きしめられていた。彼は最初はベッドの反対側で寝ていたのに、夜のあいだにじりじりとこちら側に進出し、今ではふたりは体を絡めあっている。

グレースは時計を見あげた。まもなく午前三時になろうとしている。もう一度眠りに就くのは無理だとわかっていたので、ギャビンの腕からそっと抜けだしてローブと携帯電話をつかんだ。足音を忍ばせて階段をおり、リビングルームの明かりをひとつだけつけて、被害者のファイルをラグの上に丹念に広げる。こうするのは十回にもなるだろうか。

何かを見落としている。そう確信していた。そこで昔からのやり方を採用することにした。メモ用紙とペンを出し、被害者ひとりひとりの名前を書いて、縦に線を引いて四つに割る。それからリストを作りはじめた。あらゆる事項に関して。学歴。趣味。スケジュール。お気に入りのレストラン。コーヒーを買いに立ち寄る店。寄付をする慈善団体。所属する組織。

「接点があるはずよ」メモ用紙の四ページ目の余白がなくなって次のページに移ったとき、携帯電話が振動を始めた。

ゾーイーからのメールだった。グレースは画面に指を滑らせてメールを開いた。

〝似顔絵捜査官が宝石職人の証言をもとに描いたスケッチを送ってきたわ。全部のデータベースにかけてみたけど、ヒットなし。これよ〟

グレースは画面をスクロールしたが、ゾーイーが転送してきた画像は一部しか読みこめていない。グレースはリストに意識を戻した。被害者全員が出席したイベントがあったのかもしれない。

携帯電話を横目で見て、そのまま凍りついた。視界が狭まり、耳鳴りがする。いきなり震えだした手で携帯電話をつかみ、ようやく読み込みが終わったスケッチを凝視する。

まさか。

ありえない。

ああ、神様。

呼吸が急激に速くなり、わき起こったパニックが渦と化す。

何かの間違いだ。そうに決まっている。

そんなはずはない。

けれども見間違いではなかった。ペンとインクで書かれた相手はこちらを見あげている。

彼がしたのだ。このすべてを。

私のせいだ。

22

ギャビンは身じろぎをして目を覚まし、まどろみながらグレースのほうに手を伸ばした。彼女が寝ていた側が空だとわかると、Tシャツを着て捜しに行った。階下でコーヒーでも飲んでいるか、ファイルに目を通しているのだろうと思っていた。けれどもグレースはリビングルームの床で膝を抱えて座っていた。モロッコ製のラグには書類が無造作に広がり、ファイルの海ができている。

「グレース？」

グレースがはなをすすって目元をぬぐった。

泣いていたのだ。

罪悪感に満ちた腫れあがった目で見あげられ、ギャビンの胃に何か恐ろしいよからぬものがこみあげた。

「どうしたんだ？」

グレースがまわりに散らばった書類を示した。「わかったの」震える声で言う。

「犯人がわかったのか？」それならいい知らせのはずだが、彼女の表情が最悪の知らせだと告げている。

「わかったわ」グレースが途切れがちに答えて喉を詰まらせる。言葉にするのもつらそうだ。「どうしてこんなことをするのかも」目に涙が光る。「私のせいよ」彼女は小声で言った。「全部私のせい」

ギャビンは床にカップをふたつ並べて、グレースの隣に腰をおろした。「これを飲んで」そっとすすめる。

グレースは素直にミントティーをすすって目を閉じ、優しい味わいが体にしみ入るのを感じているようだった。

「最初から話してくれ」ギャビンは促した。

「長い話なの」グレースがため息をつく。

「時間ならある」ギャビンはひりひりする不安で胸が重かった。グレースは完全に自分の殻に閉じこもり、全身に敗北感をにじませている。

グレースが膝にまわした腕に力をこめ、さらに膝を引き寄せた。「私は両親と心を通わせたことがなかった」ゆっくりと話しだす。「母は上流階級でうまく立ちまわれる娘を望んでいたし、父は私といっさいかかわろうとしなかった。小学校を終えると寄宿学校に送られて、それからは後ろを振り返らずに生きてきた。祖母を訪ねるために戻ったときは両親にも顔を見せたけど……ただの形式的なものだったの。私はそれでもかまわなかった。本当に」彼女が膝をつかんでいた指をぎこちなく曲げた。どんなふうに話を続けるか考えているようだった。「祖母とはとても仲がよかった。祖母は私のことをわかってくれていたわ。犯罪心理を学ぶという考えに両親が震えあがったときも、応援してくれた。祖母は私が十八歳の誕生日を迎える三週間前に亡くなった」

「残念だったね」ギャビンは小さく言った。

「祖母は死ぬ前に遺言を書き換えていたの」グレースが言葉を継いだ。

ギャビンははっとして目を見開いた。「美術品のことか」

グレースがうなずく。「父は裕福だった。言うまでもないけど。何年も前に祖父の事業を引き継いでいたから。でも父は将来的には美術コレクションも管理できると思っていた。なんでも管理したがるの。それが父のやり方だから。それ以外の祖母の遺産もかなりのものだったけど、あの美術コレクションとは比べものにならなかった」

「それをお父さんではなく、君が譲り受けたんだね」

「十八歳の誕生日にコレクションは私のものになった。父は激怒したわ。全作品をあちこちの美術館に貸しだす計画を立てていたから。数々の作品がもたらしてくれたはずの収益を考えると……父にとっては甚大な損害だった。金銭面だけでなく、立場的にも。あのコレクションがあれば、美術界で相当価値のある取引関係を築けたはずだから。父は私の主張は信用に値しないといって、考えつく限りのあらゆる手を打ったわ……法的にも心理的にも。でも祖母は頭の切れる人だった」

「君のお父さんとは仲よくなれそうにないな」ギャビンは暗い声を出した。

グレースが気の抜けた小さな笑いをもらした。「そうね、絶対に無理だわ。父は私を勘当した。私の信託基金を取りあげて、母には私と口をきくことを禁じた。だから大学に入ったときの私は……」唇を引き結び、指をひねってこすりあわせる。「とても孤独だった」彼女は静かに口にした。「本当の意味で味方になってくれる唯一の存在を失って。両親はお金のことで、何よりもお金のことで憎しみをたぎらせていたから……」

ギャビンはこの話がどこに向かうのか見当もつかなかった。自分の中の捜査官の部分がいくつもの方向性を模索し、証拠と与えられた事実を吟味したが、あらゆる可能性が考えられるうえに、変動する要素も残されている。

「私は学業に専念した」グレースが言った。「高校では飛び級だったから、私には目をかける価値があると教授を説得できれば上級レベルの授業を受けることができた。私は迷わずメリーランド大学を選んだ。どうしても師事してみたい教授がいたの。その人の名はヘンリー・カーセッジ」

可能性が絞られてきて、ギャビンは胃がむかつきはじめた。

「カーセッジの学術論文は読みつくしていて、どこまでも尊敬していた」グレースが続けた。「彼は科学的なアプローチを……犯罪者の心の中に入りこむ方法を知っていた。それがすばらしく思えたの。カーセッジの指導を受けたかった。だから彼の注意を引くためならなんでもしたわ。そうしたら熱意を買ってくれて、カーセッジは指導教授になって私ひとりのためにゼミまで開いてくれるようになった。犯罪学の基礎講座なんか受けているのはもったいないと言って」

ほらきた。やはりそうだ。当時のグレースの姿を思い描くと、ギャビンは怒りに手が震えそうになった。十八歳になったばかりで傷つきやすく、いまだ癒えない悲しみを抱えて自分の足場を固めようとしている学生を、その悪党は……。

「気づくべきだった」グレースが静かに口にした。「私は頭は悪くなかったんだから、そうなる気配を察して距離を置くべきだった。彼は結婚していた。私は十八歳だったけど、何もわかっていなかった。カーセッジに会ったとき、自分を理解してくれる人を見つけた気がした。そんな気持ちにどっぷりつかっていたら、いつのまにか一線を越えていた」

「君はつけこまれたんだ」ギャビンは言った。

「いいえ」グレースが否定した。「私が気づくべきだったのよ」

「グレース」ギャビンは近づいてグレースの前にひざまずき、両手を包んだ。「君はティーンエイジャーだったんだ。しかも学生で、向こうは教授だった。君に影響を及ぼせる立場にあった。そいつは野獣並みだ」

グレースが涙のあふれる目を光らせて、ギャビンの手を強く握った。

「そうしたのは数回だけなの。それで正気に戻って、自分の行いがどんな悪影響をもたらすかに気づいた。別れようとしたの。もう会いたくないと言った。でもそれを受け入れる相手じゃなかった。私が新しい指導教授を探しはじめたら、精神的な節度を越えたことをしたり言ったりするようになった。一日に二十回も電話をかけてきたり、私がいる教室やアパートメントの外に姿を見せたり、私なしでは生きていけないと言ったりしたわ」

「ひどいな」ギャビンはグレースがどれほどつらかったか想像もできなかった。そんな状況にひとりで立ち向かわなければならなかったとは。

「どうしたらいいのかわからなかった」グレースが言った。「それまでにも恋愛経験はあったけど、相手は同年代だった。一緒にいたら自分の将来を傷つけるかもしれない人とは一度もつきあったことがなかった。大学に報告する気にはなれなかった。向こうの人生や自分の人生を台なしにしたくなかったから。不倫関係が知れたら、ふたりの評判は地に堕ちるとわかっていた。だから相手の行動を止めるには逃げるしかないと思った。それでジョージタウン大学への編入を申しでたの。それがとどめになったみたい。私が去る直前に、家の玄関前の階段にプレゼントが置かれていたわ。ダイヤモンドのイヤリングだった」

ギャビンはそのつながりに衝撃を受けてぞっとした。当時、カーセッジはダイヤモンドでもう一度グレースの関心を引こうとした。

そして今はダイヤモンドと殺人で彼女の関心を引こうとしている。

「つまり遺体で君を振り向かせようとしているわけか」

「あるいは何が私を待ち受けているか見せつけているのかもしれない」グレースが暗

い声を出す。「多少情緒不安定な人ではあったけど、どうして……ここまでになったのか」重ねていた手を引き抜いて、まわりの書類を示した。「でも、わかったの」

「何がわかったんだい？」グレースの声がまた震えだしたので、ギャビンは優しくきいた。

「どうやって被害者を選んでいたのか。彼は接点が私だけにわかるようにしたの。みんな、私が大学一年だったあの頃と関係しているのよ。ジャニスは女子学生社交クラブに所属していた。私が新入生のときのルームメイトもそうだったの。彼女だけが私とカーセッジの関係を知っていて、彼のもとを去るよう励ましてくれた。アンダーソン夫妻は私の両親が三十年間所属しているカントリークラブの会員よ。ナンシー・バンタムはカーセッジが離婚した際の奥さん側の弁護士だった……奥さんは私の存在を知ってしまったの」

「レイモンド・ニュージェントは？」

「カーセッジの助手をしていた人物にそっくりだわ」グレースが答えた。「彼は友達の友達で、私をカーセッジに紹介した人だった。私のためにそうしてくれたの。パズルのピースを残らず広げるまでパターンを見いだせなかった。でも似顔絵捜査官が宝石職人と協力して書きあげたスケッチをゾーイーが送ってくれて、それですべてが形をなした」

「つまり君のルームメイトの身代わりとして殺したのか」ギャビンは口にした。「アンダーソン夫妻はご両親の身代わり。弁護士は自分の結婚をぶち壊した張本人だと思いこんだ。ニュージェントは君を紹介した助手の身代わりになった」

グレースがうなずいた。吐きそうなのかと思うほど唇をきつく引き結んでいる。ギャビンも同じだった。道が開かれ、動機も犯人もわかった今……ただおぞましかった。恐ろしかった。

ギャビンはきかなければならない質問を口にできずにいた。けれども、いつものように勇敢なグレースがつらい真実を口にした。

「問題は、ほかにも身代わりになる人がいるのかどうかよ」グレースがこちらを見た。彼女のグレーの瞳は水銀のようだ。「それともカーセッジのリストの次にあるのは私の名前なのか」

23

ある意味、ポールへの報告はギャビンに話すよりも難しかった。プレッシャーが違う。関係性も違う。ポールは上司であり、友人であり、指導者だ。

それに比べてギャビンは……。

彼がどんな存在なのか自分でもわからない。ギャビンはそれ以上だ。これまでの人生で得たあらゆるものに勝る。自らに受け入れることを許した何ものにも代えがたいもの。そう考えると恐ろしくもあったが、何度も引き寄せられ、炎と戯れ、あえて身を焦がしている。

〝でも戯れではなかったら？〟自分の中の裏切り者の声が聞こえる。〝人生でたったひとりの永遠の存在だとしたら？〟

ギャビンは度量が広い。私の話をしたときも、生々しい部分をひとつひとつさらけだしたときも、痛ましいほどのいたわりを見せてくれた。抱きしめて、信じてくれた。

話を聞いてくれた。

けれどもポールは……。グレースは緊張しながら膝の上で指を絡めて上司の言葉を待った。ギャビンは同席したがったが、グレースはひとりで話すと言って譲らなかった。

話が終わってもポールはしばらく無言で、こちらを見るでもなくデスクに積まれたファイルを見つめている。

「ポール」グレースは静かに促した。

ポールがようやく顔をあげて視線を合わせた。そこには気遣いがあふれていた。

「ああ、グレース。かわいそうに」

ダムが決壊したかのようにグレースの中に安堵の波が押し寄せた。

「これは君のせいじゃない」ポールが言い添えた。

けれどもどれほど多くの人からそう言われようが、グレース自身は納得できなかった。彼女が責任を逃れられるはずもない。それは間違っている。被害者が浮かばれない。自分のチームのメンバーには、どんな事件の被害者に対しても自らに責任があるとは考えてほしくない。

でも今回の場合は？　若いときに怒りに任せた選択をした責任は？　自分が過ちを

犯した責任は？

どうやら自分に対する最も厳しい評論家は自分自身らしい。セラピストは次の面談でこの新事実を嬉々《きき》として検証するだろう。

「カーセッジのアパートメントと大学の研究室には捜査官を派遣してある」ポールが告げた。

「彼は見つからないわ」グレースは言った。どちらの場所にも何週間も立ち寄っていないはずだ。いったいいつからこの計画を練っていたのだろう。数カ月？　それとも何年も前から？

胃が急降下して吐き気を覚え、グレースは唾をのみこんだ。

「どういうアプローチを取るか考えなければ」ノックの音がしてポールが言葉を切ると、アシスタントのアマンダが顔をのぞかせた。

「ハリソン捜査官、二階から内線です。シンクレア捜査官宛の電話があったら知らせるように言われたとか。どうやらかかってきたみたいです」

グレースは立ちあがった。「カーセッジだわ」彼女には確信があった。カーセッジは今まで待っていた。最後の遺体を、最後のイヤリングを残すまで。ゲームのすべてのヒントを、すべての手順を示し、これからルールを説明するために電話をかけてきたのだ。グレースは表情を硬くして唇を引き結んだ。「北側の会議室に転送するよう伝えて」アマンダに告げた。「それから誰かに頼んで、ウォーカー捜査官とゾーイーも呼んでもらえる？」

アマンダが問いかけるようにポールを見る。ポールはうなずいた。

「グレースの言うとおりにしてくれ」

グレースはポールと会議室に向かいながら、大きく息を吸って意識を集中しようとした。

「マギーを呼んでもかまわないぞ」ポールが声をかけた。

グレースは首を振った。「カーセッジはマギーとは話さないわ。これは私との問題だから」

「だからこそ、君は交渉すべきじゃない。この件では君も被害者なんだ、グレース。標的なんだよ」

「向こうがどう動くかはわかっている」グレースは会議室のドアを開けた。ゾーイーはすでに室内にいて、逆探知用のコンピュータがテーブルの一番奥に設置されている。

「電話は五分間、保留になってる」ゾーイーが報告した。「でも今のところ、居場所の特定はできてない。ある種の中継アルゴリズムを使ってるみたい。残念だけど、ある程度お金を積めば、こうした手配をするハッカーがいるの。携帯電話の基地局をひとつ突きとめるだけでも時間がかかるのに、複雑な三角測量となればなおさらだわ」

ギャビンが部屋に駆けこんできた。「今、聞いた。やっと電話がつながってるって?」

「グレースがこれから話をするところだ」ポールが言う。

ギャビンが眉根を寄せた。「そのやり方でいいのか?」

「いいのよ」グレースはぴしゃりと言った。「さあ、この議論が長引けば長引くほど相手は待たされるんだから、恐れをなして切ってしまう確率が高まるわ。ギャビン、ポール、静かにしていて。ゾーイー、逆探知を続けて。私なら大丈夫」

グレースは準備万端とはほど遠い状態だったが、ほかに選択肢はないとわかっていた。ここが正念場だ。

〝落ち着いて。自制するのよ。会話を誘導するの〟頭の中で適切な交渉術の秘訣《ひけつ》を語るマギーの声がして、勇気づけられた。

グレースは震える手を受話器に伸ばしてスピーカーモードのボタンを押した。心臓はドラム並みに胸郭に打ちつけていたが、声は平静だった。「もしもし」

「やあ、クラリス(『羊たちの沈黙』で猟奇殺人犯ハンニバル・レクターに接触するFBI訓練生)」そう呼びかける声がして、忍び笑いが続いた。グレースは冷たい短剣で背筋をたどられた気がした。「冗談だよ」「カーセッジ」グレースはあえて〝博士〟の敬称をつけて呼ばなかった。彼のうぬぼれを助長させるつもりはない。今はまだ。カーセッジが仕掛けてきたこの病的なゲームの感覚をつかむまでは。声に嫌悪がにじまないようにするのは難しかったが、できるだけ淡々と話さなければならない。感情的になったら最後、主導権を握られてしまう。

「おお、よかった」カーセッジがゆったりとした口調で返した。「私がわかるんだな。君の知性を過大評価していたかと思いはじめていたところだよ、グレース。私の教え子だったときがピークだったのかもしれないとね。突きとめられないのではないかと心配になっていた」

あざけりを受けてグレースは歯を食いしばった。「でも突きとめたわ」

「私のプレゼントを気に入ってくれたかな？　最後のプレゼントには特別にリボンを巻いた。君だけのために」

グレースは胃が締めつけられた。レイモンド・ニュージェントの青白い死に顔が脳裏をよぎる。グレースは気持ちを引きしめた。

「お互いわかっているでしょう。どれも私のためじゃない」グレースは言いきった。

「すべてあなた自身のためだと」

ため息が聞こえてきた。昔からよく大学教授が使う失望の表明だ。「すべて君のためだよ、グレース。すべてが君のせいだ」

グレースは唾をのみこんだ。喉がいがらっぽい。水が欲しい。「五人を殺してくれと頼んだ覚えはないわ」

「君が何かを頼んだことなどない！」カーセッジが叫んだ。いきなり声のボリュームが大きくなって、グレースは飛びあがった。部屋にいる誰もが驚いてこちらを見ている。グレースはテーブルの縁を強く握った。手のひらに汗をかいている。「いつも奪ってばかりだったじゃないか、グレース。結果もかまわずに。私の望みもかまわずに。その償いをしてもらわなければならない。君は私を捨てたんだ」

「私は十八歳だったのよ」グレースは穏やかな声を出したが、心の内は穏やかどころではなかった。別れた日にみぞおちに感じた感覚は今でも覚えている。カーセッジがレストランのテーブル越しにどんなふうに手を伸ばしてきたか。枯れかけたバラの花束と高級なワインとともに相手を残したまま、自分がどうやって逃げてきたかも。

「あなたは二十歳も年上だった。私の教授だった。力を持っていたのはあなたのほうでしょう。あなたはもっと分別があったはずよ、カーセッジ。それなのに踏みとどまらなかった」

「それは君も同じだ」カーセッジが非難した。「ふしだらな女め。体が求めていたくせに」

グレースは黙りこんだ。声を張りあげたくてたまらなかった。金切り声を出したかった。責めたてたかった。電話を切りたかった。けれども危機的状況での交渉の手ほどきは、最も優秀な人材から受けている。マギーのレッスンを無駄にする気はない。事件の解決を危うくするつもりも。犯人を捕まえなければならない。この狂気を止めなければならない。

ゾーイーが口の動きで、信号はまだ追跡中だと伝えてきた。グレースはうなずいた。会話を引き延ばして、居場所を突きとめなければ。

私が主導権を握る必要がある。

「君は破壊した残骸をそのままにして去った」カーセッジがささやいた。「君はハリケーンだ、グレース。私の人生をめちゃくちゃにし、すべてをひっくり返して君に夢中にさせた。君を欲するように仕向けた。ジョアンが私のもとを去るように仕向けた」

「あなたの結婚生活を壊したのは私じゃないわ、カーセッジ」グレースは反論した。

「あなたが私を追い求めたの。私の前に出会った女性たちのように。私のあとにも同じことをしたんでしょう。ジョアンにとっては私が最後の一撃になっただけで、彼女はほかの学生のことも知っていたはずよ」

「ほかの学生に愛など感じていなかった！」カーセッジが叫んだ。

グレースはギャビンが掲げたメモ用紙に視線を向けた。〝やつは理性を失ってきてる〟と書かれている。

グレースはうなずいた。自分に考えがあると、唇の動きで返事をする。「でも私のことは愛していた」問いかけるのではなく言いきった。不快なことだが、それが事実だとカーセッジは百パーセント信じている。カーセッジの愛の形は普通の人にはとうてい理解できない……何人もの死体を求愛の形として贈る男。グレースの恐怖は彼にとって前戯なのだ。

「君は私を捨てた」カーセッジが強い口調で言い返す。「私をここに残して腐らせ、自分は正義の天使か何かのように高みにのぼりつめた。私はそのすべてを見せつけられた。君の受賞、華々しい成功、そしていまいましいベストセラーも！」

本だ。あの本が引き金だった。受話器越しに聞こえる激しい息遣いからも、そうとしか考えられない。激しい怒りが電話線から伝わってくる。出版した本がきっかけでグレースはあっというまに有名人になり、大勢の人に名前を知られることとなった。カーセッジはそれが我慢できなかった。そのせいで倒錯した暴力的な心の中では、グレースがますます自分だけのものではなくなった。彼女を所有しているという意識に疑念が生じた。己の世界観が芯から揺らいだに違いない。

カーセッジがこの吐き気を催すゲームを始める充分な動機になる。

「待っていたんだ、グレース」カーセッジがわめきつづけた。「君が電話をかけてくるのを。感謝の念を示すのを。だが電話は来なかった。そして君が新刊の献辞を別の誰かに捧げるのを見た……その女を恩師だと、創造性を刺激される存在だと呼んだ。どうして私にそんな仕打ちができたんだ？」

「自分がそう呼ばれるべきだと思っているの？」グレースは嫌悪のにじむ懐疑的な声を発してから、相手の怒りを増大させてしまうと気づいて顔をしかめた。

「君を作りあげたのは私だ」カーセッジが非難した。「私はひと目で見抜いた……君の潜在的な可能性を。私が君を形作った。陶芸家が粘土で作品を作るように。完成は間近だった。引きつづき私の影響を受けていれば完璧になれたはずだ。それなのに、君は私を拒絶した。愛に恐れをなした少女のように逃げだした。本物の愛に恐れをなしたのだ。あと少しだった。あと少しで完成だったのに。君はすべて投げだした。今の君は完璧ではない。私の並々ならぬ努力を無駄にして、灰に変えて踏みつけにした。君は君を創造した私の手腕に感謝すべきだ。君は私のもの、、、だ」

最後の言葉で恐怖と怒りが固く結びつき、グレースの内部にこみあげた。他人行儀な父から指示されるままの生活を送り、初めて逆らったときには背を向けられた。シンクレア家にまつわる説明を繰り返し聞かされ、その名を維持し、模範となるべく育てられた。理想的な人物になるための教育を受け、シンクレア家としての意向を優先して、自身の自由意志はねじ曲げられた。彼女は家名をより高めるためだけの存在だった。

だからそんなものは捨ててきた。自分の人生は自分のもの、自分だけのものだ。

「私は誰のものでもないわ」グレースの声ははっきりとして揺るぎなかった。「とりわけあなたのものではない」

カーセッジが笑った。たがが外れたような甲高い声に、グレースの全身が粟立《あわだ》った。

「君はいつも誰かの慰みものだったな、グレース。かつては私のもので、再び私のものになるんだ」

「さあ、どうかしら」グレースは言った。

「もちろんそうしてみせる」カーセッジの邪悪な約束が重々しく響く。「教えてくれ、愛しいグレース。その小さなプロファイラーの頭で何を考えているのかな？　私というピースを形にするのに必死なのか？　心理学上の理論をかき集めて私のことを説明しようとしているのか？　ならば、私を分析してくれ。今ここで」

グレースは目を細めた。なるほど、カーセッジはそういうゲームがしたいのだ。落ち着いて自分を抑えるよう懸命に呼びかけるマギーの声が聞こえ、グレースは悪意に満ちた言葉をぶちまけそうになるのをこらえた。

気持ちを強く持たなければならない。心の底ではわかっている。カーセッジの弱点は肥大した自信を揺るがされること。それを利用するのだ。

グレースはとどめを刺しにかかった。「あなたは自分を天才だと思っている」感情を押し殺した専門家の口調で話しだす。「あなたは研究の世界に身を投じた。自分の知性が高く評価され、もてはやされると考えたから。でも思いどおりにはならなかった。そうでしょう？」

カーセッジがグレースの耳にやっと届く程度に小さく息を吐いた。グレースは勝利の笑みを浮かべた。相手の鎧《よろい》に入った亀裂から内部に潜りこもうとする。

「そう、思いどおりにはならなかった」グレースは部屋の中を歩きまわりはじめた。体にみなぎる力を使い、相手の真の姿をあぶりださなければならない。一層ずつうわべをはぎ取って、不安定な芯の部分まで掘りさげるのだ。「気がつくと優れた人たちにもまれて、計画していた地点にはたどり着けなかった。違う？　自分のすばらしさに同僚がひれ伏すことはなく、自分以上に知的な人々に囲まれていた。より学識があって、よりよい論文を発表し、より高みに到達している人たちに。あなたは取り残された。何度も何度も。それで苦い思いを味わわされた」

「私は優れた学者だ」カーセッジの声にはほんのわずかに疑念がにじんでいた。ほかの人には隠せても、グレースの耳はそれを聞き取った。

「あなたは自己満足に浸っている」グレースは部屋の中をもう一周まわった。ゾーイーはまだ発信元を突きとめられていない。カーセッジは信号にスクランブルをかけるのに相当金銭を注ぎこんだに違いない。「あなたは捧げものを受け取る立場にいたかった。どこかの片田舎の池ではあなたが一番大きな魚で、たまたま周囲の人たちよりも頭がよかったのね。でも同僚の尊敬や称賛を集められなくて、学生に意識を向けることにした。学生たちは成功の代用品になった。自分ではほとんど成功をおさめられないがために」

「教職は情熱だ」カーセッジが歯のあいだから言葉を絞りだした。「尊敬に値する名誉ある職業だ」

「学生が教える側の人たちをどう呼ぶかは知っているでしょう」グレースは冷笑した。

ゾーイーが片手で口を押さえて笑いをこらえた。ポールが唇に指をあて、険しい顔をする。

ギャビンはグレースから目を離そうとせず、神経を張りつめて彼女を守ろうとしてくれている。口を挟むまいと相当我慢をしているのが見て取れる。自制してくれているのはありがたかった。ひとつ間違えばすべてが水の泡だ。

「あなたは怒れる男よ、カーセッジ」グレースは言った。「だけど落ちこぼれたことだけが怒りの原因じゃない。そう、あなたが本気で激怒するのは、誰にも振り向いてもらえないこと。誰の目にもとまらないのが何より気に食わない。誰も自分のことを知らない、知ろうとしてくれない。でも私にはあなたが見えるわ、カーセッジ。このうえなくはっきりと」

「何が見えるんだ、グレース？」心をかき乱される切望が声ににじむ。何をすればいいのか知りたくてたまらない男子生徒さながらだ。グレースは胃が激しく揺さぶられ、会議室のテーブルに寄りかかった。両脚が震えている。

それでも答える声に揺らぎはまったくなかった。「見えるのは、うぶな新入生をベッドに誘うことすらできなくなった盛りを過ぎた男の姿よ。あなたがあらゆる答えを手にしているかのような目で見てほしい女性たちは、充分世慣れていてあなたの手には負えない。だから私に焦点をあてた。あなたのもとを逃げだした女に」

「一番被害をもたらしたのが君だからだ」カーセッジは怒り狂っていた。「君が私の結婚生活を壊した」

「奥さんに話したのは私じゃないわ」グレースは言い返した。「あなたよ」

憶測だったが、今はそう確信していた。カーセッジが自分でジョアンに告げたのだ。わからないのはその理由だが……。

「君のために妻と別れようとしたんだ！」

グレースがカーセッジを嫌悪していることは部屋にいる誰にとっても明らかだ。グレースの隣でゾーイーが身震いして同情を示す。

「勝手に言っていなさい」グレースは強く確信に満ちた声を出せている自覚があったが、内心はそれどころではなかった。ああ、この人はこんなに妄想癖が強かっただろうか。自ら進んで婚姻関係を解消し、その十年後に自分の目的のために利用できると見なした人を次々に殺すほど？　その狂気には唖然《あぜん》とさせられる。

「私は何が真実か知っている」カーセッジが言った。「何が正しいかを。何が公平かを。君は公平ではなかった、グレース。君の全人生は。私がそこにいるべきだったのに。君の隣に」

「それで何が手に入るというの？　私の添え物という立場？」

計算したうえでの一撃だった。相手の頭の中でふくらんだ妄想を確実に打ち砕くために。

「真実に目を向けたらどう、カーセッジ？」

ゾーイーが〝行け！〟とばかりにこぶしを突きあげる。緊迫した状況下で、グレースはその様子におかしなほど勇気づけられた。

「真実だと？」カーセッジが大声をあげた。「真実を聞きたいのか？　ならば、私が君をプロファイリングするのはどうだ？　聞きたいかね、グレース？」

「そうでもないわ」グレースは気のない声を出した。みぞおちが締めつけられる思いでゾーイーに目を向けると、話を長引かせるよう身ぶりで返された。本当に発信元を突きとめられるのだろうか？　それともこんなことをしても無駄なのだろうか？

「でも試してみたらどう？」

カーセッジが忍び笑いをもらす。「もう少ししてからだ。あの頃を思いだすよ……君は実に魅力的だった。多くの可能性を秘めていた。本当に愛らしくて、疑うことを知らなかった。それが今はどうだ。辛辣で、かわいげがない。一連の男遊びのことは全部承知しているよ、グレース。君は絶対に家に男を泊めなかった。二度会うこともなかった。相手を利用して捨てるだけ。つがいの雄を食べる昆虫さながらに、とてつもなく危険な女だ。誰かが止めてやらなければならない」

グレースは電話線に手を突っこんで、相手を殴りつけてやりたかった。「三日で五人殺したのは私じゃないわ、カーセッジ。あなたよ」

カーセッジがため息をつく。「君は教えを乞うことが必要だな。こんなことになって、まったく残念だ」

「待って――」

電話が切れた。

グレースはゾーイーを見たが、ゾーイーは首を振った。「三角測量を使ったけど、信号の位置は突きとめられなかった」

グレースは悪態をついて部屋の奥に電話を投げつけた。電話は壁にあたってばらばらになった。ゾーイーが目を丸くしてこちらを見つめている。ギャビンが足早にグレースに近づき、腕を取ってドアのほうへ引っ張っていった。

「行こう。頭を冷やすんだ」

グレースは押し黙っていたが、いまだ怒りがおさまらず、ギャビンに導かれるまま部屋を出た。

頭を冷やす必要はない。

怒りを保っている必要がある。

そうするほか勝ち目はなかった。

24

愛しい君よ

私は今、初めて女の裸を見た少年のように口元を大きくほころばせている。どれほど君と話したかったか。長い十年だった。孤独だった。あの頃の君はまばゆいほど燃えていたね、グレース。熱く燃えてこの肌に焼きつき、永遠に消えない傷跡を残した。

最初は気にかけまいとした。私を悩ます絶えざる痛みを。私は研究に、教え子に全神経を注いだ。ここで言う教え子というのは誠実な学生のことで、君のような恩知らずのあばずれではない。しかし月日が流れ、君はますます高みにのぼり、私はかつて楽しんでいたことを楽しめなくなっていた。

君には常にほかの者とは違う何かがあった。ほかの戯れの相手は簡単にだめになった。ささいな達成感を求める女たちにはまったくもって失望させられた。だが、君は飛躍した……ことごとく間違った選択をしたにもかかわらず。去ってほしくないときに君は去った。

関係は終わっていないのに、君は去った。

どうしてそんなことができたんだ？　君をあれほど愛していたときに。一緒にいるためにあらゆる手を尽くしていたときに。

君からはあれ以上の扱いを受けて当然だ。私はすべてを――君の魂を捧げられるにふさわしい。

君の価値を教えたのは私だ。にもかかわらず、君は感謝するどころか、私が明らかにしたもの、私が形作ったものを利用して、気の向くままにあらゆるものを手にしてきた。今いる場所に到達するまでに何度ベッドに潜りこむ必要があったのだろう。実力でのぼりつめたはずはない。君は有能だが、一方で狡猾《こうかつ》だ。そのきれいな顔でゆがんだ心を隠している。

それゆえに君を愛している。

それゆえに君を打ちのめしてやる。

私は君を窮地に追いこんだ。もはや私の言うことを聞くしかない。逃げるすべはない。私が逃がすまでは。逃れる望みのない、巧みな罠《わな》にはまった愛しい君よ。

完璧だ。

私は自分が望む場所に君をおびき寄せる。君は口では大きなことを言い、自ら物語を紡いでいるかのように書き、ばかばかしい説を唱えるが、私はそれがすべて虚勢だとわかっている。

私は君を理解している。

君は傷ついている。弱っていて、感情的で疑い深くなっている。

怒っている。

怒れる君を私は愛する。怒りは純粋で美しいものだ。君の体を震わせる。ほかの女が悦びに体を震わせるように。

怒りは罪悪感を、罪悪感は自責の念を意味する。

自業自得だ、このあばずれが。私が飛び散らせた血で君の両手は血みどろになっている。君が私にさせたのだ。君がただとどまってさえいれば、おとなしく言うことを聞いてさえいれば……。

君が私にこうさせた。

君はいるべき場所に、私のもとにいればよかったのだ。私の支配下に。
私が君を連れてこよう。
時は来た。
用意はいいかな？

――C

25

グレースは通りの向かい側にあるコロニアル様式の家を見つめた。前面の美しく手入れされたバラ園には色とりどりの花が咲き誇り、かぐわしい香りが漂っている。この場所に近づくことさえいやだった。ギャビンが同行しようと言ってくれたが、捜索令状が取れ次第カーセッジの研究室を強制捜査してもらったほうがいい。

ジョアンのことはグレースの問題だ。

ジョアンはグレースが来るのを待っている。事前に電話をかけて状況を簡単に伝えてあった。前もって話しておいた理由のひとつは、そうするほうが効率的だからだ。ジョアンの気持ちが集中している状態で話したかった。元夫が連続殺人犯だと電話で知らせておけば、こちらが到着するまでたっぷり四十分かけてその情報を頭に浸透させることができる。

また、それとは別の個人的な理由もあった。なんの前触れもなくジョアンの家を訪ねるところを思い浮かべるたびに、胃のあたりに酸っぱくて鉛のように重いものを感じた。

ジョアンにそんな仕打ちはできない。だから歯を食いしばって電話をかけ、自身のBMWでやってきた。

そして今、車の座席でダッシュボードを神経質に指で叩きながら、どこでもいいからここ以外の場所にいられたらと考えている。全身の内側からわき起こる不安は止めようがない。車を降りて通りを横切りながら、乾きつつあるセメントの中を歩いている気がした。

ダークブルーのドアにはステンドグラスの窓がはめこまれている。その色鮮やかなガラスに指を走らせてから、グレースはドアベルを押した。

ほどなくドアが開いた。グレースは自分がその結婚生活を破綻させる一因となった女性と向きあっていた。

ジョアン・テイラー――旧姓に戻っている――が目の前に立ち、穏やかにこちらを見ている。短い鳶色《とびいろ》の髪に繊細な面立ちをした優雅な女性で、ろうけつ染めのゆったりとしたパンツに合わせたシルクのノースリーブのブラウスから、引きしまった腕がのぞいている。メイクを施さず、アクセサリーもつけていない。それが気取りのない生まれながらの美しい顔に合っていた。

「こんにちは、シンクレア捜査官」ジョアンが後ろにさがってグレースを招き入れた。

「お時間をいただき、ありがとうございます」グレースはこぢんまりとしたリビングルームに案内された。床やテーブルや棚には多肉植物の鉢が置かれ、北側に並ぶ大きな窓から光が差しこんで、風通しのいい温室のような雰囲気をもたらしている。

自然を、命を大切にする女性なのだ。おそらくベジタリアンだろう。ヨガをしていることに自分の美術コレクションを賭けてもいい。飲むのはコーヒーではなく紅茶。さまざまな場所に旅行をしていて、ヨーロッパよりもアジアを好む。十中八九ひとりっ子。再婚はしていないし、これからもしないだろう。

グレースのせいではないけれど。

「どうぞかけて」ジョアンは自らもセージグリーンの色あせたソファに腰をおろして両手を重ねた。こちらを見やり、ほほえんで視線をやわらげる。

「ミズ・テイラー、こうしてお会いするのが奇妙であることは承知しています――」グレースは切りだした。

ジョアンがひらりと手を振った。「過ぎたことよ。私は前に進んでいるの」

「それでも」ジョアンのくだけた様子に、グレースは肌の下に感じていたかすかな震えが消えていくのを感じた。「あんなことになってしまって申し訳なく思っています。結婚生活を破綻させようなどと考えたことは一度もありませんでした」

「正直言って、当時はあなたが私のためにきっかけを与えてくれた気がしたわ」ジョアンが言った。「電話で聞いた話が本当だとすると、実際私のためになったのよ」

グレースは目を伏せた。これほどの寛大さ、品格、そして厚情に、返す言葉が見つからなかった。

「カーセッジがいい夫だったことはなかったわ」ジョアンが話を続けた。「あの人の中にいつも……何かを感じていた。闇とでも言えばいいのかしら。私を怒鳴ったり、けなしたりすることは一度もなかったけれど、私は常に彼の人生の添え物だという気がしていた。自分の研究と教え子に全神経を注いでいる人だったから。私からではなく、学生からの称賛や尊敬の念のほうがずっと大事だったのよ」グレースのバッグの中で携帯電話が鳴りだした。「出ないといけないんじゃないの？」ジョアンが促した。

グレースはかぶりを振った。「どうぞ続けてください」

「そう、知っているかと思うけれど、あなたが初めてじゃなかったの。あの人の……相手は。でも、あなたがジョージタウン大学に移ってから何かが変わったのはたしかよ。何日も書斎にこもって、ようやく出てきたときには部屋のほとんどのものが壊されていた。あの人は深酒をするようになった。ある晩、私が帰宅したらカーセッジが激怒していたの。真価だとか運命だとか悲運の恋人たちだとか、わめいていた。〝彼女〟に自分の才能を見せつけてやると。物を投げて、本を手あたり次第破っていた。止めようとしたら、手の甲で打たれたの」

「それで離婚されたんですね」グレースは言った。

「女性は男性の浮気に目をつぶるものという世界で育ったけれど、一度暴力をふるわれたら、たった一度だとしても……」ジョアンが顔をゆがめた。「私は次の週に離婚を申請した」

「離婚後は頻繁に連絡を取りあいましたか？」

ジョアンは首を振った。「一度ばったり出くわしたことはあったわ。レストランで。離婚が成立した直後よ。向こうは礼儀正しかったけれど、そっけない感じだった。それ以来、連絡はないし、見かけたこともない。あれから十年ほど経っているわ」

「知らない番号から電話がかかってきたことは？　あるいは出たら切れてしまう電話がかかってきたとか？　近隣で見慣れない車を目にしたり、玄関前の階段に不審な小包が置かれていたりしませんでしたか？」

「何もないわ」ジョアンが答えた。「シンクレア捜査官、あの人は恐ろしい人殺しをしたのに見つかっていないということなのね？」

「現時点では所在は不明です」グレースは慎重に答えた。ここに来る途中でゾーイーから連絡があり、カーセッジがひと月前にアパートメントを引き払っていたと聞いている。捜索は大学にあるカーセッジの研究室から始めることになっており、ポールとギャビンがすでに現地に向かっていた。

けれども研究室でカーセッジが見つかることはないだろう。そこにいるなどあたり前すぎる。

カーセッジには意外な展開が必要なのだ。自分が聡明だと……グレースよりも優れていると実感できるように。

「気づいていたかしら？　私たちは一度会っているのよ」ジョアンが言った。

グレースは眉根を寄せた。「そうなんですか？　ごめんなさい、私――」

「覚えていないでしょうね。数年前、あなたの一作目の販促会で。出版界に友人がいて、誘ってくれたのよ。正直言って、行かずにはいられなかった。好奇心をそそられたの。あなたは大成功をおさめていて、どんな女性に成長したのかこの目で見てみたかった」

グレースは記憶をたどったが、興奮と不安がないまぜになったおぼろげな思い出が大半を占め、そこにジョアンがいたのかどうか思いだせなかった。

「あの夜、あなたを観察していたのよ。あなたは輝いていた。みんなの注目を集めていた。みんなを虜《とりこ》にしていた。あなたはとても若くてきれいで才能があった。本当なら腹立たしく思ったり、憎んだりするところね。でも気づいたの。誰にも見られていないと思ったときのあなたの顔には影が差していた。大勢の人に囲まれていても孤独なのだろうと感じた。みんなはあなたを知っている気になっているだけで、内面を知らない。逆にあなたには彼らのことはお目通しだったんでしょうけど。もしかすると本人たちよりもわかっていたのかもしれないわね。なんといってもそれが仕事だから」ジョアンがグレースを見つめた。思いやりが顔の優しい皺に刻まれている。「それはちょっとした呪いでもあるんじゃないかしら？」

「ときにはそうです」グレースはジョアンの率直な問いかけに即答した。本来ならグレースを憎んで当然なのに、この人は互いのためにもっと大きな視点でとらえている。

「あなたはまだ若かったのよ、グレース」ジョアンが言った。「カーセッジはそこにつけこんだ。私はあの人と十五年暮らした。彼は人を操るの。でも私ですらカーセッジがこんな怪物になるとは想像もできなかった」ジョアンが頭を振った。目に浮かぶ恐怖がすべてを物語っている。「もっと力になれればいいのだけれど」

「カーセッジは必ず見つけだします」グレースは約束した。誓いの言葉が部屋に響いた。「そしてこの件に決着をつけます」

「信じているわ。それができるのはあなただけかもしれない」

ジョアン・テイラーの家をあとにしたグレースは、気持ちを立て直すのに数分かかった。手のひらは汗ばみ、まるで十六歳に戻って、またディベートの授業を受けているかのようだ。服がきつくて束縛されている気がする。車内が信じられないほど暑い。

呼吸をしなければ。ほかのことに意識を向けなければ。

そう、電話だ。グレースはバッグから携帯電話を取りだした。〈ハーマン・カウンセリング・センター〉に通うティーンエイジャーのドロシーから電話があり、ボイスメッセージが残っているという表示を見て眉をひそめる。暗証番号を入力して携帯電話を耳にあてた。

「やあ、愛しい君よ」男の声が五感にしみ入り、グレースは拒絶反応を起こして逃げだしたくなった。「今、公園で君のことを考えている。ふたりのことをね。私が君の恩師だった頃を覚えているかな、グレース？　いかにして君がその大事な時間を奪ったかを」いっとき間が空いた。「目をかけている子を失う気持ちがどんなものか、これから教えてやろう。かわいそうなドロシー。オズの魔法使いのヒロインと違って、かかとを鳴らして〝おうちが一番〟と言えば帰れるわけではないだろうな」笑い声が響く。「もうすぐ会おう」

メッセージはそこで終わっていた。

感覚を失った手から携帯電話が落ちる。グレースは慌てて拾ってその番号にかけ直した。喉が詰まる。けれども呼び出し音が鳴るばかりで、そのうち接続が切れた。

ドロシーはやめて。お願い、ドロシーだけは！

車のキーを差し、タイヤをきしらせて道路に飛びだす。アクセルを踏みこみすぎてエンストを起こすのではないかという不安が頭をよぎる。

携帯電話のホームボタンを押す。「ギャビンに電話して」指示を出しながら右に急カーブを切り、住み心地のよさそうな住宅地から幹線道路を目指して疾走する。呼び出し音が数回鳴って電話がつながった。

「やあ、グレース」ギャビンの声がする。「今、カーセッジの研究室にいる。無駄足だった。これから――」

「ギャビン、聞いて」グレースはさえぎった。「カーセッジはガセット・パークのどこかにいる。カウンセリング・センターで私が担当しているティーンエイジャーをひとり連れて。名前はドロシー・オブライエン。そこに向かって。あなたのほうが近いの。私はジョアン・テイラーの自宅を出たばかりだから間に合いそうにない。SWATでも、首都警察でも、州兵でも呼んで……誰でもかまわない。とにかく誰かをそこに行かせて。今すぐ！」

「ああ、なんてことだ」ギャビンが声を失った。

「行って」グレースは懇願した。「あの子を殺す気よ！」

ギャビンが挨拶もなしに電話を切った。

グレースは急いで幹線道路に合流し、のろのろ運転の車をかわして血迷ったように車線変更を繰り返した。トレーラートラックの後ろで身動きが取れなくなった数分間は速度を落とすしかなく、さまざまな考えで頭がいっぱいになり、アドレナリンが血管を駆け巡った。

電話を無視してしまった。ドロシーを無視してしまった。それでこんなことに……。

グレースは悪態をついて、手のひらでハンドルを叩いた。

ドロシーは死なない。グレースは自分に言い聞かせ、ようやくトレーラートラックを追い越すとすばやく前に滑りこんだ。ギャビンが間に合うように到着してくれる。

きっと。

ギャビンならドロシーを救ってくれる。救ってもらわなくては。

けれどもみぞおちに生じた恐怖の塊は幹線道路を猛スピードで飛ばすあいだも刻々とふくれあがり、心臓が喉元までせりあがって、グレースは罪悪感に打ちのめされた。

あの電話に出てさえいれば……。

26

「ここだ、ここを曲がってくれ」指の関節が白くなるほどハンドルを握りしめ、速度を落として通りを走るハリソンにギャビンは告げた。ストリートフェアが行われている公園の外れでハリソンが急ブレーキをかけた。ふたりはSUVから飛び降りた。

「北側を頼む」ハリソンが指示を出す。「南側は任せてくれ。応援部隊がこちらに向かっている」

ギャビンはすばやくうなずいて北に向かった。ドロシー・オブライエンの写真はここに来る途中でゾーイーが転送してくれたので、誰を捜せばいいかはわかっている。

人ごみを足早にすり抜けながら、神経を張りつめつつも、くまなく全体に目を配る。この種の仕事は自分のためにあるようなもので、あたりを見まわすと感覚が研ぎ澄まされて焦点が絞られてくるのがわかる。対象を見つけ、脅威を取り除き、対象を救いだせ。

銃を抜いて混乱を引き起こしたくはなかった。下手をするとカーセッジにFBIが到着したと知られるかもしれない。ドロシーはすでにカーセッジの手に落ちたものと思われる。現場に急行したチームからは騒ぎがあった報告は入っていないが、カーセッジは策に長《た》けた男だ。騒ぎになる前に人ごみから誘いだすこともできるに違いない……。

人の波を抜け、手編みのかごや手作りの石鹸《せっけん》が並ぶ色とりどりの出店の前を通りながら、頭の中は自身の妹のことで占められていた。妹はドロシーと同年代だ。もしカーセッジのような男が妹のそばに近づければ、それだけで自分は正気を失うだろう。

グレースの懇願が耳の中で反響する。ギャビンは出店の列の奥まで行き着いて、生演奏中のステージへと向かう大勢の人を見つめた。ギャビンの身長はたいがいの人よりも高いが、それも役には立たず、何も見えない。

別の作戦が必要だ。これほど人にもまれていては、カーセッジとドロシーのふたり――一緒だろうが別々だろうが――を見つけることはとうていできない。

警察官のように考えるのはやめなければ。

グレースのように考えるのだ。

あの男ならどこに行く？　まずドロシーを人ごみから誘いだす必要がある。ドロシーは私立学校に通う甘やかされた世間知らずの子どもではない。おそらくこれまでに充分すぎるほどの厄介ごとを目にしてきた、都会で生き抜く知恵のあるティーンエイジャーのはずだ。

見知らぬ男に近づかれたら不審に思うに違いない。活気にあふれ、ざわめく人々をかき分けてフェアの外れに向かいながら、ギャビンは気づいた。年嵩《としかさ》の男に誘われたら? ドロシーははねつける——しかも即座に——方法を知っているだろう。頭がどうかした者を察知するレーダーにはすでに磨きがかかっていると思われる。

それなら、カーセッジはどうにかしてドロシーの信頼を得るか——力ずくでさらうしかない。

とらえられそうになればドロシーは大声をあげるだろう。抵抗するだろう。ということは、信頼を得る線だ。ギャビンはレモネードの出店の前を駆け抜け、ステージの裏手を目指した。そこには高木が密集していて、公園の出口のひとつが隠れている。ドロシーを信用させるにはどうすればいい? 彼女は誰を信用する? ドラムのビートが繰り返し響くステージ前を横切りながら、ギャビンはその答えに思いあたって吐き気を覚えた。

グレース。

ドロシーはグレースを信用している。誰かが本物そっくりのＦＢＩの身分証をちらつかせてグレースが会いたがっていると言えば、ドロシーはついていくだろう。

ギャビンは木々のあいだの小道を走り抜けた。一歩踏みだすごとに不安で胃が締めつけられる。人が少なくなってきて、公園の出口まで小道がまっすぐ見通せた。

出口の正面にベンチに腰かけたふたりの人影が見える。深刻な会話に没頭している様子だ。男が立ちあがって出口を示す。一緒にいる少女——こちらから顔は見えない——が出口のほうを見てからカーセッジに視線を戻した。

「ドロシー！」ギャビンは速度をあげてフルスピードで駆けだし、銃を抜いた。「そいつから離れろ！　逃げるんだ！」

ドロシーに反応する間も与えず、カーセッジが彼女をつかんだ。ギャビンはようやく弾が届く距離まで近づき、カーセッジに銃口を向けた。

「それ以上動くな」カーセッジがドロシーの喉に突きつけたナイフを意味ありげに見やる。

「大丈夫だ、ドロシー」ギャビンはカーセッジに引きずられて出口に向かうドロシーを励まし、耳に装着した無線機に触れた。「北側の出口に応援を頼む」そう伝えてからカーセッジに警告する。「逃げ場はないぞ、カーセッジ」

「グレースのペットのひとりだな」カーセッジが冷笑した。ナイフはドロシーの喉に強く押しあてられたままだ。ドロシーがか細い声を出す。アイラインを引いた目は恐怖で見開かれている。「見覚えのない顔だな。新入りか」

ギャビンは唇を引き結んだ。カーセッジは当然、グレースのチームメンバーのあともつけていたのだ。いったいいつからこの計画を立てていたのだろう。

「その子を放せ」ギャビンは命じた。今や三人とも公園の外に出て、ワゴン車が停められた縁石に近づいている。

「それ以上近づけば、この子の喉をかききってやる」カーセッジが脅しをかけてきた。目が異様な光を放っている。

「お願い」ドロシーが懇願した。「弟には私が必要なの」

「大丈夫だ」ギャビンはドロシーに再び声をかけたが、大丈夫だとはとうてい言えない状況だった。どうすればいい？　このままドロシーを連れていかせ、カーセッジがグレースを痛めつける材料としてドロシーを利用するために生かしておくことを祈るか？　とはいえ、すぐにはドロシーを殺さないという保証はない。

ギャビンが拳銃を握りしめて頭をフル回転させているあいだに、カーセッジはワゴン車のドアに手を伸ばした。

ギャビンは身を躍らせた。頭が答えを出す前に体が動いていた。保護本能だ。野生の衝動が体を駆け巡り、カーセッジに飛びついていた。カーセッジが叫び声をあげ、ドロシーを車内に押しこむと、ギャビンに向き直って顔を切りつけた。

ナイフが皮膚に食いこみ、眉から片方の目に向かって刃が走ると、ギャビンは額が割れるのを感じた。とっさに体を引く。血が滝のように顔を伝った。くそっ、相当な傷を負わせてくれたらしい。

カーセッジが車に飛び乗ってドアを閉めた。ギャビンはドアハンドルに手を伸ばしたが、血が目に入ってよく見えない。「ドロシー！」ギャビンは叫んだ。指がドアハンドルを握ると同時に、カーセッジがアクセルを踏みこんだ。車は猛スピードで走りだし、ギャビンはドアハンドルをつかんだ状態で足が舗道についたまま引きずられた。焼けたゴムと血のにおいがする。カーセッジが車体を揺すり、犬がノミを落とすようにギャビンを振り落とそうとする。それでもなお、ギャビンはしがみついていた。

カーセッジが急ブレーキをかけた。車が急停止した反動でギャビンは前方に投げだされた。体の右側をアスファルトでこすりつつも、両手で頭をかばって地面に転がる。彼はどうにか立ちあがって追いかけようとしたが、車は疾走し、右折して視界から消えた。

ギャビンは無線のスイッチを叩いて入れた。「ハリソン」息が切れる。「容疑者は白いワゴン車で、ステート・ストリートを北に向かって逃走中。少女も一緒だ」

血がいまだに顔に垂れてくる。袖でぬぐおうとした拍子にカフスボタンが開いた傷口をかすり、顔をしかめた。アドレナリンが体内に吸収されると、どれほどひどくアスファルトに激突したかがわかってきた。体の片側全体が擦りむけて、シャツが摩擦で裂けている。この鈍痛はすぐにも激痛に変わるだろう。

「ギャビン！　ああ、なんてこと」

ギャビンは振り向いた。そこには二度と見たくないような恐怖におののくグレースの顔があった。

「僕なら大丈夫――」ギャビンは言いかけたが、最後まで言わせてもらえなかった。グレースが二歩で間合いを詰めてギャビンの顔に両手を伸ばしたかと思うと、いったん躊躇《ちゅうちょ》してから、いても立ってもいられないとばかりに唇を押しつけてきた。ひどい味がしたはずだ――血と恐怖と怒りの味が。それに引き換え、グレースは一週間砂漠で過ごしたあとの一杯の冷たい水を思わせた。

「あの男に何をされたの？」グレースが体を離してきいた。彼女の背後に駆けてくる捜査官たちが見える。ハリソンが先頭だ。グレースがおそらく五百ドルはするであろうカシミアのセーターを脱いで、たいしたものでもないように傷口に押しあてた。

「ドクターを呼んで！」彼女は後方に向かって叫んだ。

「グレース、ドロシーを連れていかれた」ギャビンは情けない気持ちで告げた。言葉が少しつかえる。着地したほうの脚は震えていた。「車にしがみついたが、ドアを開けられなかった。ブレーキを踏まれて体が飛ばされた」

「殺されていたかもしれないのよ」グレースが言った。「そんなことになったら許さないから！」

「そんなことって、死ぬことかい？」ここは眉をあげる場面だが、今は少々難しい。

「そうよ！」道理に合わないことに、ぴしゃりと返された。「もうスパイじゃないんだから」グレースが声を落とした。「あなたにはチームの仲間がいる。私がいる……」

それ以上言う前に、いっとき言葉を切った。「ジェームズ・ボンドみたいな真似はもうやめて」

普段ならボンドがこだわったマティーニやボンドカーとして有名なアストンマーティンについて皮肉を言うところだが、そうする代わりに心配そうに見つめるグレースと目を合わせ、安心させようとほほえんだ。彼女が本気で震えあがっているのがわかったからだ。自分の状態を案じてくれていることで、やたらと心があたたかくなったからでもある。「約束する」ギャビンはそう言って、グレースの体から緊張が解けるのを見守った。

彼女はギャビンが約束を守る人間だと学んでくれている。うれしかった。これからあらゆる約束をしたかった。

「ウォーカー」ハリソンがようやくふたりに合流した。「病院に搬送しよう」

ギャビンは首を振った。時間を無駄にするなどもってのほかだ。「誰かが縫ってくれればいい。この件は終わっていない。ドロシーを連れ戻さないと」

額にセーターを押しあてるグレースの手に力が入った。セーターは彼女の香りがした。人生のこの瞬間において、唯一心安らぐことだ。ギャビンはその香りを吸いこんだ。

「われわれの手でドロシーを取り戻す」ギャビンはグレースに言った。彼女はその言葉をどうしても聞きたい顔をしているように見えた。

これは誓いだ。

ギャビンは誓いを守るつもりだった。

27

「もう一度確認するわよ」マギーが言った。グレースはひどく疲れた目で友人を見あげた。カーセッジがドロシーを連れ去ってから十二時間が過ぎていたが、電話もどんな種類の接触もいっさいない。本件が誘拐事件に発展したため、ポールが助言を得ようとマギーを捜査に加えた。北側の会議室に陣取っているものの、今のところ打つ手はなかった。

「カーセッジは思い込みが激しくて細かいところに執着するきらいはあったけど、誘拐するなんて柄じゃないわ」

「人は殺しても……連れ去ったりはしないってことね」マギーがまとめた。

「最長であと三十六時間。それまでにドロシーを取り戻さなければならない」部屋の奥に控えているギャビンが言った。額の大きな切創は処置を受け、片方の眉の上を通って二十針縫合された。道路に振り落とされた際の傷もひどい。走っている車にそれほど長くしがみついていられたことがグレースには信じられなかった。現場検証を行った鑑識班によると、少なくとも時速百キロで走行中の車に三十メートルはぶらさがっていたはずだという話だ。ギャビンは死んでいた可能性もある。脳震盪《のうしんとう》を起こしたり、腕の骨や肋骨《ろっこつ》や頭蓋骨を折ったりしなかったのが不思議なくらいだ。それをギャビンに話すと、肩をすくめられた。「兄が大勢いると、転がり方も身につくんだ」

グレースがマギーと部屋に入ってきてから、ギャビンはグレースと目を合わせようとしない。グレースがには理由がわかっていた。どうしてもっと早くドロシーのもとにたどり着けなかったのかと自分を責めているのだ。

ギャビンはカーセッジのせいで片目を失っていたかもしれない。ほかの人ならひるむところだ。目を守ろうとする本能は人に深く根づいている。けれどもギャビンは危険も痛みも血も顧みずに突き進み、必死にドロシーを救おうとした。

ギャビンはできる限りのことをした。グレースにはそれがわかっていた。

意識の隅ではギャビンの行為をありがたく思っている自分がいた。ドロシーは自分のために戦った人がいることを目撃した。たとえそのあと……。

そんなふうに考えてはならないとグレースは自分に命じた。ドロシーは生きている。彼女を奪還するのだ。

「次の電話が重要よ」マギーがグレースに言い聞かせた。「誘拐はカーセッジがこれまでしてきたこととは違う。彼はその手のプロではないし、身代金が目当てでもない」

「目当ては私よ」グレースは言った。

「君がやつの手に落ちることはない」ギャビンが低い声を発した。

その言葉に独占欲の強さを聞き取り、マギーが眉を片方あげた。マギーからもの問いたげな目を向けられて、グレースはかすかに首を振った。

「カーセッジがしくじるとしたらほかでもない、今からよ」マギーが指摘した。「彼は動揺するだろうけど、懸命にそれを見せまいとするはず。標的を生きたまままとらえて、おとなしく拘束しておくのは……とてつもないストレスだわ。正しい結末に導いてもらうためにあなたを必要としてくる」

「つまり具体的に言うと？」グレースはマギーの洞察力を誰より信頼していたが、話の行き着く先が見えなかった。

「あなたの苦しみがカーセッジにとっては身代金なの」マギーが言い替えた。「ドロシーを誘拐した理由はただひとつ。あなたを傷つけるためよ」

それは正しい。グレースはふいに強い寒けを感じて両腕を自身の体にまわした。

「殺すことではもはや満足できない」ギャビンが顔をゆがめる。「やつにとってはあっけなさすぎる」

グレースは眉根を寄せた。ギャビンの顔がこれまで見たこともないほど曇っている。

「私に話していないことがあるのね？」

ギャビンがためらってから口を開いた。「ドロシーを連れ去ったのは拷問するためだ、グレース。カーセッジはその経験がないから、最後には殺してしまうだろう。たとえすぐには殺したくなくても」

ギャビンの言葉を聞いて、グレースは喉にせりあがってきた不快な塊をのみくだした。ギャビンの表情が拷問とは何かを知りつくしていると語っていた。グレースは彼の足にうっすら残る古い傷跡を思った――一緒に過ごした最初の夜に気づいたものだ。ゴム管で打ち据えられた跡。骨を細かく砕いて耐えがたい激痛をもたらすが、拷問する側の手元が狂わない限り、表面にはさほど傷が残らない。

「カーセッジを見つけないと」グレースは言った。

「絶対に電話が来るわ」マギーがグレースを元気づけた。「我慢できるわけがない。あなたの苦しみを味わわずにはいられないんだから」

会議室のドアがノックされ、ポールが顔をのぞかせた。「グレース、話がある」

グレースは立ちあがって上司のオフィスについていく前から、彼をひと目見ただけでなんの話か察した。その表情から、こわばった肩の線から、目を合わせまいとする様子から用件が見て取れる。

椅子に座る前にグレースは口火を切った。「この件から私を外したいのね」

ポールが息を吐いてデスクについた。グレースは向かいに腰をおろし、反抗的に腕組みした。

「マスコミが騒いでいるんだ、グレース」ポールが口を開いた。「この事件が気に入って、拡大鏡で観察している。もし何か失敗すれば――」

ちりちりする感覚がグレースの肌に広がった。「私がしくじったことがある？」彼女はポールに食ってかかった。「私の記憶では、これが連続殺人事件だと気づいて、どんなつながりがあるかを解明し、殺人犯をあなたに差しだしたのはこの私よ」

「それは君がカーセッジとつきあっていたことがあるからだ！」ポールが言い返した。

「コルテス捜査官に話をした。喜んでチームに加わると言っている」

「コルテスですって？」グレースは信じられない思いで言った。「冗談でしょう」

「コルテスは優秀な捜査官だ。優れたプロファイラーでもある」

「たしかにコルテスは優秀だわ」グレースは認めた。「これが人身売買の事件なら適任だと思う。でも彼の専門は性犯罪よ。連続殺人事件を担当したことは一度もない。そうでしょう？」

ポールの沈黙がすべてを語っていた。

「私はFBIに入ってから十件を超える連続殺人事件にかかわってきたわ。半分以上は私が中心となってプロファイリングを行った。そして一件を除くすべての事件で犯人を刑務所送りにした。それなのに専門性に劣るプロファイラーを引き入れて、うまくいくと思っているの？」

ポールが唇を固く引き結んだ。彼から非難の気持ちがひしひしと伝わってくる。

「君は今回の事件と個人的なつながりがある。それだけでも捜査から外すべきだ」

「まさにそれが私を捜査から外すべきではない理由よ」グレースは説得しようとした。「カーセッジは私に執着している。電話での会話を聞いたでしょう。私を愛しているのよ」

「君を愛していると思いこんでいる、の間違いだろう」ポールが言った。

グレースは首を振った。「相手の気持ちをはねつけるなんて愚かよ」この点は譲れない。ドロシーを連れ去られたあとではなおさらだ。あらゆる角度から、カーセッジの一言一句とこれまでの行動を洗い直さなければならない。そのすべてに意味がある。

そのうちの何かがカーセッジのもとへ導いてくれる。取るに足りないと思えるささいなことも、意味がないと判明するまでは意味がある。

ポールが当惑した様子で目をしばたたいた。「連続殺人犯が人を愛せるというのか？」

「私たちが言うところの愛とは明らかに違う」グレースは椅子から立ちあがった。動きまわらずにいられなかった。目に見えない虫が肌を這っているかのような感覚が戻ってきた。動いているほうが気をそらしやすい。「でもカーセッジにとってはそれが本物なの。彼にとって、愛は所有すること。自分のことを自らが彫刻した女性の像に恋したピグマリオンだと見なしていて、カーセッジの中で私は悪さをした自分の創造物なのよ。今この件から私を外せば、カーセッジはＦＢＩとのかかわりを絶つわ。ドロシーを無事に取り戻す望みは消える。あの男はドロシーを殺して、死体を遺棄するだろうから」

グレースはポールのデスクに両手をついて身を乗りだし、正面から視線を合わせた。

「ポール、カーセッジは姿をくらますわ。あなたが彼を逮捕しようと何年も無駄な努力をしているあいだに、向こうは自分の病的な幻想に見あう人たちを次々に殺していく。私をこの件から外す前にそのことを考えて。あの男が捕まるまでに何年間も被害が続くことを」

そんなことはさせられない。心の底ではポールに捜査から外されるかもしれないと思うと怖かった。もしそうなれば、失うのはドロシーだけではないと知っていた。カーセッジを逮捕するチャンスも失うはめになる。

だから自分で道を選ばなければならない。

とはいえ、自身のことはわかっている。多くを否定できたとしても、グレースの一部は心の闇を知りつくし、人間の最も暴力的で卑劣な部分を見てきたために、実際には選択肢はないと承知していた。たとえ孤立することになろうが、自分がカーセッジを追いつめなければならない。そうなれば、グレースがカーセッジに手錠をかけることはないだろう。

彼は遺体袋に入れられているからだ。

「お願いよ、ポール」グレースは声音をやわらげた。自分が疲労困憊した顔をして、まとめた髪はほつれ、疲れた目をしているのは百も承知だ。「私たちは何年も一緒に仕事をしてきたじゃない。今まで私が言ってきたことは正しかった。少しは信用して」

ポールがため息をついて口元をさすり、しばらく視線を合わすのを避けた。「君に傷ついてほしくない」

　グレースは心臓をつかまれた気がした。「シーブズ事件を思いだしてしまうのね」

どうして気づかなかったのだろう。自身の混乱にのまれて、ポールのトラウマの要因が完全に頭から飛んでいた。

「目の前でチームのふたりがやられたんだ。僕自身はあの世行きになるくらいのC４爆薬を胸に巻かれて椅子に縛りつけられた。そのこととはなんとか気持ちの折り合いをつけられた。だがあの少女がすぐそばにいて、犯人にインスリンを与えられないがために死にかけていた。それにすら僕は気持ちの折り合いをつけた。少なくともあっというまのことだろうから苦しまずにすむと思った。でも、そのあと……」ポールの声が小さくなった。体の前で両手を絡め、頭を垂れている。

「マギーが小屋に入ってきて、彼女の体にその爆弾付きのベストをつけさせた」グレースはポールの言葉を引き継いだ。

「自分のつまらない人生が目の前をよぎったよ、グレース」ポールが何かに取り憑《つ》かれたような顔で言った。「マギーとの関係があんなふうに終わってしまったことにも折り合いをつけていた。だが彼女の死の原因を作ったのが自分だなんてことを受け入れられるわけがない」

「マギーは死ななかった」グレースはそっと言い聞かせた。「私だって死なないわ」

「君はそう言うが、カーセッジは君を自分の所有物だと思っているんだぞ」ポールが主張した。「僕が四人姉妹に囲まれて育つうちに学んだことがあるとすれば、そんな考え方をするような男は危険だということだ。ああ、致命的にもなりうる。それが連続殺人犯の場合には？　危険で致命的だ」

グレースが反論しようとしたとき、オフィスにノックの音が響いた。彼女がドアを開けるとギャビンが待っていた。「やっと電話がつながってる」

「グレース——」ポールが何やら言いかけたがグレースは取りあわず、廊下を走って会議室に戻った。ギャビンとポールがあとに続く。ゾーイーはすでに室内で逆探知を試みており、マギーはグレースのほうに駆けてきた。

「グレース、これがいい方法だとは思えない」ポールが言った。「おそらくマギーに——」

「おそらくマギーは代わらないほうがいい」マギー本人がポールに有無を言わせぬ視線を投げた。「カーセッジがかかわりを持とうとしてるのはグレースだけよ、ポール。グレースが頼みの綱なの」

ポールが苦しげな表情で腕組みした。「わかった。今回は発信元を突きとめられるかどうかやってみようじゃないか、ゾーイー」

「難しいわ。信号があちこちを中継してるの、ボス」ゾーイーが説明しているあいだに、マギーがグレースを脇へ連れだした。

「いい、私が言ったことを覚えておいて」マギーが指示する。「カーセッジは何をしでかすかわからない。慎重に対応するのが肝心よ。怒りは表に出さないで」

グレースはうなずいた。心臓が激しく打つ。ドロシーの命が懸かっている。失敗は許されない。

「君ならできる」ギャビンが背後から声をかけた。

グレースは大きく息を吸って呼吸を落ち着かせてから、電話のスピーカーモードのボタンを押した。

「カーセッジ」グレースは呼びかけた。

「また誰かが痛い目に遭った。君が自分の世界にのめりこみすぎて、ほかの何も、誰も気にかけなかったせいで」カーセッジの語気は強かった。精製されつくしたあとの苦い廃糖蜜のごとく怒りが滴っている。

「ドロシーを傷つけたの？」グレースは必死に激情を締めだした。

「捜査官の話だよ」カーセッジが鼻で笑った。「ウォーカーだったかな？」舌打ちが聞こえる。「私の邪魔をしてくれてね。あの男は決死の覚悟だった。気高い振る舞いだったよ。彼の顔が台なしになっていなければいいが。とはいえ、いい子にしていれば、哀れに思った君が寝てくれるかもしれないな」

グレースは唇の内側を噛んだ。ギャビンに目を向けたくなるのをこらえる。

「ドロシーは無事なの？」

「あれはよく叫ぶ子だ」カーセッジの言い方は楽しげで、その言葉には二重の意味合いが感じられた——気分が悪くなるような性的な含みが。

グレースはみぞおちが締めつけられ、こぶしを握りしめた。「もし彼女の体に触れでもしたら——」グレースの言葉はカーセッジの残酷な笑いにかき消された。その声が触手のようにグレースに絡みつく。もはや耐えられない。とらわれ、世界が自分のまわりで狭まっていく感覚に襲われて、息をすることも逃げることもできない。

グレースはその時点で理性を失っていた。相手は正しいボタンを押し、しかもそれを承知している。

「私は強姦犯ではない、グレース」小ばかにして笑う。「私をなんだと思っているんだ？　ドロシーとはナイフでちょっと楽しんだだけだ」

ドロシーにひとつでも傷跡が残るようなことがあれば……。グレースは電話口から手を伸ばしてカーセッジを絞め殺してやりたかった。

「彼女が生きていることを証明して」グレースは声の震えを抑えられなかった。

「それなら君が私から奪った年月を返してほしいね」カーセッジが言った。「残念ながら、望むものがいつも手に入るとは限らない。君に必要なヒントはすべて与えた。捜しだすのに四十八時間の猶予をやろう。そのあとドロシーはポトマック川に沈む」

「待って――」

しかし電話は切れていた。

グレースは悪態をついて電話を引っつかみ、部屋の奥へ投げつけた。

それから髪に指を差し入れて首の付け根をつかみ、雑念を払おうと会議室を歩きまわった。考える必要がある。

部屋にいる全員が静かに見守りながら、グレースが口を開くのを待った。

けれどもグレースには言葉が見つからなかった。カーセッジがどこにいるのかわからない。

自分が何をしたらいいのかも。

カーセッジは何を期待しているのだろう？　彼の話を手がかりにして、グレースがパズルを解くこと。グレースを思いどおりに操ること。それが向こうの望みだ。それは自分がこれまでしてきたことだ。対戦相手として向きあうことで相手は図にのった——私はカーセッジが考案したゲームに参加していたのだ。

ある考えが頭に浮かび、グレースは歩きまわっていた足を止めた。顔をあげ、ギャビンと視線を合わせる。

「どうした？」ギャビンが問いかけた。

「力の流れを変えないと」グレースは言った。「もうカーセッジのあとは追わない。カーセッジを私のもとへ引きずりだしてやるのよ」

「わかった。でも、どうやって？」

「ポールの希望どおりにするの」グレースの視線を受けとめたポールは、理解できずに眉をひそめている。「ポール、私を首にして」

28

「本当に僕でいいのか？」ギャビンはそわそわとネクタイを直した。髪を撫でつけると前髪がひと房額に垂れ、いらだたしげなため息をもらす。髪を切りに行かなければならない。

「だめよ、そんなふうにしては」グレースが無意識に手を伸ばしてギャビンの髪を直す。それから自分のしていることに気づいたのか、ぴたりと動きを止め、すばやく手を引っこめた。ギャビンは愉快になって笑みを投げかけた。「カーセッジはあなたとかかわりを持った」グレースは腕組みしている。彼女はそれ以上触れまいと自制しているようで、ギャビンは思わず男としてぞくぞくする感覚を抱いた。「カーセッジと直接顔を合わせたのはチームの中ではあなただけ。相手はあなたが自分より劣ると思っている。この前会ったときに自分が勝ったと思っている」

自分がどれほどドロシーの近くにいたかを思いだすと、ギャビンは胸が痛んだ。あと数センチ手を伸ばせていたら、もしかして……。

ギャビンはドロシーに――彼女を車から連れだして安全を確保することに――集中しすぎていて、切りかかられるまでナイフに充分な注意を払っていなかった。

自分はあの少女を失望させただけではない。グレースも失望させてしまった。

「実際、向こうが勝ったんだ」ギャビンは言った。「僕がもう少しすばやく動いていたら――」

「やめて」グレースが静かにさえぎってギャビンの手を握った。振り向いて廊下には自分たちのほかに誰もいないことを確かめてから、額に弧を描いて縫った傷跡の上をそっとなぞった。「あなたはドロシーのために必死で戦った。自分の身を危険にさらして。できることは全部したのよ」

「でもそれだけでは足りなかった」ギャビンの声には怒りと自己非難がありありとにじんだ。

「そういうときもあるわ」

それがこの仕事のつらい現実だ。なんでもうまくいくとは限らない。

だがカーセッジがグレースを巻きこんだこの異常なゲームでは、必ずグレースが勝つ。ギャビンは確信していた。彼女自身が確信を持てずにいるのを感じていても。

ドロシーの誘拐でグレースは大きな打撃を受け、自分に疑問を抱くようになった。けれどもグレースはカーセッジよりも優れている。もっと頭が切れる。彼女はきっとやつの裏をかく。

一連の事件がいかにグレースをいらだたせているか、ギャビンにはたいていの人よりもわかっていた。グレースは仮面をかぶるのがうまいので、実際の感情を表に出す代わりにまわりが望むように振る舞う。驚異的なほど気持ちを保っているが、カーセッジとの電話のときにはストレスを感じている様子が垣間見えた。ギャビンはそこに、犯人がカーセッジだと割りだしたあの夜の絶望的な表情を見た。精神的にまいって壊れかけている――それを責めることはできない。正直言って、すべてにここまでうまく対処してきたことのほうが驚きだ。

「記者会見はしたことがないんだ」ギャビンは認めた。緊張がどんどんふくらんでいく。寸分たがわず計画どおりに進めなければ、カーセッジをおびきだすのは不可能だ。キンケイド捜査官がカーセッジに誘拐の経験がないことを懸念しているのがよくわかる。ギャビンも同じ気持ちだった。カーセッジは四十八時間の猶予を与えると言ったが、実際にそれだけ時間があるとは限らない。

この事件を迅速に、誰にとっても安全に解決するには、カーセッジを引きずりだすしか方法がない。

「あなたなら大丈夫」グレースが力づけた。「マギーと私が考えた台本どおりにすれば問題ないわ。私がこの件にかかわることには否定的だという態度を取るのを忘れないで。カーセッジに自信を持たせたいの。ちょっとつけあがるくらいに。相手を褒めて。殺人犯としての技量を話題にして。そうすれば得意になって餌に食いつくわ」

「ウォーカー捜査官、チームのメンバーがそろいました」広報担当が告げた。ギャビンはもう一度ネクタイをいじり、この日のために用意された会見会場をのぞいた。ギャビン、ポールを含め、ゾーイーたちメンバーはすでに小さな演壇にあがっている。部屋の前方に椅子が並び、座っている記者もいれば、立ったままの記者もいて、マイクとノートパソコンをすぐに使える状態にしている。撮影班はチームに向かってレーザー光線のようにピントを合わせている。

グレースが望んだとおりだ。

「みんな待っています」広報担当が催促する。

ギャビンはうなずき、最後にもう一度ネクタイが曲がっていないかどうか確かめた。

「幸運を祈っていてくれ」屈託のない笑みを見せようとしたがうまくいかず、そのまま演壇に向かった。「皆さん」ギャビンは切りだした。「ギャビン・ウォーカー捜査官です。本日はここ数日間にこの地域で起きた殺人事件と、未成年者であるミズ・ドロシー・オブライエンの誘拐事件について報告します。ＦＢＩの捜査で割りだされた容疑者はこの男です……」ギャビンがボタンを押すと、自身の背後のスクリーンにカーセッジの顔が映しだされた。「ヘンリー・カーセッジ博士。四十八歳。メリーランド大学の犯罪学教授です。武器を所持していると思われる、大変危険な男です」

記者のあいだにざわめきが起こった。

「これが今回の連続殺人事件の容疑者ですか？」『ワシントン・ポスト』の記者が声を張りあげた。

「そうです」ギャビンはカメラをまっすぐ見つめた。グレースが穏やかに語った指示を思い起こす。「カーセッジ博士はこの数日間に首都圏で起きた連続殺人事件の容疑者であるだけでなく、ミズ・ドロシー・オブライエンを誘拐した容疑者でもあります。カーセッジ博士が一連の殺人を始めたきっかけが、われわれＦＢＩのプロファイラーであるグレース・シンクレア捜査官に対する個人的な恨みだという証拠もつかんでいます。ミズ・オブライエンを標的にしたのも、シンクレア捜査官の友人だからです」

「グレース・シンクレアというと、あのベストセラー作家の？」記者のひとりが叫んだ。

「そのとおりです」ギャビンは答えた。

会場のざわめきが大きくなる。ギャビンは平然とした態度を崩さなかった。〝博士と呼んで〟グレースは言っていた。〝敬意を示すの。いい気にさせるのよ〟

「カーセッジがシンクレア捜査官に目をつけた理由は？」『ニューヨーク・タイムズ』のブロンドの記者が質問した。

ギャビンは大きく息を吸った。言わなければならないとわかっているが、言葉が口に入った砂のように感じられる。グレースの個人的な事柄をこんなふうに公表することは受け入れがたかった。だが、やらなければ。グレース本人がそう言ったのだ。

「シンクレア捜査官が大学一年のとき、カーセッジ博士は彼女の指導教授で、ふたりは親密な関係にありました」

会場は大騒ぎになった。あちこちから質問が飛んでくる。

「昔の恋人に復讐するために人を殺しているというんですか？」

「シンクレア捜査官が記録的な速さで卒業したことは広く知られてます。ふたりが関係を持っていたとき、シンクレア捜査官は法定年齢に達してたんですか？」

「カーセッジ博士の奥さんについては？　われわれがつかんだ情報では、その時期、彼は既婚者だったようですが」

ギャビンは両手をあげて室内に静粛を求めた。「シンクレア捜査官の私生活について推測するつもりはありません。ここで憂慮すべきはカーセッジ博士です。知的レベルが高く、非常に危険な人物です。たとえ本人を見かけても、市民の皆さんはかかわらないようにお願いします。安全な場所に避難してから、FBIのホットライン、または九一一にすみやかに通報してください。現在、ミズ・オブライエンは生存しているとの情報を得ています。彼女の写真を提供しますので、見かけた方はFBIのホットラインまで連絡願います。そして、これはっきり申しあげておきます。これまでのところカーセッジ博士の逮捕には至っていませんが、FBIと地元警察はあらゆる手段を使って容疑者を確保します。われわれのチームと私は」後方を示した。「カーセッジ博士の手にかかった被害者たちの無念を晴らすために、たゆまぬ努力を続けています」

「シンクレア捜査官はどうなんですか?」『ニューヨーク・タイムズ』のブロンドが質問した……ステラとかなんとかという女性だ。ギャビンは警察の番記者だった頃の彼女を覚えていた。抜け目がなく、カウボーイ並みにウイスキーを一気飲みすることも知っている。しつこく食いさがってくることにかけては最悪の部類に入る記者だ。

「シンクレア捜査官は本件の担当から外れ、一時的に休職中です」ギャビンは言った。

「明らかな個人的関与が認められたため、今後いっさい捜査にかかわることはありません。本件の指揮は私が執ります」

「しかし——」

「シンクレア捜査官は元恋人が連続殺人犯になったいきさつを回顧録にして出版するんですか?」

「カーセッジ博士がこれまで捜査の手を逃れているのに、ここでご自身が所在を突きとめられると考える根拠を教えてください」

ギャビンはポールにちらりと視線を送り、上司がうなずくのを確認した。そろそろ切り上げどきだ。

ポールが職業上の笑みを浮かべて演壇に歩み寄った。「今回はこれで質問を打ちきらせていただきます。繰り返しますが、市民の皆さんはヘンリー・カーセッジを見かけても、かかわりを持たないでください。安全な場所に避難してからすみやかにFBIか警察に通報願います。これで会見は終了です」

ポールの言葉を合図にチームは演壇をおり、ギャビンとポールが最後に続いた。

「みんな、よくやった」ポールがねぎらいの言葉をかけ、一同は会場を出てグレースが待つ捜査官専用区域に戻った。

「どうだった？」ギャビンは尋ねた。

「上出来だわ」グレースが答えた。「第二段階の始まりよ。ゾーイー、用意はいい？」

ゾーイーがぎこちなくほほえんだ。「いつでもオーケイよ」

29

愛しい君よ

この売女め。

いったい何様のつもりだ？　くそっ、勝手におりるとは何ごとだ。そんなことは認めない。

反則だ。

これは私たちふたりのゲームだ。私がふたりのために用意した。猫と鼠《ねずみ》の命懸けの追いかけっことでも言おうか。君は勝ったつもりでも、その実、君が勝つ見込みはまったくない。

君は私のものだ。私と肩を並べることができかけた者は君しかいない。君の仲間など、天才の前ではごみも同然だ。あれほど愚鈍では私を見つけだすことはできまい。可能性があるのは君だけだ。

わかっているだろう。すべては君のため、君だけのために用意した。

あの間の抜けたやつらが私に追いつけるとでも思っているのか？　私を追跡していると？　冗談もほどほどにしてもらいたい。あいつらは誰と戦っているのかさえ理解できていないらしい。愚かにもほどがある。安易な方法で捕まえられると思っているようだ。警官が私にスピード違反や駐車違反の切符を切ることで、声高に勝利を宣言するつもりなのだろう。

そうはいかない。そんなことで名声に傷をつけるくらいなら、銃弾を浴びるほうがましだ。

愛しい君よ、最後のときはふたりきりで迎えよう。目に見えるようだ。君のやわらかな肌が思い起こされる。体が覚えているあの感覚に、私は日夜悩まされている。

警察は関係ない。殺した女どもも関係ない――あいつらの役目は終わった。

女たちが私を君のもとへと運んでくれた。

最初から私たちふたりしかいなかったのだ。誰も追いつけない。私と渡りあえる者など存在しない――そう、君でさえも。だが君が努力する姿を見るのは、なんとも甘美ですばらしい、満ち足りたひとときだ。君は私に追いつき、私をとらえ、旧約聖書にあるような、かつて私が教えた正義を実行しようとしている。目には目を——やはり根本では私の教え子なのだ。

今さら投げだすのか？　またしても私を捨てるつもりか？

ありえない。

ここにきて投げだすなんて、君はいったいどんな女になりさがったんだ？　そんなのは私の知っている君ではない。

女というものは若いときのほうがはるかに優れている。みずみずしくて無垢な存在。

従順で、敬虔《けいけん》で、男の指示するとおりに動く。

だが成熟が女を腐らせる。例外なく。自ら考えるようになり、要求するようになり、自立していく。

吐き気がする。胸が張り裂けそうだ。

なぜこうなってしまった？　君はもっと優秀なはずだ。逃げだすなど君らしくもない。そんなふうには教えていない。

もしや……。

ああ、そうか。

君はゲームを仕掛けているんだな？

ささやかな劇を演じているんだろう？　私がそれを見ている隙に追いつめてやると。

ああ、愛しい君よ。私の気をそらそうとしているんだな。私の劇場で私を出し抜こうとするとは。

私が怒りに駆られて過ちを犯すことを期待しているのだろう。

むろん、その手は通用しない。危うくだまされるところだったよ。だが……。

おかげで、これまでは考えられなかったほどの希望が持てた。もっともな理由から恐れるべきある種の力を、君が私に与えてくれたのだ。

やっとゲームに参加してくれるんだな。あらゆる手を使い、存分に戦うつもりなのだろう。わかってくれたのか。そう、私が君の敵だ。君の対戦相手なのだ。ようやく、ようやく歯車が噛みあった。真っ向勝負を始めよう。

まさに望みどおり。これこそ私が求めていることだ。

私に勝つなど不可能だ。勝とうと考えること自体、はなはだばかげている。だが君は挑戦しようとしている。ああ、なんと涙ぐましいことか。

いい眺めだ。君は挑み、もがいた挙げ句、重圧に押しつぶされていく。あの少女を連れ去られたのが想像以上の痛手だったようだな。考えてみれば当然だ。君はいつも孤独な者に惹かれ、手を差し伸べたい、力を貸したいと思っていたではないか。

正当な評価を与えられてしかるべきこの私を評価しようとせずに。

察しているだろうが、君の著書は読んだ。新刊の献辞も。

ひと目見た瞬間、行動に移らなければならないと思った。これほどの侮辱を看過することはできない。経歴を書き換えるとは何ごとだ。あれは君の過去であり、私たちの過去だ――もはや我慢の限界だった。許せない。君は私を無価値だと表明したに等しい。君に思い知らせてやる。私がいなければ、今の君はいなかったのだと。

君はいつも美しかった。昔からの上品で崇高な美しさを持っていた。その美貌が、中途半端な知性だけではとうてい到達しえなかった高みにまで君を押しあげたのだ。もっとも、容姿が成功に寄与しているとは君は考えもしないだろうが。

私は君よりも男というものをよく知っている。君のような女を雇うときに男が何を考えるか。そういう女が股を広げれば、あらゆる扉が開く。

売女め。

それでも私は君を欲している。すべてを破壊されようとも。どれほど非情な仕打ちをされようとも。

君を手に入れるためなら、百人殺すことも厭《いと》わない。千人だろうと手にかけよう。

だが千人殺すまでもなく、君は屈服するだろう。

数人ですむかもしれない。選ばれた数人なら。

狙い定めた数人なら。

人を破滅させる最善の方法は、その人間が愛するものすべてを破壊することだ。

彼女が愛するものすべてと言ったほうがいいだろうか。

あるいは愛する人すべてと。

――C

30

グレースは全身の神経が張りつめていた。映画館の向かいに停めたワゴン車の中に座り、カメラの映像を凝視する。ゾーイーが何か言うまでは突入できない。カーセッジはこの中にいる。餌を与えたのだから。ドロシーを人質に取っている状況で、さらなるプレッシャーがかかるとしても、彼はそれに抗えないはずだ。ゾーイーのように華奢《きゃしゃ》な女性を殺すとなれば、カーセッジはさぞ恍惚《こうこつ》となり、自分を見失うに違いない。そう、グレースが事件からおりると聞いて激怒したのと同じくらい。この致命的な組み合わせでカーセッジを混乱させ、判断力を鈍らせる作戦だった。カーセッジは必ずゾーイーに接触してくる。グレースは会見の場で意図的にゾーイーにスポットライトがあたるよう仕向けたが、怒りにわれを忘れたカーセッジはこれが策略だとは気づかないだろう。彼はグレースを破滅させようと躍起になりすぎている。

あと数分で、自らの過ちに気づかせてやる。

グレースの指示で、ゾーイーはソーシャルメディアに映画を見に行くと投稿していた。そしてゾーイー自身は納得していなかったものの、彼女が映画館に向かう際には、グレースはありったけの捜査官を注ぎこんで尾行させた。ギャビンはゾーイーと一緒に館内に入ると主張したが、カーセッジに悟られる危険を冒すことはできなかった。

グレースが作戦を提案したとき、ゾーイーは肩をすくめ、自分は守ってもらわなくても大丈夫だと平然と言った。

「無防備すぎるわ。十中八九、カーセッジは映画館までつけてくる……そういう芝居がかったことに魅力を感じるのよ。でももしあなたが映画館に着く前にカーセッジに捕まったら――」

ゾーイーはにんまりすると、手のひらサイズの懐中電灯を取りだして、持ち手のスイッチを入れた。懐中電灯からバチバチと火花が散る。「女の相棒はスタンガンってわけ。心配しないで、グレース。喜んでおとりになるわ。ドロシーを見つけないと」

ゾーイーが自信満々なので、グレースは心配を表に出さないようにして、心の奥底に押しこんだ。ドロシーに残された時間はあとわずかだ。

「大丈夫か？」ギャビンが尋ねる。

グレースはカメラの映像を見つめたままうなずいた。

無線がカチッと鳴った。「こちらアルファチーム。持ち場につきました。映画館を包囲してます。オメガチームもいつでもロビーに突入できます」

「オメガチーム、いいか」ポールが言った。「合図を待て。繰り返しになるが、容疑者は生かしたまま逮捕しろ。今回は少女の命が懸かっている。失敗は許されないぞ」

刻一刻と時間が過ぎていくが、ゾーイーの声はしない。無言の時間が長引くにつれて、グレースの不安が募っていった。

予想が外れたのだろうか？　カーセッジは現れなかったのだろうか？

あるいは待ち伏せしているのかもしれない。

いいえ。グレースは失望に襲われた。もしかすると、無線で連絡する間もなくゾーイーは捕まってしまったのかもしれない。

「何かおかしい」ギャビンが張りつめた声を出した。

「突入したほうがいいわ」グレースはポールに言った。

ポールはグレースを見てから、カメラの映像に視線を移してうなずいた。「オメガチーム、突入を開始せよ。繰り返す、突入を開始せよ」

ポールが指示するや否や、グレースはワゴン車から飛びだし、通りを走って渡った。

ギャビンがすぐあとに続く。

「FBIです」グレースは当惑しているチケット購入客に身分証を見せながら突進した。映画館のドアを駆け抜け、オメガチームの持ち場だったロビーに入る。

「カーター！」ギャビンが声を張りあげた。「やつはどこだ？」

ポールの戦術部隊のひとりが左手の劇場を指した。

グレースは前方から暗い劇場に飛びこむと、グロックを構えて中央の通路を突き進んでいった。オメガチームが通路になだれこむのと同時に、ギャビンが後方で観客を外へと誘導しはじめた。

字幕付きのフランスのモノクロ映画の明かりが劇場じゅうにまたたき、影を落としている。

グレースは中央近くの列の真ん中あたりにふたりの人影を見つけた。オメガチームが突入して観客たちが逃げ惑っているにもかかわらず、ふたりは振り返りもしない。

「ポール、明るくして」グレースは無線に向かって言うと、ふたりに銃の狙いを定めた。

すばやく距離を詰める。スクリーンでは、男が恋人の耳元にフランス語で何か甘い言葉をささやき、そのあと男女が抱きしめあっている。グレースはあと少しで人影のもとに――。

ふいに明かりがつき、人けのない劇場内に光があふれた。グレースは突然のまばゆい光に涙をにじませながら目をしばたたいた。

カーセッジはゾーイーの隣に座り、片方の腕を彼女の肩にまわしていた。もう片方の手でゾーイーの頭に銃を突きつけている。

「やあ、愛しい君」満面に笑みを浮かべてグレースを見あげた。「私に会いたかったかな？」

グレースはグロックを握る手に力をこめた。「銃をおろしなさい、カーセッジ。ゾーイーから離れて」

カーセッジが力を入れてゾーイーの肩をつかんだ。ゾーイーが悲鳴を押し殺そうと唇を嚙みしめる。

「ごめんなさい、グレース。無線を奪われて……」ゾーイーは言いかけて、はっと息をのんだ。銃でこめかみを小突かれたのだ。ゾーイーは大きく開いた目に涙を浮かべ、恐怖に全身をこわばらせた。

「静かにするんだ」カーセッジがささやいた。「いい大人が話をしているんだから」

グレースはゾーイーの目を見つめ、落ち着きを保つよう訴えた。ああ、自分のせいだ。浅はかな計画だった。甘かった。無謀だった。

許せない、カーセッジ。

ギャビンが後方からすばやく通路を進んできた。カーセッジの後頭部に狙いを定めている。グレースが目を見開くと、ギャビンは三列後ろで足を止めたが、視線はカーセッジから離さなかった。

「ドロシー・オブライエンはどこ？」グレースは言った。

カーセッジが声をあげて笑った。「私の教えをすっかり忘れてしまったのかな、グレース？　頭を使うんだ」

怒りがますます募るにつれ、グレースは銃を持つ手に力が入った。

カーセッジが振り返ってオメガチームを見やる。銃はそろってカーセッジに向けられ、いつでも撃つ準備ができていた。「スピードで勝てると思っているのか、グレース？」カーセッジが尋ねた。「私が彼女を撃つ前に、君たちが私を撃てると」銃口をゾーイーのこめかみに滑らせる。

「まさか」グレースは声を絞りだした。声に感情が出ないように注意しなければ。平静を装う必要がある。動揺していることを、恐怖に震えていることを悟られたら、カーセッジがこの異常なゲームに勝ったも同然になってしまう。

「ふたりきりになれるよう、お友達に伝えてくれないか?」カーセッジがゾーイーを引き寄せつつ言った。

グレースはオメガチームのリーダーのカーターに、出ていくよう顎で合図した。カーターが異議を唱えるようにグレースを見つめる。

「早く、カーター」グレースは言った。

戦術部隊は撤退して、劇場のドアを勢いよく閉めた。

残るはギャビンとグレースだけだ。グレースはギャビンに目で合図を送りたかったが、その暇はなかった。

グレースの銃はいまだカーセッジに向けられている。カーセッジの銃はいまだゾーイーに向けられている。

涙がゾーイーの頬を伝い、クレオパトラのように引いたアイライナーが頬骨までにじんだ。息が荒い。ゾーイーは今にもパニックを起こしそうになっている。

「大丈夫よ、ゾーイー」グレースは言った。

カーセッジが笑った。「もちろん、大丈夫ではないな、ゾーイー」そう言うと、ある行動に出た。グレースは胸が締めつけられ、体が震えた。カーセッジはグレースに視線を据えたまま、前かがみになってゾーイーの額にキスをしたのだ。ゾーイーの頭部に銃口を突きつけた状態で。カーセッジを凝視していたグレースの耳にも、ギャビンが荒い息をもらしたのが聞こえた。「いい子だ。言われるがまま、計画にのったことを後悔しているんだろう？」

「くそったれ」ゾーイーが歯を食いしばったまま言った。虚勢を張って、パニックに陥らないようにしているらしい。

さすがだ。ゾーイーを早く救いださなくては。

「おまえは包囲されている、カーセッジ」ギャビンが叫んだ。「逃げ場はない。ゾーイーを解放しろ」

「まったく、なぜ解放しなければならない？」カーセッジが言った。「せっかく楽しいひとときを過ごしているのに。そうだろう、ゾーイー？」

ゾーイーが悲鳴とも冷笑ともつかないヒステリックな声をもらした。「ええ、女の扱い方は心得てるみたいね」皮肉たっぷりに言う。

「当然だ」カーセッジの言葉を聞いて、グレースは吐き気がした。彼がグレースのことを考えているのは明らかだ。世間知らずで、父親のような存在からの愛に飢えていた十八歳当時のグレースのことを。カーセッジは人間のくずだ。眉間に銃弾を撃ちこんでやりたい。だが、そんなことはできなかった。ゾーイーの命が懸かっている。ドロシーが監禁されている場所もわからなくなってしまう。

ふたりを守らなければならない。カーセッジを生かしたまま確保し、ゾーイーを解放させなければならない。

「どうするつもりかな、グレース?」カーセッジが尋ねた。「私を殺せば、かわいそうなドロシーは行方不明のままだ。保証しよう、君は一生、ドロシーを捜しつづけるはめになる。そして決して見つけられない。ドロシーは鎖につながれたまま、涙も涸《か》れ果て、飢えて、のたれ死ぬのだ。今か今かと君を待ちながら。あの子は手ごわかったよ。痛めつけてもなかなか悲鳴をあげなかった」

グレースは鋭く息を吸いこまずにいられなかった。ドロシーはさぞ恐ろしい思いをしただろう。「殺してやる」グレースは声を絞りだした。

「残念だが、それはできない」カーセッジが言った。「もちろん、そこにいるウォーカー捜査官もだ」彼はあざ笑った。次の言葉を聞いた瞬間、グレースは凍りついた。

「目の具合はどうだ、ウォーカー」

「少し縫っただけだ」ギャビンはうなった。「借りを返してやる」

カーセッジは大げさに体を震わせてみせてから、グレースに向き直って目を輝かせた。「タフガイ気取りだな。実に野蛮だ。君もずいぶんと自分の価値をさげたものだな、グレース」

グレースはギャビンには見向きもしなかった。カーセッジを見据えたまま銃を構え、じっと動かなかった。カーセッジは、グレースとギャビンがベッドをともにしていると本気で考えているわけではない。それはたしかだ。カーセッジはただグレースを侮辱しようとしているだけだ。だがもしグレースとギャビンが本当に親密だと思わせることができたら……。

動揺して隙ができるかもしれない。なんとかしてゾーイーを解放させなければならない。隙をついてゾーイーを取り返せば、あとはギャビンが反撃してくれる。

「あなたとつきあったことのほうが、よっぽど自分の価値をさげたわ」グレースはあざけった。一瞬だけ、意図的にギャビンを見やってから、再びカーセッジに視線を戻した。カーセッジは屈辱に顔を赤くしている。グレースは最高に満ち足りた、極上の笑みを浮かべてみせた。「でもギャビンとひとつになって……本当の自分を見つけた気がしたの」生々しさと真実みがあふれる、本心からの言葉だった。

予想どおり、それが引き金となった。カーセッジが全身をこわばらせ、憤怒《ふんぬ》の表情になる。

「この売女め！」はじかれたように立ちあがり、ゾーイーを自分の前に引き寄せた。

人質が防弾ベストよりも効果があることを心得ているのだ。ゾーイーは絶妙な位置に立たされた。グレースがカーセッジを撃てば必然的にゾーイーにあたってしまうし、ギャビンが背後から撃てば、弾はカーセッジもろともゾーイーをも貫通してしまう。カーセッジにとって最高のシナリオは、グレースかギャビンのどちらかが自分を制止しようとするうちに誤ってゾーイーを撃ってしまい、自分はまんまと逃げおおすことに違いない。そんな展開になれば、もはや歯止めはきかない。過去に類を見ない残忍な行動を引き起こすだろう。ドロシーもカーセッジが隠れ家に戻り次第、即座に殺される。

「後悔させてやる」カーセッジが吐き捨てるように言った。「君は私のものだ。償ってもらおうか」

「ゲームじゃないのよ、この人でなし」グレースはそう言って、ゆっくりとふたりに近づいた。ギャビンがあとに続く。カーセッジが通路をあとずさりすると、グレースとギャビンはともにカーセッジとゾーイーに向きあう形になった。グレースの銃もギャビンの銃もカーセッジに向けられていたが、なかなか狙いが定まらない。ゾーイーが懸命に足を踏ん張るのもむなしく、カーセッジは軽々と彼女を持ちあげて運んでいった。ゾーイーが足をばたばたさせてもがく。グレースとギャビンが発砲しようにも、ゾーイーが邪魔になっていた。ゾーイーもそれを自覚しているようだった。汗が涙とマスカラとまじりあい、頬を流れ落ちる。

「こんなはずではなかった」カーセッジが言った。彼がスクリーン近くの出口付近まで移動したとき、グレースはつかのま狙いが定まったかに思えた。これならゾーイーは無傷のまま、カーセッジに手傷を負わせられる。だが、確実に仕留められる保証はない。グレースが隣を見ると、ギャビンがかぶりを振った。ギャビンのほうも状況は同じらしい。「まだ観念するわけにはいかない」カーセッジがなおも続けた。「計画があるんだ、グレース。円はまだ完成していない」

「残念だったわね」グレースは言った。

「グレースのほうが上手《うわて》だ」ギャビンが言った。「逃げても無駄だ。われわれが必ずおまえを見つけだす」

〝われわれ〟という言葉にカーセッジは逆上した。「おまえは関係ない！」ギャビンに向かって怒鳴る。

出口はすぐそこだ。グレースは気を引きしめた。時が来た。もしカーセッジがゾーイーを捨てて走りだせば、一瞬だけ撃つチャンスが訪れる。

だがカーセッジがゾーイーを連れていく可能性もある。

「この私がだまされるとは……」カーセッジは何やらつぶやいている。

カーセッジがゾーイーをギャビンのほうに突き飛ばした。銃声が劇場内に響き渡る。ゾーイーが痛みに悲鳴をあげた。ギャビンはゾーイーを腕で抱きとめてから、床におろした。その隙に、カーセッジは出口から逃走した。

「ゾーイーは任せろ！」ギャビンが叫んだ。「行け！」

グレースは走った。体あたりしてドアを開けると、暗く長い路地に続いていた。心臓が喉から飛びだしそうになりながらもグロックを構え、すばやく左右を見渡す。いた！　グレースが前方にぼんやりとした影を見つけた瞬間、それは角を曲がって脇道に消えた。

「カーセッジ！」グレースは叫び、全速力で追いかけた。銃を前に構えて角を曲がる。カーセッジは三十メートルほど先にいた。夜の闇と、周囲にそびえたつビルの陰にかすんでよく見えない。リスクはある。だが、これに賭けるしかない。

グレースは足を踏ん張ると、銃を持ちあげ、息を落ち着かせた。

一。

二。

バン。

カーセッジはくぐもったうめき声をあげたが、なおも移動しつづけ、ビルのあいだに姿を消した。

グレースは走った。水しぶきをあげて水たまりを駆け抜けると、膝までずぶ濡れになった。頭の中に次々と疑問がわきあがる。命中した？ かすった？ 期待しすぎだろうか。

角を曲がって、はたと立ちどまった。

行きどまりなのに、細い路地には誰もいない。

消えた。

そのとき、後ろから足音が聞こえた。グレースは神経を張り巡らせて、四五口径の銃を構えつつ振り返った。

「われわれだ、シンクレア捜査官！」

グレースはわずかに銃をさげ、目を細めて戦術部隊のフラッシュライトを見つめた。

「こっちに曲がったの」グレースは後ろにさがってカーター捜査官に道を譲ると、すぐ後ろに続いた。カーターは半自動銃を手に行きつ戻りつし、ゆっくりと周囲を捜索した。銃についたライトがあたりを照らす。

路地を半分ほど進んだところで、グレースはあるものを見つけた。下水道に続く鉄格子だ。

カーターがライトで照らすと、鉄格子がずれているのがわかった。誰かが慌てて閉めたようだ。

グレースは激しい怒りに駆られた。逮捕できたはずだった。この手で。ここまで追いつめたのに！　次のチャンスはないかもしれない。

カーセッジは逃走した。下水道という地下の迷宮に身を潜めてしまったのだ。決して見つけることはできないだろう。カーセッジ自らが見つかることを望まない限り。

「追いかけるか、シンクレア捜査官？」カーターが尋ねた。

グレースはかぶりを振った。

ギャビンが走ってきた。両手に血がついている。グレースの胃がずしりと沈みこんだ。

「ゾーイーは？」グレースはいても立ってもいられず尋ねた。

「無事だ」ギャビンが言った。「腕に軽傷を負ったが、それだけだ。傷口も問題ない。今、救急隊員が病院に運んでる。カーセッジは？」

グレースは路地を見やった。「逃げられたわ」みじめだった。疲労と虚脱感で、燃えつきたマッチになった気分だ。ぼろぼろだった。

すべてカーセッジのせいだ。

グレースは路地にあったごみ箱を蹴った。爪先に走った痛みも、ごみ箱を蹴るにはまったくもって不向きな靴を履いていたことも、どうでもよかった。これでもかと、もう一度ごみ箱を蹴る。

「悪魔め」グレースはうなった。

彼女はひと呼吸置いた。怒りや罪悪感が堰《せき》を切ったようにあふれだして、体じゅうを駆け巡ったとき。疑念にとらわれてしまったとき。そんなときグレースは必ず、ひと呼吸置くようにしていた。

それから背筋を伸ばしてグロックをホルスターにおさめた。

「あのろくでなしを捕まえて、ドロシーを助ける方法を探しましょう」グレースは言った。

必ずカーセッジを降伏させてみせる。

たとえ刺し違えてでも。

31

このくそ女が。

私を撃つとは。よくもそんな真似ができたな。

私は君の策略を見抜けなかった。初めて君に出会ったとき、その魅力に抗えなかったのと同じように。

こうして生きているのは運がよかったと言うべきだろう。映画館の路地裏で、血の海に横たわっていた可能性もある。手錠をかけられて報道陣の前を歩いていた可能性もある。

わずか数センチ右だったら……君が勝っていたかもしれない。

言語道断だ。まったくもって論外だ。

あのブルーの髪の女は簡単すぎた。今ならわかる。どうぞ拉致してくれと言わんばかりに目の前に差しだされていたにもかかわらず、私は謀略だと気づけなかった。なぜなら君に償わせてやろうと、君の防御壁を叩き壊し、仮面をはいでやろうと躍起になっていたからだ。恥をかかせるだけでは足りない。本性を暴くだけでは足りない。君はまだわからないらしい。まだ攻撃を仕掛けてきている。まだ私に勝利しようとしている。今回はあと一歩だった。何しろ私を撃ったんだからな。だが、次は無理だ。

もっと早く気づいてしかるべきだった。君にわからせるためには、君を殺すしかないのだと。

32

「グレース」

ゾーイーを見舞いに来ていたグレースは、病室の窓から視線を離した。傷口を縫ってふさいだあと、ゾーイーはぐっすりと眠っていた。見覚えのある表情を目のあたりにすぐ近くで、ポールが暗い顔をして立っていた。し、グレースは恐怖に襲われた。悪い知らせがあるときの顔だ。

「今度は何が起きたの?」ドロシーが殺されたのかもしれないと、グレースは覚悟した。

「君が言うとおり、ジョアン・テイラーの家に捜査官を送りこんだんだが」ポールが口を開いた。

グレースは心臓が締めつけられるのと同時に、こぶしに力をこめた。「殺されていたのね」グレースは言った。質問ですらなかった。質問する気力もなかった。きかなくてもわかる。

カーセッジは円を完成させようとしていた。大学時代の女友達、両親、グレースとカーセッジを引きあわせた助手、それぞれの身代わりが殺された。離婚の裁判でジョアンの代理人を務めたナンシーも殺され、ジョアン自身もカーセッジのもとを去ったために殺された。

残っているのはグレースだけだ。これで円が完成する。

グレースに始まり、グレースに終わる。

「今回はイヤリングは見つかっていない」ポールは言った。「だがここまで来たら、さほど重要な問題でもないだろう」

「もう小道具はいらないんでしょうね」グレースは床を見つめた。「ゲームも終盤だから」

「大丈夫か、グレース」

グレースは深呼吸をして背筋を伸ばした。「心配しないで。私が勝つから」

「そういう言い方をするから不安になるんだ」ポールが心配そうに顔をしかめた。

「カーセッジが乗り移ったみたいだぞ」

「ええ。それがカーセッジを見つける糸口になるの」

グレースはそれ以上何も言わずに病室を出て、廊下を歩きはじめた。ギャビンが待っているロビーに向かう。ギャビンと合流すると、ふたりは並んで病院をあとにし、駐車場を抜けてSUVに向かった。空には朝日がのぼっていた。最後に眠ったのはいつだろう。だが、そんなことはどうでもいい。

今日で終わりだ。そう肌で感じていた。今日が決戦のときだ——だがカーセッジと私のどちらが勝つかはわからない。

ふたりが車に乗りこむと、ギャビンがようやく口を開いた。

「計画は？」

グレースは後部座席からギャビンを見やった。すると心のどこか、ずっと閉ざしてきたはずの場所に、何か甘く幸せなものがわきあがった。ギャビンは勇敢で包容力があり、何ごとに対しても誠実さとユーモアをもって取り組んでいる。そんな彼の姿を見ていると、体がほっとあたたかくなった。一緒にいると、もっとよりよい自分になりたいと思う。ギャビンの隣にいるのがふさわしい勇敢な女性になりたい。

「計画なんてないわ」グレースは静かに言った。ギャビンにだけは素直になれた。批判されることはなく、協力してもらえるとわかっているから。

「ほら」ギャビンが手を伸ばし、グレースの頬に伝う涙をぬぐった。グレースはそのときになって初めて、自分が泣いていたことに気づいた。涙を抑えこもうと、懸命にまばたきする。「泣いてもいい。一週間、つらかっただろう」

グレースは震える声で笑い、目元をぬぐった。「つらいなんてものじゃないわ」鼻を鳴らす。「彼女が生きているかどうかさえわからないのよ、ギャビン」

ドロシーの名前を口にすることすらつらくてできなかった。彼女の人生はまだ始まったばかりだったのに。少女の人生はただでさえ過酷だった。ここにきて地獄を味わっているのはグレースのせいだ。グレースがどん底だった十代の頃、間違った男とつきあってしまったからだ。

「まだ生きている」ギャビンは言った。「間違いない」

「どうしてわかるの？」なぜ断言できるのかグレースには疑問だったが、ギャビンの顔は自信にあふれている。

「ドロシーは強い。君と同じだ。必ず生きて帰ってくる。もちろん君も」

「でも絶対とは言いきれないわ」グレースは肩を落とした。

「絶対だ」ギャビンが言った。「心も。体も。頭も。すべてが僕にそう告げてる」腕を伸ばし、グレースの手を両手で握りしめた。「君は僕が出会った中で一番すばらしい女性だ。美人だからじゃない」グレースがあきれた顔をしたのを見て、彼は続けた。

「頭もいいが、それが理由でもない。何が起こっても進みつづけるからだ。何度やられても、必ず起きあがって立ち向かう。グレース、君はあいつよりも強い。カーセッジもそれをわかってる。だからドロシーを選んだんだ」

「私の目の前でドロシーを殺すつもりなんだわ」グレースはふいにカーセッジの企みに気づいた。「円は」目を見開いてギャビンを見つめる。「〝円はまだ完成していない〟とカーセッジは言っていた。ドロシーは私の身代わりなんだわ。若かった頃の私。何年も前、カーセッジと出会ったときの私。当時の私とちょうど同じ年頃よ。見た目は全然違うけど、私とつながっていればそれは関係ない。完璧な身代わりだわ。カーセッジにとって、大人になった私の前で幼い私を殺せば……」

「やつの勝ちというわけか」ギャビンが言った。

グレースは背筋を伸ばした。カーセッジは過去を再現することに終始している。つまりこのゲームはすべての出発点で終わるはずだ。すべての発端はジャニス・ワコムだと思っていたが、そうではなかった。その何年も前に始まっていたのだ。

「カーセッジの居場所がわかったわ」グレースは言った。

33

メリーランド大学の犯罪学科は巨大な煉瓦造りの建物の中にあった。窓が少なく、ついでに入口も少ない。ポールが本部から後方支援部隊を招集してくれていたが、グレースたちが駐車場に車を停めたところで、渋滞に巻きこまれたというメールが入った。

「待っている時間はないわ」グレースはギャビンに言った。

「当然だ」ギャビンが同意し、SUVを降りて車の後ろにまわりこんだ。「大学の警備員は?」そう言いながらトランクを開けて銃を二挺《ちょう》取りだし、ひとつをグレースに渡した。

グレースは鼻で笑った。「怪我をするだけで、役には立たないわ」

ギャビンは防弾ベストを二着出して、一方をグレースによこした。フリーサイズのベストはどうにも大きすぎたが、彼女はきつくストラップを締めて身につけた。それから、すばやく髪をまとめる。ギャビンから予備の弾を受け取って、ポケットに突っこんだ。

「大きな校舎だな」ギャビンが言った。「どこから始めようか？」

グレースは目の前の建物を見あげると、ＳＷＡＴさながらに検分を始め、出入口の数や、有利な点と不利な点を洗いだした。北側から入れば、研究室までの距離が近く、もしカーセッジが窓の外に目を光らせていたとしてもグレースを見逃す可能性が高い。奇襲をかけられるわけだ。一方、南側から入れば、建物の中央にある大講義室に、より早く到着できる。

カーセッジはふたりが初めて深い会話をした研究室にいるのだろうか？　それとも、初めて出会った大講義室にいるだろうか？

「どちらを選ぶかしら？」グレースは小声で言った。「大講義室だわ。あそこはカーセッジの劇場だもの。一連の事件はすべて劇のようなものよ。一世一代の劇を上演するなら、きっと大講義室を選ぶはずだわ」

ギャビンは予備の拳銃を足首のホルスターにおさめて立ちあがった。手で腰の銃を押さえる。「ドロシーを助けに行こう」

ふたりは建物の南側に向かった。身をかがめて木の陰に隠れながら、カーセッジに悟られないように進んでいく。幸い、夏の週末の朝とあって、建物の中は人けがなかった。カーセッジはおそらく夜のうちに、こっそりとドロシーを連れこんだのだろう。

望みどおり、自分だけの劇場を手に入れたわけだ。カーセッジは威厳や名誉といったものが大好物だが、今回の件——この最後の決戦に関しては、ごく私的なことだと考えているはずだった。

グレースはギャビンと背中合わせになってグロックを構え、建物の外階段をのぼっていった。巨大なガラスのドアを片手で開け、銃を構えたまま、すばやい足取りで廊下を進んだ。角を曲がったところで立ちどまる。何も知らない清掃員がひとり、廊下でモップをかけていた。

「すみません」ギャビンが声を潜めて言った。

清掃員は振り返ると、防弾ベストを着て銃を構えるふたりを見て目を丸くした。

「FBIです」グレースは腰につけた身分証を指さした。「ほかにもメインテナンスを担当している人はいますか？」

清掃員は首を振った。「僕だけです」

「誰か通りかかりましたか？」ギャビンが言った。

「いえ、十分前からシフトに入ったんです」清掃員が説明した。

「わかりました。ここから逃げて」グレースは言った。「SWATがここに向かっています」

清掃員はうなずいて、急いで廊下を走っていった。グレースはそのまま待機し、ガラスのドアが閉まる音で、清掃員が外へ出たことを確認した。それから背筋を伸ばし、ギャビンに前進の合図を送った。大講義室は廊下の突きあたりにある。

カーセッジは必ずそこにいるはずだ。

もしドロシーがすでに殺されていたら……。

そんなことを考えてはだめだ。絶対に。

落ち着かないと。グレースは足取りに合わせて呼吸をした。カーセッジの上を行きたいなら、冷静かつ着実に事を進めなければならない。ドロシーが生きて帰れないというシナリオを思い描いてはならない。絶対に救いだしてみせる。

ギャビンが勢いよく大講義室のドアを開けた。グレースは先に中へ飛びこむと、グロックを弧を描くように周囲に向けながらすばやく左右を調べ、大講義室内の階段へと続くアルコーブに誰もいないことを確かめた。

「左をお願い」グレースは小声で言った。「私は右を調べる」

ギャビンはうなずき、室内の反対側にある階段のほうへ向かった。

照明は消えていた。グレースは壁に背を向けつつ、アルコーブの隅や、その先の暗がりに向かって目を細めた。光は天井近くにある窓から入ってくるだけだ。大講義室はどこか洞窟のようだった。

たしか床にはきつい傾斜がついていて、椅子の列が半円に配置されていたはずだ。円形劇場の底にあたる部分に、ホワイトボードと教卓がある。グレースは目を細めて薄暗がりを見つめ、階段の一番下にある教卓付近の影に目を凝らした。目が暗さに慣れてくると、誰かが椅子にくくりつけられて座っているのがわかった。

グレースは背筋が凍りついた。膝に力を入れて、階段を駆けおりたくなるのを懸命にこらえる。その衝動を、わきあがる恐怖を抑えつけるのは至難の業だった。グレースがいる場所からは、ドロシーが息をしているかどうか見きわめられない。

グレースがアルコーブの向こうを見ると、ギャビンが三本指を立てた。ギャビンはグレースがうなずいたのを確認してからカウントダウンを始めた。

三。

二。

一。

ふたりは息を合わせ、銃を構えて階段をおりていった。半分ほど行ったところで突然、光があふれた。小さな口笛が大講義室じゅうに響き渡り、ふたりは固まった。カーセッジはドロシーのすぐ隣に座っていた。片手に銃を持ち、もう片方の手にナイフを握ってドロシーの喉元に突きつけている。

「手をあげなさい！」グレースは鋭く言った。

「おやおや」カーセッジが舌打ちをして銃の狙いを定めた。だが銃口の先にいるのはグレースでもギャビンでもなかった。

銃は大きな瓶に向けられていた。ドロシーの手がダクトテープで瓶に固定されている。

「注意しろ」カーセッジは言った。「小さなかわいいドロシーの手に握られているのはフッ化水素酸だ。一発撃てば瓶が破裂して、ドロシーはどろどろに溶けてしまう。化学というのは実に驚くべきものだ。昨今はインターネットにあらゆるものの製造方法が載っている」

「このくそ野郎」ギャビンが言った。

「グレース」ドロシーが泣きそうな声を出した。「お願い」

「大丈夫よ」グレースは言った。「今、助けるからね」

「耳を貸してはだめだ、ドロシー」カーセッジが言った。一瞬たりともグレースから目をそらすことができないようだ。「グレースは約束を破ってばかりだからな」

カーセッジは汗だくになり、目を爛々《らんらん》と輝かせている。

「銃をおろさないと困ったことになるぞ、ウォーカー」カーセッジが言った。

ギャビンはもの問いたげにグレースを見た。

「こっちを見ろ！　そっちじゃない！」カーセッジが息巻いた。手にしたナイフをドロシーの喉にさらに近づける。ドロシーがびくりとすると同時に、握られた劇薬の瓶が揺れた。

突然カーセッジが声を荒らげたので、グレースは顔をしかめた。幸いにもギャビンはゆっくりと銃をおろし、ホルスターにおさめて両手をあげた。「好きにしろ。何がなんでも、昔のことをグレースと話したいんだろう」

ありがたいことにその名を聞いて、カーセッジがはっとグレースに向き直った。カーセッジの意識を完全に彼女に引きつけておく必要がある。そうしなければ、ギャビンが行動に移れない。

「ここまで来たな」カーセッジが不気味な笑みを浮かべた。「ようやく」

グレースはひるまなかった。そうする以外にない。「勝算はあるの？　こちらが単独で動いているわけじゃないことは承知しているでしょう?」

「もちろんだ」カーセッジは言った。「君の忠犬が君の行くところならどこにでもついてきているな。もっとも、君たちの上司はあまり乗り気でないようだが」

「それでも警備にあたってくれているわ」グレースは言った。「SWATがこっちに向かっている」

「だが、まだ到着していない」カーセッジは言った。「ドロシーの命を脅かしたくなければ、私の言うとおりに動いてもらおうか」

「何をさせたいの?」グレースは尋ねた。

「ゲームの始まりだ」カーセッジが前に進みでる。

カーセッジが動くと同時に、視界の片隅でギャビンが動いた。カーセッジがドロシーから少し遠ざかり、ギャビンがドロシーに近づいた形だ。

「ゲームなんてしたくないわ」グレースは、カーセッジがギャビンの動きに気づくのではないかと恐れつつ言った。

カーセッジが失望した教師のように舌打ちした。「やれやれ。君がどう思うかは関係ない」

「この手のゲームは大嫌いよ」グレースは吐き捨てるように言った。

「きっと気に入る」カーセッジはなおも言った。「とても簡単だ。私が質問をする。君は本当のことを答える」

「いやだと言ったら？」

「君の男を撃つだけだ」カーセッジはそう言うなり、突然ギャビンに銃口を向けた。

グレースははっと身構えた。ギャビンがとっさに腰のホルスターに入れた銃や、足首に隠した銃に手を伸ばすかもしれない。しかしギャビンは石のように固まり、手をあげたままカーセッジを見据えていた。「ああ、本気だとも、グレース」カーセッジが言った。「まさか捜査官とは。君もとことん落ちぶれたな」

「このあたりでかっとなって、僕のほうが十倍はいい男だと反論したほうがいいかい？」ギャビンが言った。

グレースはギャビンをにらみつけた。彼女は黙っていてと目で訴えたが、こんな冗談を言いはじめるなんてギャビンも動揺しているに違いない。

カーセッジが声をあげて笑った。あまりに楽しげで、グレースは面食らった。当惑したまま、銃をかすかにあげて持ち直す。怒っているのだろうか？　それとも、おもしろがっているのだろうか？

「こんな卑しい同業者とだなんて」カーセッジが言った。「静かにしてくれないか、ウォーカー。これは私とグレースの問題だ」グレースに向き直って目を細めた。「あの男を殺してもあまり意味はないかもしれない。だがこの子ならどうだ？」カーセッジがナイフでドロシーの頬骨をたどると、細い血の跡が浮かびあがった。「ドロシーのためなら、君はなんでもするだろう」

ドロシーの頬を涙が伝い、血とまじりあった。グレースは元気づけるようにドロシーを見つめたが、この状況で元気づけられるはずもなかった。

「そろそろ時間を無駄にするのはやめて、ゲームに戻ろうか、愛しい君」

グレースは歯を食いしばり、全身に力を入れて震えを押しこめた。いやな呼び方だ。不快感に襲われる。

「最初の質問は？」グレースは言った。まったく、SWATはどこにいるのだろうか？　大学の警備員は？　今こそ後方支援が必要なのに！

ギャビンが一歩前に進んだが、カーセッジはグレースに夢中で気づきもしなかった。あと数歩で充分近づけるかもしれない。とはいえ、ドロシーの手には劇薬が握られている。劇薬であることは疑いようがない。カーセッジはこんなところで運任せにする人間ではない。はったりをかけたりはしないだろう。

そんな必要はないのだから。

「言っておくが、嘘はだめだ」カーセッジは言った。「嘘をついたらわかる。君のことは誰よりもよく知っているからな、グレース。私が君を作りあげたんだ」

「耳にたこができるわ」グレースはそっけなく言った。「さっさと質問して」

「ずいぶんとせっかちだな。いつものことだが」かつてのような教授らしい口ぶりに、グレースは吐き気を催した。四五口径の銃を握る手に力をこめ、体の位置を調整する。

「私が最初に殺したのは誰だ？」カーセッジが尋ねた。

グレースはためらいもしなかった。「マーサ・リーよ。私の恩師。いったい何をしたの、カーセッジ？　事故を起こすよう煽《あお》ったの？」グレースはカーセッジの顔をにらみつけた。カーセッジが左目を引きつらせる。「いいえ、そんな度胸はないわね。自分まで怪我をするかもしれないもの。車に細工したんでしょう？　捜査では見つからなかったけど」

「警察は救いがたいほど無能だ」カーセッジはため息をついた。「それでどんな理由で私が君の大切なマーサを殺したと思うんだ？」

「嫉妬よ」

「あいつが君を奪ったんだ」カーセッジが絞りだすような声で言った。ついにやった。カーセッジの冷静沈着な仮面にひびを入れたのだ。

「マーサはそんなことはしていないわ。彼女はすばらしい女性よ。優秀な研究者で、よき妻だった。頭脳明晰《めいせき》で、創造的で、本当の意味で学生思いだったわ。そして献身的だった。ひたすら与えつづけて、見返りなんてひとつも要求しなかった。教え子が社会に出て、立派なことをすると信じていたから。マーサにとって、学生を育てるのは社会貢献だった。あなたが学生のことを自分の分身であるかのように思っていたのとは大違いよ」

グレースは挑むようにカーセッジを見据えた。

「あの女は私のものを、私が懸命に作りあげたものを奪った……そして献辞に名前が載った」カーセッジは不満を口にした。彼の額を汗が伝う。手に握られたナイフが、再びドロシーの喉元に迫る。グレースはすぐにもカーセッジの頭を撃ち抜いてやりたかったが、ドロシーを危険にさらすわけにはいかなかった。「君は献辞にマーサのことしか書かなかった。あの女には思い知らせてやる必要があった」

「あなたこそ思い知る必要があるわね」グレースが鼻で笑うと、ギャビンは再び一歩前に進んだ。もう少しだ。

「動くな」カーセッジがギャビンに向き直る。今にもナイフがドロシーの喉に深く食いこみそうだ。「もう一歩でも動いてみろ、ドロシーもおまえも命はないぞ」

グレースは動いた。ほかに選択肢はなかった。四歩すばやく進みでて壇上にあがり、ドロシーからほんの一メートルのところまで詰め寄った。

カーセッジが振り返り、目をぎらぎらと光らせた。「君はあんなことをすべきではなかった」

「あなたがしたのよ」グレースは返した。「何もかも」

「君のためだ」カーセッジが言った。「次の質問だ、グレース」ドロシーの喉元から、血がひと筋流れ落ちた。「用意はいいか？」

ドロシーに近づかなければ。彼女をカーセッジから引きはがすのが最善の策に思われた。瓶には蓋がしてある。きっちりと閉まっていることを祈るしかない。

「こいつについてだ」カーセッジが銃でギャビンを指す。グレースは踏みとどまり、飛びだしそうになるのをこらえた。「愛しているのか？」

グレースは凍りつき、目を見開いた。どう答えるのが正解なのだろう？

懸命に頭を働かせ、カーセッジについてわかっていることすべてを分析する。イエスと言ったら、嫉妬で怒り狂うだろうか？　ギャビンが狙われてしまうだろうか？

ノーと言ったら、喜ぶだろうか？　それとも本心を見抜くだろうか？　嘘だと気づくだろうか？

そもそも、嘘なのだろうか？

「答えろ、グレース」カーセッジが命じた。

グレースは唇をなめた。「いいえ」そう言ったが、自信のなさが声に表れているのが自分でもわかった。

「嘘をつくなと言っただろう」カーセッジは再び銃を掲げたが、銃口はドロシーではなく、グレースに向けられている。前進だ。

「ええと……」グレースは一歩だけ前に出た。カーセッジは答えに気を取られるあまり、そのことに気づいていない。「わからない」グレースは正直に言った。

本当だった。わずかな時間ではあったが、この問題について考えるのは怖くもあり、心が浮きたつことでもあった。後日、顔に銃を突きつけられたり、少女が劇薬を持たされたりしていないときにじっくり考えよう。

カーセッジが肩の力を抜いたのは明らかだ。グレースは目を細めた。

「それでいい」カーセッジがため息まじりに言った。「君には真実を言ってもらいたいと思っているんだ、グレース。本心をね」

「質問はまだあるの？」グレースはさらに一歩前に出ようかどうか悩んだが、まだその危険は冒せなかった。カーセッジにはこの質問ゲームにもっと熱中してもらわなければならない。

「ああ」カーセッジは言った。「私を止められなかったのは、なぜだと思う?」

「あなたは運がよかっただけよ」グレースはそっけなく答えた。

「運などではない!」カーセッジは激高し、声を荒らげた。「私のほうが優れているからだ!」

引き金にかけたグレースの指が緊張した。

「私に本当のことを言わせるなら、あなたも本当のことを言って」グレースは再び一歩前に出た。「一連のゲームはずっと不公平だった。十年前と同じよ。あの関係も不公平だったわ。あなたは相手が誰であれ、対等であることに耐えられないのよ……いつだって権力を握らなければ気がすまない。主導権を握りたがる。自分のほうが頭がよくて、年上で、尊敬されなければ気がすまない。私は懸命にあなたの話に耳を傾けた……さぞいい気分だったでしょうね」

今やカーセッジの全神経はグレースに向けられていた。ふたりのあいだでドロシーは忘れ去られている。

あと一歩で彼に勝てる。あとほんの少し追いつめれば……。

「あまりにもあっけなくて、驚いたんじゃないの？」グレースは静かに、カーセッジに寄り添うかのように尋ねた。

「なんの話だ？」先ほど自分のほうが優れていると言ったとき、カーセッジは再び肩をこわばらせたが、ここにきてその力を抜いた。

「人を殺すことよ」グレースは答えた。

カーセッジの目が光った。その光の正体が欲望だと気づき、グレースは吐き気がした。

「ほっとしたんじゃない？」グレースは思いきって一歩距離を詰めた。あとわずか一メートルだ。ドロシーの手には劇薬が握られているから、彼女に体あたりして床に伏せさせることはできない。だがナイフさえ奪えば、ふたりを引き離せる。ギャビンもチャンスだと感じたら必ず飛びこんでくるはずだ。間違いない。

無謀とも思える策だが、それ以外に方法はなかった。

「ずっと心の中に何かが巣くっていたんでしょう」グレースは言った。「マーサの車が暴走するのを見ていたんじゃないの？　あなたは見ずにはいられなかった」

カーセッジはかすかに笑みを見せた。過去に犯した自分の罪を思い返すのは癒やしのひとときであるらしい。あたたかい紅茶を飲むのと同じ感覚なのだろう。グレースは胃が激しくむかついたものの、批判的でない、低く蠱惑《こわく》的な口調を保った。

「なんとも……すばらしかった」カーセッジが恍惚としてささやく。

「回数を重ねるごとに、さらに取り憑かれていった。そうでしょう？」

「ああ」カーセッジは静かに言った。

「そして、どんどん簡単になっていった」

「驚くほど簡単だった」カーセッジの感慨深げな声を聞いて、グレースは今ここでカーセッジを撃ちたい衝動に駆られた。だがドロシーのことが先だ。グレースはドロシーに目配せして、小さくうなずいた。ドロシーが眉をあげ、了解のサインを返す。

「無秩序を誘発するのは秩序を保つよりはるかに簡単だわ」グレースは言った。やわらかだった声が鋼のように硬く冷たくなる。

カーセッジが瞬時に目を見開いた。「私の無秩序の本質は芸術品だ。君たちは皆、欺かれたんだ」

「あなたは安易な手段に逃げたのよ、カーセッジ」グレースは嫌悪感もあらわに言った。カーセッジを混乱させるのだ。態度を豹変《ひょうへん》させて、彼の動揺と不安を煽るために。

危険と隣り合わせの策だったが、混乱に乗じてグレースはまた距離を詰めた。

「それが君のもとへ戻る唯一の手段だった」カーセッジがうなった。「あの晩、君を見た……授賞式で。君も私がいることに気づいていたはずだ。それなのに、挨拶にさえ来なかった」

「話したくなかったの」グレースは言った。

「たしかに、私以外の全員とは話していたな」カーセッジが言った。まるで見捨てられた子どものような言い方だ。「ずっと見ていた。ほかのやつといる君を。君がどんなふうにほかのやつらを扱っているのかを。君は誰に対しても、相手が望んでいるとおりのものを与えていた。本を読むように相手の心を読んで、相手が必要としている、まさにそのものをやすやすと差しだしていた。笑ってお愛想や冗談を口にする。すべて計算ずくなのに、それに気づいていたのは私だけだった。なぜならグレース、私は君を知っているからだ。私は君の最初の犠牲者だ。われわれはみんなが犠牲者だ。君は人が自分のことを好きになるよう仕向ける。だが、それはまやかしだ。君は誰のことも愛さない。誰ひとりとして。ウォーカー、聞こえているか?」肩越しに振り返った。「グレースが真の意味で君を愛することはない。この女はその能力に欠けている。本気になれない。何もかもが演技……何もかもがゲームなのだ」

カーセッジが進みでると一瞬、銃口がさがった。チャンスだ。グレースは飛びかかってナイフを握ろうとした。カーセッジが乱暴にナイフを引く。ナイフの刃はグレースの指をかすめ、ドロシーの喉を横に走った。カーセッジは向きを変え、一目散に出口へ向かった。

「だめ!」グレースは叫び、前に飛びだした。手から銃が滑り落ちる。慌ててドロシーの首に手を伸ばし、傷口を強く圧迫したそのとき、銃声が響いた。グレースはつかのま、悲鳴と、肉が焦げるにおいと、ガラスが割れる音がするのを覚悟した。しかし現実には自分の手に、あたたかな手が押しつけられただけだった。ギャビンがグレースに代わってドロシーの傷口を圧迫し、止血してくれようとしている。ドロシーはうめき声をあげ、震える目を閉じた。

「追え!」ギャビンが叫んだ。「撃ち損じた! ドロシーは任せてくれ」

グレースは出口に目をやったが、決心がつかずにギャビンとドロシーを見た。

「行くんだ、グレース!」ギャビンはなおも言った。「ドロシーは僕に任せろ」

グレースはギャビンにドロシーを任せて大丈夫だと信じた。

ギャビン自身を信じた。

グレースは走りだした。

34

大講義室を飛びだした先は長い廊下で、ドアが並んでいた。

カーセッジの姿はない。

グレースはグロックを握りしめた。今度こそ逃がさない。

あの男の運は尽きた。そう証明してみせる。

グレースは銃を構えて廊下を進みながら、ドアを確認していった。ありがたいことに、ほとんどは鍵がかかっていた。

終わりにするのだ――今すぐ。ギャビンがドロシーの面倒を見てくれているとはいえ、喉元の傷は無残だった。幸いにも動脈までは切れていない様子だったが、出血量だけでも……。

グレースは歯ぎしりして先を急いだ。私ならできる。やらなければ。

私はカーセッジよりも優れている。人間的にも。プロファイラーとしても。狙撃の腕も。

今度こそ私が主導権を握る。

グレースはすばやい動きで廊下が右に折れているところの手前まで行くと、今度は歩みを遅くした。角を曲がって、そっと足を踏みだす。どれだけ耳が鋭くても、足音はほぼ聞こえないだろう。壁に体をぴたりとつけ、じりじりと進んでいく。グレースの目が薄暗がりの中に伸びる影をとらえた。

見つけた。廊下の先で影が揺れるのを見て、グレースの心臓が跳ねた。

あの廊下の途中にある角を曲がったところで、カーセッジが彼女を待ち受けている。絶妙な位置だ。グレースが進めば、ふたりをさえぎるものは何もない。

もう少し検討したかったが、時間がない。今すぐ決断しなければ。

カーセッジは彼女の目を見たいはずだ。グレースは直感した。殺すなら、彼女が死ぬ瞬間を見たいと思っているはずだ。ひょっとしたら自分の腕の中で息絶えさせたいとさえ思っているかもしれない。それが彼なりの絆だから。カーセッジにとってはグレースの命を奪うことこそ絶対的な絆であり、絶対的な支配だ。

カーセッジが動く様子はなかった。グレースが行動を起こさなければならない。向こうに勝ったと思わせるのだ。

胃がずしりと重くなる。グレースは歯を食いしばった。前回、カーセッジを出し抜こうとしたときは失敗した。それも壊滅的に。もう一度同じことをしようとするのは怖くてたまらなかった。

だが、ほかに選択肢はない。一か八かだ。

私が死ねば、ギャビンも殺されるだろう。カーセッジは大講義室に戻って、ギャビンを手にかけるはずだ。

勝利を確実にするために。

グレースは唾をのみこんで、グロックをかすかに持ちあげた。今、撃たなければ二度とチャンスはない。グレースは角を曲がった右手の廊下ではなく、前を見据えてじりじりと前進した。カーセッジが身を潜めている場所を通り過ぎても、前方に銃口を定めたまま敵に背中を見せた。

体をこわばらせてはならない。ひるんではならない。急に動いたり、筋肉を緊張させたり、頭を傾けたりすれば、ばれてしまう。

欺くのだ。グレースはまた一歩、前に進んだ。また一歩。

そのとき聞こえた——背後で足を引きずる音が。

今だ！

グレースは振り向いて撃った。一発。二発。

カーセッジが衝撃で後ろによろめいた。両手で胸を覆い、床に崩れ落ちる。

グレースはカーセッジの心臓に狙いを定めて駆け寄った。グレースが立ちはだかるのを見て、カーセッジは体を起こそうともがいた。

グレースは腹部を足で踏みつけ、カーセッジを床に押さえつけた。

「動かないで」

じっとカーセッジを見おろす。胸の傷から血がとめどなくあふれだし、呼吸はすでに浅く乱れていた。カーセッジは力なく咳きこむと、苦しげに目を閉じた。唇からさらに血がこぼれ、銃を握っていた指が緩む。タイル張りの床に銃がことりと落ちた。

カーセッジは死にかけている。

自分が命を奪おうとしているのだ。

グレースは自分が心のどこかでショックを受けていることを認めたくなかった。でもそれが自分のような人間と、彼のような人間を分ける違いなのだろう。

「私が……私が君を作りあげた」カーセッジがあえいだ。唇から血が流れ落ちる。

グレースはカーセッジの心臓に狙いを定めたまま、目を細めた。それから足をあげて血のしみがついたブーツをカーセッジの体から離すと、彼の銃を蹴飛ばした。かがみこんで、カーセッジの顔から数センチのところまで顔を近づける。

「私が私を作りあげたの」グレースは凄《すご》みのきいた低い声で言った。

つかのまカーセッジは恐怖と敗北感に目を見開いたが、その命は尽きようとしていた。人生の最後にようやく、グレースの言葉と声にこめられた真実を悟ったのだ。その真実から逃れることはできなかった。

唇から血があふれだし、カーセッジはむせ返った。それが最期だった。

グレースは立ちあがってカーセッジを見おろした。グロックはまだ心臓に狙いを定めたままだった。カーセッジが生き返るのではないか、これもゲームの一環なのではないかと恐れているように。

だがカーセッジは死んだ――ゲームは終わったのだ。

勝ったのはグレースだった。

35

病院のコーヒーは本当にまずい。ギャビンに買ってもらった苦いコーヒーをすすりながら、グレースは思った。

ギャビンは病院のどこかでグレースを待っている。病室でドロシーに面会できるのは一度につきひとりまでだと看護師が譲らなかったのだ。それでグレースが鎮痛剤を投与されて眠るドロシーの横で、夜通し見守ることになった。夜勤で働いているドロシーの母親と話すことはできなかったが、ドロシーが目覚めたときに誰かがそばにいたほうがいいと思った。

アドレナリンはとっくに引いていた。グレースがうとうとしかけたそのとき、ドロシーがぼんやりと目を開けた。少女はしばらく混乱した様子で目をしばたたいていたが、ふと顔をしかめて唾をのみこんだ。喉元の傷は浅かったとはいえ、何針も縫わなければならなかった。しばらくは痛むだろう。

「おはよう」グレースはドロシーから見えるように立ちあがって、そっと言った。

「おはよう」ドロシーが震える声で言い、目に涙を浮かべた。「見つけてくれたんだね。あいつは見つけられないって言ってたけど」

グレースは腕を伸ばし、ドロシーの両手を握った。「もちろんよ。もう大丈夫。二度と狙われることはないわ」

「捕まえたの？」

「捕まえたわ」

ドロシーが震える息をもらした。唾をのみこもうとしたが、縫合したところが引きつれたらしく、再び顔をしかめた。喉に巻いた包帯に手を伸ばし、唇を噛む。「重傷なの？」

グレースはかぶりを振った。「ドクターはほとんど傷は残らないと言っていたわ」

「最悪。あんな思いをしたのに、かっこいい傷跡も残らないなんて」ドロシーが言った。

グレースは震えながら笑みを浮かべた。なんて強い子だろう。グレースとドロシーの関係はまだ始まったばかりだ。ドロシーの今後の道のりは長い。もう冗談を言えるくらいだとはいえ、心の傷の回復には時間がかかる。だがグレースはドロシーを必ず正しい道に導くつもりでいた。ドロシーが安全に暮らせて、大学に行って、大好きな仕事に就いて、まともな人生を生きられるように。

「あなた自身がかっこよければ、かっこいい傷跡なんていらないわよ。それに間違いなくあなたはかっこいいわ、ドロシー」

「本当にそう思う？」ドロシーがきいた。「だって、怖くてたまらなかったんだ」

「人間なんだからあたり前よ」グレースはドロシーの手を強く握りしめた。「でもあなたは生き延びた。これからも生き延びるわ。大事なのはそこよ」

ドロシーがそっと目を閉じた。「見つけてくれて、本当にうれしかった」小さな声で言う。

「当然だわ。あなたと私は絆で結ばれているの。姉妹よ」

「プロファイラーの姉妹？」ドロシーがきいた。グレースはほほえんだ。

「すばらしい戦いぶりだったわ。あっというまにクアンティコに行かされるわよ」

「いいね、それ」ドロシーは言った。

グレースはドロシーが再び眠りに落ちるまで手を握っていた。少女が眠ってからほどなく、看護師が来てグレースは病室から追いだされた。

ギャビンはロビーでグレースを待っていた。

「様子はどうだった？」ギャビンはドロシーがぐっすりと眠っている個室のほうを顎で示した。

「大丈夫そう」グレースは言った。「あなたのおかげよ」

「君のおかげだ」ギャビンが言った。ふたりはロビーの椅子に腰かけた。

「ドクターは傷跡もそこまでひどくは残らないだろうって。ドロシーはちょっとがっかりしたみたいだけど。傷跡はかっこいいんですって」

「君もそういう考え方だといいけれどね」ギャビンが自分の額の傷を指し示した。

グレースはにっこりし、手を伸ばして傷を撫でた。「とてもすてきな傷跡になると思う。間違いないわ」

「女性を守ろうとしてできた傷だからな」ギャビンはそう言って、グレースに目配せした。

グレースは口元に笑みを浮かべた。笑顔になったのはいつ以来だろう。ドロシーが病院に運ばれた昨日の朝から、彼女につきっきりだった。グレースは時計を見やり、あくびをした。肉体的にも精神的にもそろそろ限界だ。

「やすんだほうがいい、グレース」ギャビンが言った。「家まで送るよ」

「ドロシーを放っておけないわ」グレースは言い張った。

「そう言うだろうと思って、援軍を要請しておいた」ギャビンはグレースの背後にいる人物にうなずいた。

グレースが病院の硬い椅子に座ったまま振り返ると、カウンセリング・センターのセンター長のシーラが立っていた。年長の女性がにっこりしたのを見て、グレースはどっと安心感に包まれた。

「ふたりとも無事で本当によかったわ」シーラがグレースの耳元でささやいた。「近いうちに、ゆっくり一部始終を聞かせてちょうだい。でもまずは面倒見のいい優しい恋人と家に帰って、睡眠をとったほうがいいわね」

「でもドロシーが……」グレースは言った。

「私がつき添うから」シーラが請けあった。「ほら、帰りなさい」

グレースには反論する体力さえ残っていなかった。ギャビンに腕をつかまれ、促されるまま病院を出て車に向かった。

ギャビンが運転する帰り道、グレースは少しだけまどろんだ。だが家に到着し、ギャビンがすぐ後ろから階段をのぼってくると、体に電流が走ったかのように目が覚めた。

ふたりは何も言わないままベッドルームへ行った。グレースは痛む腕で上掛けをめくった。

「ええと、あなたはどうしたい……？」グレースはためらいがちに口を開いたが、どう続けていいかわからず、唇を噛んだ。

「ベッドに入って、君を抱きしめたい」ギャビンが言った。「それから一緒に寝たい」たとえグレースがまだギャビンのことを愛していなかったとしても、この瞬間に心から愛していた。「私も」

「考えていることは同じだな」ギャビンが口元にいたずらっぽい笑みを浮かべる。

「そうみたいね」グレースは言った。

優雅で上品な身のこなしはどこへやら、グレースはおぼつかない手つきで服を脱ぎ、下着姿になった。ギャビンは感嘆の面持ちで彼女を食い入るように見つめている。グレースがベッドに滑りこんで上掛けの下に体を隠すと、ギャビンがあとを追うように入ってきてグレースを引き寄せた。ギャビンがグレースの背中に寄り添う。ふたりの体が密着し、グレースは彼のぬくもりに包みこまれた。

安心感とあたたかさに、彼女はため息をもらした。ここが自分の居場所だ。

「なんて型破りな女性なんだ」ギャビンが耳元でささやいた。「五センチのヒールを履いた正義のヒロイン。君は僕の女神だ」

「ヒールの高さは八センチだけれどね」グレースが言うと、ギャビンは声に出して
笑った。背中から伝わってくる振動が心地よかった。
「君を手放したくない、絶対に」安全で静かな部屋で、ギャビンが告白した。証人は
ふたりだけ。放たれたその言葉に、グレースは彼の腕さながらに力強く抱きしめられ
た。怖くはなかった。むしろ勇気がわいてきた。
「こういうことは得意ではないの」グレースも告白するように言った。
「いいから、静かに」ギャビンがささやく。
「ねえ、本当よ」グレースはギャビンの腕の中で振り向いた。「こんな気持ちは初め
てなの。だって、いいことはひとつもないと思っていたから。今もこんなにキスをし
たいのに、そうしないほうがいいという言い訳が山ほど頭に浮かんで――」
ギャビンがグレースにキスをした。唇が重なると、グレースの頭の中にあった反論
や理性がすべて吹き飛んだ。残っているのはギャビンと感覚だけ。彼の手が頬を包み
こみ、指が首筋を撫でる。
唇を離したとき、グレースは言葉を失っていた。抗いたい気持ちは日の光にさらさ
れた霧のように消えかけている。
「誰だって少しくらい苦手なことはある」ギャビンがそっと言った。「やってみよう。

賭けてみるんだ。どう思う？」

グレースはギャビンを見た。ギャビンを手に入れるチャンスをつかむより前に、彼を失っていたかもしれないのだ。二度目のチャンスにみすみす背を向ける人はいない。

彼女はにっこりしてギャビンに寄り添った。シーツの下で、彼に脚を絡める。

「いいわ」グレースは答えた。

訳者あとがき

読者の皆さま、お待たせいたしました。華麗なロマンティック・サスペンスを得意とする著者テス・ダイヤモンドの『ダイヤモンドは復讐の涙』をお届けいたします。本作は先に発表された『危険な夜と煌《きら》めく朝』に続く、ＦＢＩ捜査官を主人公としたシリーズの二作目です。

　この作品で主人公として登場するのはグレース・シンクレア。ＦＢＩの凄腕の犯罪《プロ》心理分析官《ファイラー》として名高く、しかも趣味で書いた犯罪小説が大ヒットしている小説家でもあります。そんな彼女が新作小説の販促ツアーから戻ってみると、所属するＦＢＩのチームに新たに男性の捜査官が配属されていました。その男性の姿を見て、グレースは思わず息をのみます。彼こそギャビン・ウォーカー。二年前、警察主催のパーティで知りあい、一度だけベッドをともにした男性だったのです。

もともと仕事ひと筋で、恋愛や男性を仕事の障害と見なしてきたグレース。最初はギャビンに冷たい態度を取りますが、やがて彼が陸軍情報保全コマンドの精鋭だったことや、負傷がもとで警察に移ったこと、警察でも逸材ぶりを発揮したこと、その実績を買われて今回ＦＢＩ捜査官として引き抜かれたことなどを知り、少しずつギャビンに興味を抱くようになります。しかもギャビンが仕事の実力だけでなく、強い精神力と正義感の持ち主だったのだからなおさらです。

グレースとギャビンが新たに担当した連続殺人事件には、グレース個人への挑戦と思われるメッセージが残されていました。捜査線上に浮かびあがった容疑者は、殺人を重ねるごとに手口がどんどん大胆不敵になり、狂気のごとき執念でグレースを破滅に追いこもうとします。熱血漢の誠実なパートナー、ギャビンに支えられ、グレースは封印していた〝思いだしたくない過去〟と向きあいながら、プロファイリングの専門知識を駆使して犯人を追いつめていくのですが……。

本書の最も興味深い点は、なんといってもヒロインであるグレースの深みのある人物造形でしょう。ＦＢＩプロファイラーで犯罪小説家というだけでもたいしたものですが、名門一族のひとり娘であるうえ、目が覚めるほどの美貌の持ち主でもあります。

ここまで何もかもそろっていると嫌みにさえ思えてきますが、さすがは実力派作家のテス・ダイヤモンド。過去に複雑な人間模様を織り交ぜることで、グレースの強気な言動に隠されたもろさや弱さをあぶりだし、読者の共感を呼び覚まします。また彼女をひたすら支えようとするギャビンとの関係の行方や、ふたりが担当する異様な連続殺人事件の謎解きなど、最後の最後まで目が離せません。

すでに本国では二〇一八年春にシリーズの三作目が刊行されています。こちらは本作にも登場するFBI捜査官のポール・ハリソンを主人公にした作品です。どのような展開になるのか、ますます期待が高まります。

それでは、壮大なサスペンスと華麗な筆運びに定評のある作家、テス・ダイヤモンドの新作をたっぷりとお楽しみください！

二〇一九年六月

23 ザ・ミステリ・コレクション

ダイヤモンドは復讐《ふくしゅう》の涙《なみだ》

著者　テス・ダイヤモンド
訳者　向宝《こうほう》丸《ま》緒《お》

発行所　株式会社 二見書房
東京都千代田区神田三崎町2-18-11
電話　03(3515)2311 [営業]
03(3515)2313 [編集]
振替　00170-4-2639

印刷　株式会社 堀内印刷所
製本　株式会社 村上製本所

ISBN978-4-576-19112-6
https://www.futami.co.jp/

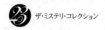